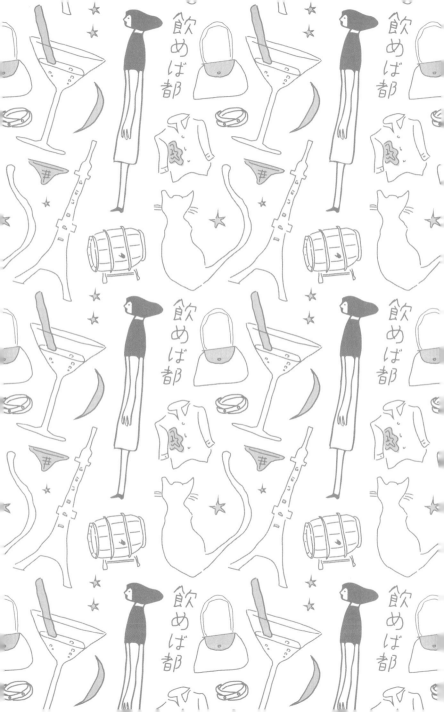

술이 있으면
어디든 좋아

술이 있으면
어디든 좋아

飲めば都 기타무라 가오루 장편소설 | 오유리 옮김

작가
정신

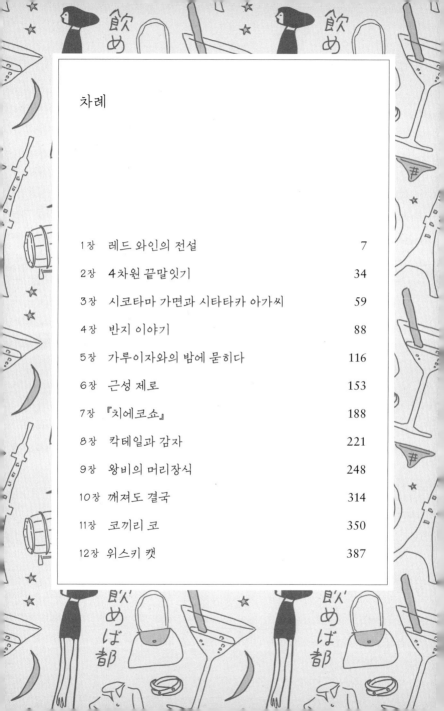

차례

1장
레드 와인의 전설

1

자, 그럼 미야코 씨 이야기를 좀 해보자.

일단 미야코 씨는 출판사에 근무한다. 나이? 가만 있어 보자…… 아, 본인은 스물 일고여덟에서 서른 정도로 보일 거라고 기대한다.

그렇게 생각할 뿐이지 말하고 다니지는 않는다는 점에 서 그녀의 이성이 그나마 좀 엿보인다고 할 수 있다.

머리는 짧은 커트 스타일에 콧대가 곧게 뻗은, 갸름한 생김새다. 게다가 '나'라는 자동차의 핸들을 빈틈없이 꼭 쥐고 있는 사람으로…… 뭐 대충, 보인다.

여기서 '뭐 대충'이라는 말은 은근슬쩍 다가온 사랑처럼 나도 몰래 튀어나오는 말버릇이다.

추억담 한마디를 하자면 입사 후 가진 환영회에서,

"상사와 선배들에게 인사하는 자리……"

라는 말에 미야코 씨는 일본 술, 맥주, 그 밖에 술이란 이름의 온갖 알코올들의 집중포화를 받았다. 그러기 전에도 물론 문예잡지 동료들한테 억지 춘향 식으로 끌려가기도 하고, 저녁 한 끼라는 미명 아래 반주를 궤짝으로 마시기도 했다. 하지만 자리가 파한 후에도 할 일이 있는 경우에는 선을 넘지 않았다. 헌데 그것이 회사 차원에서 마련한 환영회라면, 이야기가 달라진다. 다음 날은 어차피 쉬겠다, 일도 마무리 짓고 난 경우가 많으니 그때부턴 뭐 너 나 할 것 없이 부어라 마셔라.

알코올을 목구멍 뒤로 넘기긴 했지만, 미야코 씨의 가슴 밑바닥엔 신입사원이라는 네 글자가 깜빡이고 있다. 긴장된다. 끊기면 안 된다, 최소한의 정신은 차려야 한다고 되뇐다.

자 그리고, 분위기가 한껏 무르익었을 즈음,

"코사카이라고 합니다."

하고 미야코 씨는 말했다. 선배들 사이를 돌며 신입사원으로서 한 잔씩 따른다.

개중 잔을 받는 사람은 퇴직을 오늘내일 앞둔, 괄괄한

목소리의 편집자. 그가 은발을 휘날리며 목운동 하듯 고개를 휘돌리더니 묻는다. "어떻게 쓰지?"

"예?"

"코사카이라고 했지? 한자, 어떻게 쓰냐고. 泉州堺(센슈 사카이)라고 쓰나?"

"예에?"

미야코 씨는 되물었다. 종이에 써서 주면 금방 알 텐데, 다짜고짜 센슈사카이라는 말을 들으니 무슨 말인지 얼른 떠오르지 않았다. 그것도 여기저기서 터지는, 술에 잠긴 목소리에 섞여 들리니 멍할 수밖에……

상대는 불꽃 튀는 소리가 들릴 만큼 힐끔 쏘아보곤, 뭐이런 얼치기가 들어왔어 하는 표정을 지었다. 입매는 배시시 벌어졌지만, 아무렴 그는 웃는 게 아니었다. 그저 보이지 않는 실이 그의 입가를 끌어 올리고 있을 뿐.

"흠, 자기 이름도 못 쓰나?"

그때 이미 체내 알코올 농도가 꽤 됐던 미야코는 속에서 욱 치받쳤다. 하지만 일말의 이성은 남아 있었다.

"작을 소(小)에 술 주(酒)에 우물(井)이에요, 아니, 입니다."*

미야코 씨는 살짝 혀가 꼬인 말투로 대답했다.

---

* 小酒井. '코사카이'라고 읽는다.

"코사카이라……" 편집자는 허공에 손가락으로 쓰더니 "코사카이 후보쿠라는 작가가 있는데." 하고 덧붙였다.

"예에."

"예에라니, 자네 읽어본 적 있나?"

"없습니다."

"후보쿠는 어떻게 쓰는지 아나?"

"모릅니다."

편집자는 도날드 덕처럼 입술을 쭉 내밀고 말한다.

"불가능 할 때 후(不)에 도우헨보쿠(唐変木)*의 보쿠(木)다."

글자로 쓰면 '不木'이란 소리다.

"아, 그렇군요."

"그렇군요는 뭐가 그렇군요야."

"아니, 감탄했다는 뜻으로……"

맘에도 없는 소리는 아니다. 별 걸 다 아네, 하는 생각은 들었다.

"이 정도 가지고 감탄하지 마."

편집자는 뇌까렸다. 미야코는 대답 대신 들고 있던 술병과 맥주병을 가리키며 말했다.

"어느 쪽으로 하시겠습니까?"

---

* 얼치기, 이해가 더딘 사람이란 뜻.

"이런 바보 같으니…… 술이란 건 남이 따라주는 걸 받아 마시는 게 아니야."

"네에."

바보 같으니…… 하지만 대놓고 바보라거나 바보 같은 자식이라는 말보다는 참을 만하다고 미야코는 자기 위로했다.

"또, 네에야? 한여름 더위에 숨넘어가는 개마냥……"

"헤헤헤?"

미야코 씨는 평소보다 나지막이 웃었다. 이건 위험한 징조다. 허나 상대는 속에 뭐가 들어 있는지 아무도 모를 능구렁이다.

"나는 이것만 마신다. 이놈만 내 손으로 따라 마신다고."

하면서 그는 곁에 둔 술병을 쓰다듬었다. 미야코 씨가 나중에 안 사실인데 그가 심취한 작가가 좋아하는 술이란다. 그런 까닭으로 그것밖에 마시지 않는다는, 이른바 신앙에 가까운 술인 모양이다. 미야코 씨 눈엔 그저 가게 주인 눈을 속여 외부물품을 반입한 구두쇠 놈팽이로만 보였다.

"미야코입니다."

"엉?"

"제 이름입니다. 미야코는 '도쿄 도' 할 때 그 도(都)*를

---

* '都'는 '미야코'로 읽으며, '수도'를 뜻한다.

쏩니다. 에베레스토*의 그 토(ㅏ)가 아니고요."

"뭐야, 또 그건."

"아, 그러니까, 저로 말할 것 같으면, 코사카이 미야코라고 한다 그 말입니다. 그러니 에베레스토의 '토'도 아니고 토마토의 '토'도 아니라구요."

미야코 씨는 한동안 고개를 수그리고 손으로 바닥을 통통통통 짓찧으며 큭큭댔다. 그때 어깨 언저리에서 불길한 분위기가 감돌았다.

"자네, 혹시 취한 거 아닌가?"

상대는 누가 봐도 뻔한 말을 물었다. 미야코 씨는 기왕 질문을 받았겠다 맞받아쳤다.

"음…… 그래 뭐, 그, 저 그게 뭐냐…… 거시기…… 아까 코사카이 후보쿠 씨 말입니다."

"응?"

미야코 씨는 꿇고 있던 한쪽 무릎을 세우고 위압적인 자세로 말했다.

"왜 후보쿠입니까? 이상한 이름 아닙니까? 왜 그런 이름을 붙인 겁니까?"

"음…… 글쎄…… 그러니까……"

---

* エベレスト. '에베레스트'를 뜻하는 일본어.

"그 따위 이름에 비하면 미야코는 엄청 근사한 겁니다. 정취가 있잖아요. 이러니저러니 해도 기풍 있는 도시, 미야코라 그거지. 분위기 하면 그래, 파리인가? 아, 런던인가? 런던 다리에서 떨어지면 그거 큰일이얏."

상대는 미야코 씨의 코 아래 위치에서 은발의 머리를 긁적였다.

"어어 그거야, 어 그렇지."

미야코 씨는 히히히 하고 불길한 웃음을 흘리며 슬금슬금 다가섰다.

"그렇지만 있잖아, 후보쿠고 나발이고 말이야. 그거 나무에 '아니 부(不)' 자를 붙여서 뭐 어쩌겠다고. 나무가 아니니 신경 쓰지 말라는 거야?"

하고 외치면서 양팔로 상대의 마른 나뭇가지 같은 두 팔을 움켜잡았단다. 그 이후의 일은 미야코의 머릿속에 전혀 저장되지 않았다. 아니 사실, 그러기 훨씬 전부터 기억의 노트는 이미 백지 상태였다. "아이고 아파, 아프다고. 알았어, 이것 좀 놔줘." 하는 애처로운 백발의 절규도 물론 그녀에겐 접수되지 않았다.

2

취하면 뻗는 사람이 있다. 시체처럼 드러누워 잠이 드는. 미야코 씨는…… 아니, 이쯤에서 꽤 익숙해졌을 테니 '씨'라는 호칭은 빼버리기로 한다. 미야코는 좀처럼 그런 일이 없다. 대신 상대와 계속 대거리를 하면서 들이붓는다.

도쿄의 모 고등학교를 다녔는데, 학교 행사를 치른 후엔 몰래 끼리끼리 모여 술을 마시는 학생들이 많았다. 말하자면 뒤풀이.

미야코도 당시 남들 노는 만큼은 노는 축이었다. 하지만 딱히 술에 탐닉한 건 아니었다. 또래 남학생이 취해서 속엣것을 끄집어내는 광경을 보곤, 반 푼의 동정심도 없이 '저런…… 추태 하고는……' 하고 혀를 챘다. 그러고는 다짐했다. 술 마신 후 저 따위 모습은 자기 사전엔 없을 거라고. 당시 소녀의 맹세는 농익은 여인이 된 지금의 숱한 술자리에서도 깨진 적이 없었다. 의지의 여인 미야코다. 그러니 취한 김에 '뭐~' 하는 타입은 아니었던 것이다. 글쎄, 뭐 그게 꼭 본인의 의지였는지는 몰라도.

어쨌거나 그런 쪽으로는 모험심이 없었던 미야코는 우롱차와 맥주를 홀짝이는 수준을 고수했다. 그녀에게 흐트러짐이란 없다. 혼자 짱짱하게 앉아 있어 귀여운 맛은 없지만, 딱히 귀여워 보이고 싶어 안달한 적도 없다.

그러던 어느 날, 졸업을 앞두고 미야코의 친한 여자친구가 남녀 4 대 4로 졸업여행을 계획했다. 당연지사, 계획녀가 찜한 남자도 그 안에 끼어 있다.

그중에 큰 회사 사장의 아들이 있어서 그 애 아버지 소유인 야마나카코* 주변의 호화별장을 싸게 이용할 수 있으리란 계산이었다. 고등학교 졸업할 나이씩이나 되어서 고국의 명승지를 둘러보고 싶었던 것은 아니었다. 아침 이슬 피할 천정만 있으면 오케이라는 주제들이었으니, 여행 계획을 듣자마자 만세삼창이었다.

여자 셋, 남자 셋은 짝이었는데 위대한 사장님 아들은 정작 짝이 없었다. 이것은 냉엄한 사실이었다. 허나 그에게는 마음이 가는 상대가 있었다. 누구냐? 계획녀, 즉 미야코의 친구가 바로 그 상대다. 하여,

"별장 같은 거 혹시…… 빌릴 수 없을까?"

하고 미야코의 친구가 슬쩍 흘린 말에,

빛의 속도로 "있고말고. 얼마든지 써도 돼."라는 화답이 돌아온 것이다.

그랬을 때 남자의 마음은 은근히, 아니 고스란히 여자에

---

* 야마나카코 호수는 후지 산맥에 점재한 다섯 개 호수 중 가장 면적이 넓은 호수다.

게 전달됐을 터. 하지만 여자 쪽은 일말의 형식적인 사양도 없이 봄이 오는 길목, 호숫가에 자기 애인인 축구부원을 데리고 떠났던 것이다. 그는 전국적인 수준까지는 아니지만 꽤 쓸 만한 포워드로, 학교 안에서 눈에 띄는 인물이었다. 게다가 빨간 대문이 상징인 대학*에 스트레이트로 합격했으니 두 팔 벌려 환영할 연애 상대가 아닌가.

들 끓는 피가 유감이라기보다, 사랑에 있어 강자는 늘 잔인한 법.

하지만 아무렴 세 쌍이서만 들러붙어 물고 빠는 것도 좀 그렇다 싶었던지 미야코를 부른 것이다. 헌데 그것이 또 비참한 결과를 초래했다. 왜냐하면 미야코는 그 포워드 군에게 싱숭생숭 설렜기 때문이다. 하지만 미야코가 누군가. 모태 리얼리스트다 보니 연적의 빼어난 미모 앞에 언감생심 두말없이 내가 졌소, 하고 마음을 접었다. 마음을 접었다고 홀가분해졌다는 의미는 아니다. 열 길 물속은 알아도 한 길 사람 속은 모른다고, 마음을 접긴 접었으나 여행의 유혹은 뿌리치기 어려웠다.

이쯤에서 웬만한 남녀치정사를 경험한 자라면 짐작하겠지만, 미야코와 그 부잣집 아들은 묘하게 얽혀 둘만의 시간

* 도쿄대학.

16

을 갖는 일이 많아졌다. 부잣집 아들은 표백한 하마처럼 생긴 희멀건 얼굴로 말을 걸었다. 별장 주인으로서 객과의 어색한 틈을 메워보려는 나름의 노력일 수도 있다.

"코, 저기…… 코사카이 씨……" 말하자면 이런 식.

그러면 미야코는 꼭 거울에 비친 자기 모습을 남에게 들킨 양 안절부절못한다. 입이 더 앙다물어진다.

이러저러하는 사이 호숫가에서의 3박 4일 여행이 팀의 4분의 3에 해당하는 사람들에게는 다시금 없을 즐거운 시간이 되고 있었다.

마지막 날 밤, 미야코는 주방에 놓인 남은 식재료를 응시했다. 챙겨 가기도 애매한 양의 술이 술병에 꽤 남아 있었다.

'남겨서야 될 말인가, 내가 다 없애주지.'라는 결심은 아니었다. 다만 버리긴 아까우니 대충 위 속으로 옮겨 담아볼까 하는 생각이었다. 시작할 땐 분명 의자에 앉아 있었는데 정신을 차리고 보니 바닥에 주저앉아 저 혼자 부어라 마셔라…… 허나 때는 꽃 피기도 이른 시절, 찬 바닥에서부터 냉기가 스멀스멀 뼈 속으로 스몄다.

그러거나 말거나 술은 술술 잘도 넘어갔다. 물처럼 들이켠 것은 아니다. 물이었다면 이렇게는 마실 수 없다. 같은 액체인데 참 신기한 노릇이었다. 시간이 얼마나 흘렀을까.

어느 틈에 술병은 공병이 되어 줄지어 섰다.

그다음부터는 전해 들은 이야기다. 술병이 빈 것을 확인한 미야코는 벌떡 일어났다. 주방이니 싱크대가 있고 그 안에는 저녁식사를 한 식기들이 쌓여 있었다. 미야코는 배수구에 빨려드는 하숫물처럼 싱크대로 돌진했다.

"빨리 닦아야지, 빨리 닦아야 해."

저 혼자 주문을 외듯 중얼거렸다고 한다.

그러는 와중에, 어둠 속에 떠오른 후지 산을 홀로 바라보며 레인지에 돌린 피자를 우적거리던 부잣집 아들이 다가섰다.

미야코는 워낙 착실한 편이다. 청결한 것을 좋아하고, 집안일에 꾀를 부리지도 않는다. 자상하고 남 뒤통수를 치는 일도 없어 친구로 지내기 좋은 성격이다.

허나 당시는 그러한 인간으로서의 품성을 모두 버리고 스펀지를 손에 쥔 채 오로지 식기세척기로 화하였다. 고개를 떨구고 어깨를 웅크린 묘한 폼으로 산적한 접시를 집어들어서는 하나, 두울 하고 힘차게 닦았단다.

부잣집 아들은 아무렇지도 않게 쌓인 접시 위에 피자 담았던 접시를 내밀며 한마디 던졌다.

"이것도." 그러자 미야코는 휙 돌아다보았다.

"뭐야?"

"어?"

"왜 내가 하마의 접시를……"

미야코는 세제가 묻은 스펀지를 싱크대 안에 휙 집어던지고 거품 범벅이 된 손가락을 치켜들더니 웅크렸던 어깨를 세우고 부잣집 아들의 이두박근을 뼈마저 바스라트릴 기세로 움켜잡았다.

"으으으으……" 이것은 피해자의 절규가 아니다.

있는 힘껏 손과 팔에 힘을 준 미야코의 신음인지 끙음인지 모를 소리다. "코, 코, 코……"

부잣집 아들은 날갯죽지를 부여잡힌 닭이 되어 힘없이 신음했다. 보나마나 '코사카이 씨'를 부르려고 했을 것이다. 참한 성정에 접시를 놓칠 세라 꼭 잡았지만 되려 여자의 손아귀에서 빠져나가기 어려웠던 것이다. 닭집 아줌마에게 얼결에 잡힌 닭이 푸드덕거리는 와중에도 접시를 깨지 않고 그나마 싱크대 안에 밀어 넣은 것이 수훈감이다.

다음 날 아침, 역시 미야코의 머릿속에 전날의 해프닝은 터럭도 남지 않았다.

정말? 내가?

하며 긴가민가하길 여러 차례. 허나 부잣집 아들의 팔에 주홍글씨마냥 아로새겨진 멍 자국을 보고는 외틀던 고개를 떨굴 수밖에 없었다. (전날 밤 몸부림의 물적 증거인 셈이다.)

"죄송해요." 미야코는 두말없이 사과했다.

어머니 아버지는 그렇게 마시는 편이 아니다. 주정뱅이를 보고 자란 것도 아니다. 그러니 음주 후 사태에 대해선 지식이 전무했을 터.

어쨌거나 미야코는 병째 들이켜도 흐물어지는 스타일은 아니었다. 토하거나 뻗는 추태는 보이지 않는다. 하지만 그와 다른 모습이 드러난다는 걸 알았다.

전에 없이 격해진다. 그리고 기억을 못한다.

3

환영회가 있던 다음 주 월요일에 은발의 베테랑 편집자가 미야코가 있는 부서로 찾아와 "미야코 씨, 미야코 씨."

하고 불렀을 때 동료들은 하나같이 입은 꾹 다물고 눈동자만 열심히 굴렸지만 당사자는 오히려 방글방글 웃으며 "넷!" 하고 힘차게 대답했다. 은발의 베테랑은 입술에 힘을 앙 주고 물었다.

"코사카이! 후보쿠가 왜 후보쿠인가?"

"네?"

미야코는 그게 누구인가 싶어 고개를 갸웃거렸다. 상대의 힘은 입술에서 미간으로 옮겨갔다. "자네가 물었잖아. 코사카이 후보쿠라는 작가의 그, 이름에 대해서."

"아…… 제가요?"

"그래. '아니 부(不)' 자는 '나무 목(木)' 자에서 머리가 삐져나오지 않은 형태지."

그래? 잘 모르겠다. 은발의 베테랑은 허공에 손가락으로 한자를 써가며 설명했다.

"아하."

"처음엔 不로 시작해 차츰 고개를 내민다는 겸손의 뜻이기도 하고 또 그런 의지의 표현이기도 하지. 그의 이름은 그렇게 유래된 거다."

이에 뭐라 답해야 좋을지 언뜻 떠오르지 않았던 미야코는 일단 감탄하기로 했다.

"아, 많이 배웠습니다. 사실 저도 아직 머리를 내밀 위치는 아니지요. 앞으로도 많은 지도 편달 부탁드립니다."

미야코는 상큼발랄하게 조아렸다.

은발의 베테랑은 피식, 흡사 악마와도 같은 미소를 흘리고 양복 상의를 벗어 의자 등받이에 걸쳤다.

"자네, 지길과 하이드가 뭔지는 알지?"

정확히 말하자면 '지킬 박사와 하이드 씨'이지만 그는

'지길'이라고 발음했다. 뭔가 무게감이 느껴졌다.

"예."

은발의 베테랑은 끄덕였다. 그러더니 천천히 허연 셔츠 소매를 걷어 올리기 시작했다. 미야코가 잠자코 지켜보는 가운데 반팔 러닝을 어깨까지 끌어 올렸다.

미야코는 거기서 헉 하고 놀라 입을 틀어막았다. 은발의 베테랑은 희한한 모양새로 가슴을 폈다.

"어때."

"저…… 제, 제가 그런 건가요?"

닭발마냥 앙상한 팔에 벌건 자국이 있었다. 주홍글씨의 주인공은 자기 허리를 잡고 덧붙였다.

"아니면 누구겠나?"

이것이 뭐 대충, 직장에서 벌어진 미야코의 술 해프닝 1탄이라고 봐도 무방하다.

미야코 때문에 공포를 맛본 남자로 말할 것 같으면 잡지 편집장인 엔도를 빼놓을 수 없다. 그는 자타칭 언어의 유희자. 참고로 '스물 일고여덟, 서른에 인생 쓴맛단맛'*은 라쿠고에 나오는 언어유희다.

---

* 「美しい落語のことば著: 長井好弘」. 여자의 참맛은 20대 후반에서 30대에 나온다는 내용의 에도시대 라쿠고.

미야코는 그 구절을 그에게 처음 듣고 기억하게 됐다.

엔도는 몸만 보면 체육과 출신이나 운동선수 쪽이다. 탄탄한 동체 위에 굴곡 없이 밋밋한 얼굴.

맡은 일은 곧잘 하는 모양이다. 그렇지 않고서야 '장' 자리에 앉을 수는 없으니까. 군이 단점을 꼽자면 언어유희가 떠오르면 입 밖에 내지 않고는 못 배기는 성질이다.

한번은 집안에서 꼼짝하지 않는다는 작가를 찾아가 좀 구슬려본다는 게 "이렇게 갇혀 있어서야 글 쓰는 일밖에 할 게 없겠네요." 하고 입바른 말을 꺼내더니, "아하, 참. 참. 이거야 말로 정말, 구슬발 속의 감금이네요." 하고 덧붙여 빈축을 샀다는 일화가 있다.

"아, 아뇨. 저는 그냥 선생님 긴장 좀 푸시라고……"

하며 둘러댔다는데……

기어코 파티용품점에 찾아가 구슬발을 사 들고 갔다는 것이 사내 정설이다.

회사에 전해 내려오는 그에 얽힌 설화들이 이외에도 여럿 있는데, 미야코와 엔도 사이에 일어난 '레드 와인 해프닝'은 '설'이 아니라 '리얼'이다.

4

미야코가 담당하는 잡지에서도 신인상 작품을 공모한
다. 일단 원고가 들어오면 편집부에서 1차로 훑어본다. 어
느 정도 후보작을 추리는 단계다. 두 명이 한 팀을 이루어
야 하는데 미야코가 신입일 때 엔도와 짝이 되었다. 신입이
야 경험 있는 선배와 함께라면 맘이 편키 마련이다. 미야코
는 자기가 맡은 작품들을 속속 읽고 검토했다.

"편집장님, 그럼 추린 작품들에 대한 회의를……"

마음먹고 말했더니 덜렁 돌아온 말이 "나 아직 다 안 봤
는데?"였다.

저래서 괜찮을까?

미야코는 내심 불안했다. 그리고 그런 상태는 막판까지
계속됐다. 마침내 데드라인까지 와서 엔도는,

"자 그럼 뽑아볼까?" 했다.

다 읽기는 한 거야? 미야코는 고개를 갸웃거리며 검토에
들어갔다. 미야코는 작품 하나하나에 꼼꼼히 메모까지 해
놓았다. 그리고 얼음송곳과도 같이 날카롭게 문제점들을
지적했는데 그에 엔도는 하나도 빠짐없이 적확하게 대답
을 해주었다. 왜 어떤 작품을 남기고, 어떤 작품은 떨어트
릴지 명쾌하게 짚어주었다.

아하, 이래서 프로는 다르구나.

미야코는 적잖이 감탄했다.

그리고 며칠 후 어떤 파티가 끝난 후에 엔도와 미야코는 작가를 대동하고 술자리를 잡았다.

때는 여름 볕이 슬슬 얼굴을 내밀 무렵이었기 때문에 엔도는 양복을 벗어 옆에 끼고 있었다. 요즘 들어 근육이 빠지고 갈수록 붙기 시작한 나잇살 때문에 전보다 땀을 더 흘렸다.

엔도가 삐질삐질 땀을 흘리며 작가와 마주 앉아 이런저런 이야기를 하고 있다. 클래식 이야기가 나오자 "거 왜, 블라디미르 호로비츠 있잖아요. 피아니스트 말입니다. 그 사람이 왔을 때 양복 안쪽을 빠꼼 쳐다보는 거예요." 한다.

"왜요?"

"우라지 미루 호로비츠."*

한여름에도 서릿발이 내릴 만한 농담을 거침없이 내뱉었다. 그러면서도 미야코를 보고는 빈틈없이 지적질이다. "코사카이, 자넨 마시면 안 돼!"

미야코는 생맥주를 두 잔 꺾고 나서 레드 와인잔을 집어든 참이었다.

---

* '우라지'는 일본어로 '양복 안쪽'이라는 뜻. '미루'는 '보다'라는 뜻의 일본어 동사. '블라디미르'를 일본어에선 '우라지'로 발음한다.

"왜요?" 작가가 물었다.

"이 사람 이거 술버릇이 고약하거든요. 며칠 전에도 횡단보도의 무늬를 파도로 착각하고는 다이빙을 해버렸다니까요."

"어머, 웬일이야…… 그건 발이 엉켜서 넘어졌던 것뿐이에요."

신호등이 깜빡일 때 급한 맘에 뛰어들었다가 앞으로 고꾸라졌으니, 그 꼴이 흡사 다이빙하는 것처럼 보이기도 했을 터. 영광의 상처로 청바지 무릎엔 큰 구멍이 났다.

"아니 아니야, 완전히 다이빙 폼을 잡고 파란불이 켜지자마자 '코사카이 갑니닷.' 하더니 그냥 뛰어들었어요."

"거짓말입니다."

허나 길고 지루한 일상사에 사실보단 거짓말이 재미있기 마련이다.

"두 팔을 앞뒤로 휘저어 헤엄치려 한 모양인데, 바닥이 아스팔트이니 나갈 수가 있나…… 그러다 길 한복판에서 신호가 바뀌었죠. 길게 뻗어 있게 놔두었다간 민폐도 그런 민폐가 없을 것 같아 내가 한쪽으로 눕혔습니다. 옆으로 씽씽 차들이 지나가는데…… 그거 스릴 있습디다. 내가 수영은 이제 그만하라고 하니까 다음엔 싱크로나이즈를 선보이겠다지 뭡니까."

"편집장님, 술기운에 사람 깎아내리지 좀 마세요. 저는 다른 데 가면 편집장님 칭찬한다구요." 그랬더니 작가가,

"왜요?" 한다. 작가 양반이 실생활에서는 어휘력이 딸리는 모양. 미야코는 망설이지 않고 엔도를 가리키며 신인상 선정 이야기를 꺼냈다. 그러고는 덧붙여 그의 프로다운 능력에 존경심을 담아 "존경해 마지않습니다." 하고 마무리지었다.

옆에서 엔도는 머리를 긁적이며 "글쎄, 이렇다니까요." 했는데 그 밋밋한 얼굴로 민망해 어쩔 줄 모르는 것이 우스워 미야코는 와인잔을 든 채 웃음을 터트렸다.

미야코는 몸이 앞뒤로 휘청거리고 손이 후들거렸다. 기분이 좋았기 때문에 딱히 엔도에게 쏟을 맘은 없었다. 아니, 없었을 것이다. 허나 격한 떨림에 중력을 벗어난 붉은 액체가 허공을 날더니 존경해 마지않는 편집장의 흰 셔츠에 철퍼덕!

"억!"

소리쳐봤자……

부어라 마셔라 하는 집이니 이런 경우도 드물지는 않은 듯했다.

"얼룩 빼는 기계가 있습니다. 얼른 기계를 돌리면 조금은 엷어질 수도 있을 것 같습니다."

센스 있는 술집 직원이 나서 얼른 제안했다.

엔도는 셔츠를 벗어 건넸다.

물론 안에 입은 러닝에도 얼룩이 번졌다. 엔도는 하는 수 없이 세면대 앞 거울 앞에 서서 종이 타월로 배와 가슴팍을 닦았다. 차도가 없다. 그래서 이번엔 젖은 종이로 두들기다 마른 종이로 두들기기를 반복했다. 한동안 그 짓을 하다 지쳐 자리로 돌아왔다.

러닝 위로 양복 상의를 걸쳤다. 굴욕적이라 표현해도 될 성싶은 꼬락서니였다. 미야코는 뒤통수를 긁적이며,

"스미…… 마셍."* 하고 간단하지만 언어유희에 반쯤 걸친 표현을 썼다.

'이 녀석 내일이면 또 까맣게 잊어버리겠지?'

하고 생각하니 엔도는 미야코가 괘씸하고 얄궂다. 세면

---

* '스미 마셍'은 '죄송합니다'라는 뜻. '스미'라는 단어에는 '얼룩'이란 뜻도 있다.

대 앞에 서서 쌩 쇼까지 하고 사태가 이쯤 되니 맞장구는 나오지 않았다.

잠시 후 술집 직원이 "오래 기다리셨습니다. 이 정도 빼 보았는데요." 하고 셔츠를 들고 왔다. 셔츠를 펼쳐본 엔도 는 솔직히 감격하며 말했다.

"어이구, 이거 대단한데."

생각했던 것보다 훨씬 깔끔해졌다. 박살이 난 줄 알고 절망했던 찻잔이 원상태로 돌아온 느낌이었다. 약간의 물 기 정도라면 체온으로 얼마든지 말릴 수 있다. 엔도는 셔츠 를 후딱 입더니 가라앉았던 기분이 되살아나 주절대기 시 작했다.

자, 여기까지 듣고 보면 그다지 특별할 것도 없다.

헌데 엔도에게는 장구한 연애 과정 끝에, 십고초려(十顧 草廬)하여 맞이한 아내가 있다. 시작이 그래서 그런지 지금 도 부인 앞에서는 큰소리를 못 친다.

다음 날 아침 눈을 떴더니 어부인께서 엔도의 러닝셔츠 를 펼쳐 들고 들이밀었다.

"이거, 뭐야?"

목소리가 싸하다. 어부인의 목소리만으로 등줄기에 닭 살이 우르르 돋는다. 엔도는 순식간에 잠이 확 달아났다. 더 이상 술과 잠에 취해 있을 수는 없었다. 아니, 그런 척조

차 불가능했다.

어젯밤 집에 느지막이 도착한 엔도는 도둑처럼 살금살금 현관문을 따고 들어와 빨래를 빨래바구니에 분리해 넣고 최대한 소릴 죽여 씻은 다음 잤다.

헌데 그 벌건 얼룩 자국이 남은 러닝을 어부인이 펼쳐 들고 있는 것이다.

"아…… 레드 와인이야."

"그건 냄새로 알아."

"아, 그래?"

"당신이 먹다 흘린 거면 이런 식으로 묻지는 않겠지?"

"아…… 그런가?"

"그래서 묻는 거야, 어떻게 된 거냐고."

엔도는 어부인의 빈틈없고 논리적인 취조에 속부터 떨리더니 결국,

"여자가 엎었어."

하고 강력 펀치에 거적문이 날아가듯 이실직고.

"여자?"

"어, 신입사원."

어부인의 목소리가 한 템포 느려진다.

"여자가 당신 가슴팍에 와인을 엎는 건 대체 무슨 상황이지?"

"음……"

"무슨 일 있었던 거 아냐?"

엔도는 꽤 판단력이 빠른 편이다. 침착하고 객관적이기도 하다. 아무렴 아내의 생각이 그런 쪽으로 흐르는 것도 무리는 아니다 싶었다.

"아, 아니야."

이쪽은 누워 있고, 상대는 서 있다. 자세만으로도 일단 불리한 입장이다. 엔도는 몸을 일으키며 계속했다.

"아니 엎었다고 해도, 그렇게 뭐…… 막 갖다 부은 게 아니야. 저쪽에서 잔을 들고 있다가 그게, 이렇게……"

"부딪쳤다는 거야?"

사실은 그게 아니지만, 그러는 편이 설득력이 있을 것 같았다.

"응, 그래그래."

어부인은 "으흠." 하더니 나갔다. 엔도가 어휴 하고 찰나의 한숨을 내쉬려던 순간, 공포가 덮쳐왔다.

몸은 그리 부실하지 않다. 아니 꽤 다부진 편이다. 한판 붙어도 밀리지 않는다고 생각한다. 덕분에 지금까지 맞고 나가떨어진 적은 없다. 그러한 인생사에서 처음 경험하는 전율이었다.

아내는 어디 갔지? 러닝을 들고 나갔다. 당연히 세탁기 앞으로 갔겠지?

셔츠는 약한 세기로 돌려야 하니까 엔도는 셔츠를 다른 바구니에 넣었다. 아내는 셔츠에 앞서 러닝을 집어 들었을 것이다. 벌겋게 물들어 있는 러닝을.

셔츠는? 셔츠는 술집에서 깔끔하게 얼룩을 제거했다!

엔도는 지금 자기 입으로 '여자가 엎었다'고 했다. 와이셔츠는 깨끗한데, 러닝에만 와인이 묻었다? 그럼 이제 어떻게 되는 거지?!

아니, 이봐 잠깐만, 기다려!

엔도의 눈앞으로 그때까지 삶의 장면 장면들이 파노라마처럼 스쳐 지나갔다.

'보통 죽기 전에 이렇다던데.'

시골 할머니 댁에서 수박을 먹었던 초등학교 시절의 여름 정경이 보였다. 하늘에 그림같이 떠 있던 흰 구름. 어디선가 한가로운 소 울음소리도 들려온다. 평온한 날들……

'아…… 그때로 돌아가고 싶다.'

라고 생각한 순간, 어부인이 돌아왔다.

"세상에 웬일이야 이게?"

아니나 다를까 셔츠를 들이민다.

엔도의 눈앞으로 넓게 퍼진 얼룩이 바투 다가왔다.

술집은 어두웠다. 취기도 한몫했을 터. 말끔하게 보였던 것은 한밤 술집이라는 장소가 연출한 환각에 불과했다.

"으으."

엔도는 눈물만 안 흘렸지 거의 흐느낌과도 같은 안도의 숨을 흘리며 고개를 숙였다.

그날, 회사에 출근한 그가 제일 먼저 한 일은 미야코 앞에 서서,

"오늘 이후로, 자네는 레드 와인 절대 금지얏!"

하고 외친 것이었다.

2장

4차원 끝말잇기

1

미야코는 입사하고 나서 세 번째 봄을 맞게 되었다.

어떤 시절이었나를 술로 말하자면 소주 맛이 들락 말락 할 무렵, 다시 말해서 소주 유신의 날이 밝기 직전이었고, 역사의 흐름에 비유하자면 페리 제독도 우라가*에 입항하여 마침내 시대의 톱니바퀴가 움직이기 시작하려던 때라 할 수 있겠다.

미야코가 있는 잡지 편집부의 신입들은 수습 과정을 따로 밟지 않는다. 다짜고짜 담당 작가를 포섭하여 원고를 받

* 나라 현의 한 지역. 1853년 미국 페리 제독이 입항하여 통상을 요구한 곳.

아 온다. 베테랑이든 신입이든 그런 의미에서는 대등하다.

미야코도 여러 작가를 담당하게 되었다. 개중에는 전부터 작품을 읽고 원고를 오매불망하던 작가도 있었다. 작가가 주문 버튼을 누르기만 하면 '작품'을 떨어트려주는 자판기라면 무슨 어려움이 있겠는가…… 허나 현실에서 그런 일은 없다. 그렇기 때문에 온갖 출판사의 편집자들이 박터지게 경쟁하는 것이다.

유들유들하게 써주겠다 써주겠다 하면서도 좀체 써주지 않는 작가라도, 주겠다 주겠다 하니 그 끈을 놓치고 싶지 않다. 그런 작가 중 한 사람으로부터,

"이거 한판 하지 않겠소?"란 소리를 들은 적이 있다.

"네?"

안경 너머로 인자한 눈빛을 띈 신사다. 작품을 뜨문뜨문 내지만 한 작품 한 작품의 완성도가 높다. 그는 오른손을 내밀어 둘째 셋째 손가락을 붙이고 뭔가 누르는 제스처를 보였다.

아아, 바둑 말인가? 미야코는 그제야 알았다.

"초보도 환영합니다."

하고 그는 부드럽게 강권한다.

학생들에게 서클이 있는 것처럼 바둑을 좋아하는 작가, 평론가, 편집자가 가끔 모인단다.

미야코는 바둑은커녕 초등학생도 하는 오목 한 번 둬본 적이 없다. 하지만 이것이 원고를 받을 수 있는 계기가 될 지 모른다는 생각에,

"네, 한 수 가르쳐주십시오." 하고 두말없이 응했다.

그리하여 가끔 도쿄의 모처에서 모임을 갖는다. 물론 다른 출판사 편집자들도 온다. 초보자는 초보자끼리 바둑을 둔다.

미야코는 찬찬한 성격답게 사전에 입문서를 구입해 나름 예습을 해보았다. 하지만 도무지 감이 잡히지 않았다. 적도 근처에서 태어나 자란 사람이 눈사람 만들기 매뉴얼을 읽는 꼴이다.

그래서 미야코는 글로 백 번 읽는 것보다 한 번 해보는 것이 낫겠다는 판단 아래 바둑알을 잡았다.

맞은편에 앉은 사람은 다른 출판사 편집자였다. 얼추 나이도 또래. 미야코는 수법이고 나발이고 일단 감각으로 알을 옮겨간다. 상대는 한 번 둘 때마다 숙고했다. 연습용 장기판이 한 칸 한 칸 채워져갔다.

더 이상 바둑알 놓을 자리가 없어졌을 무렵,

"음, 이렇게 되면 누가 이긴 거예요?"

하고 둘 다 모르니 구경하던 사람에게 물었다. 옆에서 팔짱을 끼고 보고 있던 사람이 '미야코의 승'이라고 말하

면서도 자꾸 고개를 갸웃거렸다.

"근데 왜 그러세요?"

"아니, 거참 묘한 구경을 한 거 같아서."

"네?"

"양쪽이 바둑알을 교대로 두고는 있는데……"

"그런데요?"

"아니 잠깐, 잠깐만."

주먹까지 움켜쥐고 뭔가를 골똘히 생각하더니 마침내 물 밖으로 고개를 내민 표정으로 외쳤다.

"맞아, 그거야! 며칠 전에 내가 지하철을 탔는데 말이야. 열 살 정도 되어 보이는 녀석 둘이 끝말잇기를 하더라고."

그거야 나름 흐뭇한 장면 아닌가.

"헌데…… 가만히 듣다 보니 묘한 거야. 예를 들어 이쪽 꼬마가 '아이스크림'이라고 했어. 그러면 다른 녀석이 심 각한 표정으로 생각한 끝에 '무사사비(날다람쥐)'라고 하는 거야. 이쪽 녀석이 곧장 '고릴라'라고 하니, 저쪽 녀석이 고 심 끝에 '랏파(나팔)!'. 이쪽 녀석이 '지텐샤(자전거)' 하니까 저쪽 녀석이 '야……야……야리(창)!'라고 하는 거야. 그러 자마자 이쪽에선 엉뚱하게 '자가이모(감자)'."

미야코는 웃으며 "재밌네요." 했다.

"응. 나름 열심히 생각하는 아이는 머릿속이 대답할 거리로 한가득이야. 자기가 무슨 실수를 했는지 아마 평생 모르겠지."

"그러다 알 수도 있죠."

"그래, 바로 그거야. 곁에서 보면 분명 끝말잇기인데 말이야."

"아, 그런데 지금 왜 그런 말씀을……"

"응. 자네들이 이 판 위에 잔뜩 벌려놓은 것도 말이야, 얼핏 보면 바둑 같긴 한데…… 근데, 진짜 뭐 한 거야?"

2

타 출판사의 문학상 뒤풀이 파티는 비교적 부담이 없다.

봄의 문턱 즈음 어느 날, 미야코는 마침 파티를 마치고 선배 두 명의 뒤를 따라 걷고 있었다. 서적부에 근무하는 오타 미키는 한 덩치 하는 데다 눈코입도 큼직큼직한, 선이 굵은 외모의 소유자다. 게다가 옷도 선명하고 밝은 것을 선호한다. 왕년에는 나올 데 나오고 들어갈 데 적당히 들어간 몸매였다는데, 지금은 전체적으로 두루뭉술한 40대다. 이제 막 고등학생이 된 아들이 있다.

미야코가 담당한 연재소설이 이번에 단행본으로 나오는

데 그 단행본의 담당 편집자가 미키다. 그래서 요즘 서로 마주하는 일이 잦다.

"술집으로 출발." 하고 외친 것은 바로 미키.

이에 "좋소." 하고 두말없이 받은 사람은 문고부에 있는 세토구치 마리에다. 30대 미혼으로 숏 커트 머리에 두꺼운 뿔테 안경을 썼다. 옛날 만화에 흔히 나오던 대사, '안경을 벗으니 못 알아볼 만큼 예쁘네.'라는 말을 들을 법한 타입. 헌데 본인은 무슨 억하심정인지 절대 렌즈는 끼지 않는다. 하지만 그 또한 일종의 자기주장 아닐까. 미키와 미야코는 전에 같은 부서에서 일한 후로 친하게 지낸다.

둘 다 미야코 입장에서 보면 큰 힘이 되는 언니들이다. 서적부의 서언니, 문고부의 문언니.

"'헤쳐 모여, 가마쿠라!'*라는 말도 있죠?"

"오오, 미야코 대단한데. 하긴, 책을 만들려면 그 정도는 알고 있어야지."

서언니가 탄복한다.

"그런데 그 말은 어디서 유래한 거예요?"

"음, 좋은 질문이야. 그건 말이야, 사실 아키다의 설날 풍

---

* 가마쿠라 막부가 생겨날 시기에 무슨 큰 일만 있으면 각지의 사무라이에게 가마쿠라로 급히 모이라는 명령이 내려졌는데, 그 후로 급히 모이라는 말을 할 때 쓰는 비유적인 표현이다.

습에서 유래한 말이지.”

서언니는 아키다 출신으로 피부가 백옥 같다.

“오호.”

“아이들이 손에 손에 감주나 엿을 들고 새몰이 노래*를 부르면서 ’자, 가마쿠라를 만들자.’라고 하잖아. 아, 이 얼마나 정겨운 일본 고유의 풍경이야.”

“정말요?” 미야코가 놀라 물으니,

문언니가 웃으면서 보탠다.

“아이고, 뭘 심각하게 들어. 다 뻥이지.”

이러쿵저러쿵 세 여자들이 한마디씩 하며 하하 호호 하는 사이 지하철로 따지면 한 정거장 정도는 너끈히 걸었다. 마침내 문언니가 아는 술집에 도착. 계단을 타박타박 걸어 내려가 문을 열었다. “어서 옵쇼오.” 하는 반가운 소리를 들으며 마침 자리가 난 안쪽으로 향했다.

언니들은 늘 하던 대로 “일단 맥주부터.”라고 외치더니, “미야코는 뭘로 할래?” 하고 묻는다.

“음…… 두부튀김 어떨까요?”

“오호호, 귀엽기는. 나는 해삼.”

문언니가 말했다.

---

* 에도시대 중기 농촌에서 농작물에 피해를 주는 조류를 아이들이 막대를 들고 쫓을 때 부르던 노래.

"맛있어요?"

"그럼, 난 겨울엔 이것만 먹어. 이제 슬슬 계절도 바뀔 때니까."

"해삼도 종류가 많아요?"

"응. 색깔이 가지가지지. 우리 고향에선 붉은 해삼을 귀하게 여겨."

문언니는 규슈 출신이다.

"아아, 네."

"품명을 적을 때도 그냥 해삼이라고 하지 않아. 정확히 '붉은 해삼'이라고 적지."

미야코는 관동 출신이고 이 직장에 취직하기 전까지는 술을 그닥 벗 삼지 않았다.

"아, 그렇게 특별해요? 어떻게 다른데요?"

"음, 붉은 해삼이 더 굵고 두툼하지."

'굵고 두툼'하다고 발음할 때 문언니는 입술을 부드럽게 앞으로 내밀며 말했다. 해삼이 그야말로 푹신한 이불처럼 부드럽게 느껴졌다. 이야기는 계속됐다.

"푸른 해삼이 오독오독하다면 붉은 해삼은 폭신한 게 식감이 달라."

"아아."

말만 들어도 왠지 군침이 돈다. 안경 너머 문언니의 눈동자가 빛난다.

"그리고 바다의 맛, 시큼 짭짤한 맛이 배어 나오면서 술이 입에 짝짝 붙는단 말이지."

하면서 문언니는 몸을 비스듬히 기대고 마치 자기가 입속의 붉은 해삼이라도 된 것처럼 웅얼거렸다.

"그럼 그럼." 하고 받은 서언니가 "붉은 해삼 푸른 해삼 노란 해삼." 하고 말을 이었다.

"발음 연습하세요?"

"응?"

"노란 해삼은 없잖아요." 문언니가 말하자 서언니는 정색을 한다.

"아니, 옛날부터 이런 말도 있잖아 '마나마코*가 되어 찾는다.'"

그랬더니 문언니가 불쑥 끼어든다.

"그건 치나마코잖아요."

서언니는 잠시 생각하더니, "아하하하, 아니지. 그건 치마나코**잖아." 한다.

미야코는 갈수록 무슨 소리들을 주고받는 건지 몰라 멍하니 있었다. 그러던 차에 맥주 피처 도착.

---

* 해삼.
** 혈안(血眼).

치쿠젠니도 그쪽에선 가메니*라고 한단다. 문언니의 말에 따르면 이 가게에는 요리 외에도 주문할 게 있다.

"저거 좀요." 하자 대번에 알아들은 점원이 메뉴가 아닌 다른 리스트를 가져왔다.

"뭐예요, 그게?"

"명단 노트."

손님들이 출신 고등학교 별로 노트를 만들어 보관할 수 있게 한, 이 집만의 서비스란다. 문언니는 쭉 나열된 고등학교 이름을 손가락으로 따라가며 "이거야 이거." 하곤 해당 번호를 점원에게 말했다. 그러자 점원이 곧 노트를 대령했다.

"우와아, 재밌어요. 꼭 고딩 시절로 돌아간 거 같아요."

"바로 그거지."

후쿠오카 출신들도 이곳에 들러 고등학교 시절 추억담과 요즘 사는 이야기를 적어둔단다.

"규슈 것만 있어요?"

"처음엔 그랬는데 요즘엔 다른 지역 것도 있는 거 같아."

---

* 닭고기와 채소를 찐 후 볶은 일본 향토 요리.

"저는 도쿄 도립 출신인데요."

서언니가 풍만한 가슴을 울렁거리며 웃더니 말한다. "미야코(都)가 도쿄 도립이라니 그럴듯하네. 왠지 나랏돈으로 배운 사람 같아."

"헤헤, 글쎄요."

미야코는 맥주를 들이켰다. 문언니가 테이블 위에 있던 리스트를 건넸다.

"한번 봐."

"네."

도립 고등학교의 수는 그다지 많지 않았기 때문에 금세 찾았다. 미야코는 테이블을 탁 치며,

"여기 있네요." 했다.

"어머나, 다행이네."

점원이 가져온 도쿄 도립 고등학교 노트를 펼치니 메모를 남긴 사람이 몇 안 된다. 제일 앞에 적은 사람은 무슨 건설회사에 근무하는 아저씨. 1년 반 정도 전에 남긴 것이다. 야구부 시절 고생했다는 메모를 남겼다.

"우리 반에 야구부 여자 매니저가 있었습니다."

그 한 줄을 읽는 미야코의 목소리도 옛날을 그리는 목소리가 되었다. 창밖으로 아득한 파스텔 빛 풍경이 펼쳐져야 어울릴 법한 느낌이었다.

마지막 사람의 메모를 보기 전까지는.

굵은 만년필로 나름 정성 들인 듯 이렇게 적혀 있었다.

나의 고등학교 시절 추억이라면 뭐니 뭐니 해도 M○K씨, 당신
을 빼놓을 수 없습니다. 당신이 없었다면 나는 여기 이 자리에,
이렇게 존재하지 않았을지도 모릅니다. 왜냐하면 그때까지 나
는 음주 따윈 생각도 못했으니까요. 하지만 그날, 당신이 나를
우격다짐으로 끌어다 앉힌 그날, 그래 좋다, 한번 마셔주마 하
는 생각에 화산이 폭발하듯 덤볐던 겁니다.

으응?

미야코는 흠칫했다.

"왜 그래, 미야코?"

"아, 아니에요." 미야코는 계속 읽어나갔다.

당시 상황은 그다지 유쾌했다고는 할 수 없습니다. 하지만 이제
와 생각하면 K씨, 나는 당신에게 감사하고 싶습니다. 왜냐하면
이 세상 괴로운 일, 슬픈 일이 어디 한둘입니까. 당신에게 당한
수모 정도는 깜도 안 되지요. 날이 갈수록 거세지는 세상풍파,
아아 술이라도 있어 다행이다 생각하기 때문입니다. 지금, 이렇
게 좋은 벗들과 술잔을 기울일 수 있는 것도 다 당신 덕분이라

생각합니다. 고마워요. 고마워. 코사카이 씨.

ㅇㅇㅇㅇㅇ……
미야코는 속 깊이 절규했다.
어디, 이런 데서 실명을 거론하는 거야!

4

이 글을 남긴 사람은 졸업여행이랄까, 졸업합숙 때 술에 취한 미야코가 약간의 난폭한 액션을 취한 상대이다. 그 일을 계기로 그가 술의 세계에 입문했다고 하면 미야코로서도 감개무량한 일이 아닐 수는 없다.

약간의 공간을 띄고 같은 만년필로 적은 글이 보였다. 척 보기에도 갈지자를 그리며 휘갈긴 것이 중간에 몹시 취기가 올랐음을 짐작할 만했다.

글쎄, 암튼 마시지 않는 사람이 손해라고 생각한 거지. 코사카이. 나는 당신처럼 취했다고 모양새가 흐트러지진 않아. 술 좀 마셨다고 정신을 놓고 헤벌레 하는 놈들 정말 밥맛이야. 왜인 줄 아나? 그런 놈들은 주정뱅이거든. 나는 주정뱅이 따위 싫어

해. 그렇지만 코사카이, 너는 취해도 귀엽지 않은 건 아니잖아. 거 뭐냐, 암튼, 저기 말이야, 네 기붕도

기분이지, 기붕이 뭐냐, 이런…… 미야코는 생각했다.

모르는 건 아냐. 귀엽지. 너도 그만하면 귀여워. 암튼, 한판 붙어보자구. 이젠 나도 너랑 한판 붙어도 지지 않는다고. 퍼마셔도 말짱하다고. 그 점은 네가 좀 배워라 이 말이야. 코사카이, 그게 너랑 내가 다른 정이다.

다른 점이라고 쓰려던 거겠지?

아무튼 술이 그다지 센 놈이 아니라는 건 알 수 있었다.

그는 모 회사의 사장 아들이었다. 그러나 한창 일본경제가 거품이던 시기와는 달리, 붕괴의 역풍을 맞았다면 오히려 보통 사람들보다 더 힘든 일이 많았을 것이다.

사회인이 된 지금, 미야코는 전우와도 같은 심정으로, 너무 술로 풀려고 하지 말라고 하고 싶은 마음이었다.

"뭐라고 한마디 쓰지그래, 미야코? 그냥 읽고만 가면 섭섭하잖아."

옆에서 채근했지만, 미야코는 선뜻 펜을 들 수 없었다. 정면에 직구로 스트라이크를 먹은 타자의 기분이었다. 다

짜고짜 들이대니 미야코는 슬쩍 피하게 됐다.

다음에 다시 들르면…… 그때, 좀 점잖은 말을 쓰지 뭐.

실제로 얼마 지나지 않아 '다시' 오게 될 미야코였지만 당시로서는 미래 일이니 깜깜할 수밖에.

"다음엔 소주로 달려보는 게 어때?"

문언니가 권했다.

"아, 소주는 뒷일이 감당 안 되잖아요. 냄새도 독하고."

"아니, 개중엔 괜찮은 것도 있어. 이 집엔 좋은 술 많아. 아, 미야코는 흑당 소주로 한번 마셔봐."

"흑당이라면…… 흑설탕요?"

"응."

미야코의 호기심에 불이 붙는다. 당장 주문했다. 한 모금 머금으니 의외로 부드럽게 입에 감겼다. 확실히 설탕 냄새가 감돌았다.

"아……"

"목 넘김 좋지?"

"네, 괜찮은 거 같아요."

서언니가 옆에서,

"가라스미* 먹어봐." 한다.

---

* 숭어의 난소를 소금에 절여 말린 술안주. 일본의 3대 진미 중 하나.

지극한 대접이 아닐 수 없다. 미야코는 저도 몰래 꿀꺽 꿀꺽……하다가, 정신을 차렸다.

"소주는 이러다 훅 가는 거 아니에요?"

"사람마다 달라."

"아, 저기…… 저는 오늘 사실, 집에 가서 마저 끝내야 할 일이 있어서……"

하며 미야코는 벽 쪽으로 다가가 근처에 놔둔 핸드백을 더듬어 찾았다.

가방 안에는 미야코가 담당한 작가와 다른 작가의 대담을 녹음한 테이프를 받아 적은 원고가 들어 있다. 아직 손을 대지 않은, 원형 그대로라 그것을 잡지에 '대담' 형태로 실으려면 정리를 해야 한다.

상대편 작가는 선배 편집자가 담당한다. 그 작업이 끝나면 각 작가들이 다시 한 번 검토한다.

오늘 밤 안으로 완벽히 정리하는 것은 무리지만 다음 일정을 생각하면 윤곽 정도는 잡아놔야 한다.

"야구방망이로 뒤통수를 얻어맞은 것처럼, 갑자기 취기가 훅 끼치면 뻗어버리잖아요."

그런 술도 있다.

"그야 그렇지."

"이 집은 너무 편해서 한번 자리 잡으면 시간이 길어질

거 같아서요."

미야코는 미안한 표정으로 오늘은 '덕분에 좋은 집을 알았다' 정도로 마셔두고, 적당한 선에서 일어나겠다고 했다.

서언니도 문언니도 잡지를 만든 경험이 있다. 그러니 미야코의 사정을 누구보다 잘 아는 둘은 일 때문에 가야 한다는 사람을 억지로 잡아 앉히지는 않는다. 미야코는 끝으로 구운 주먹밥을 시켜 입가심을 했다.

선배들은 퍼져 앉은 폼이 이제부터 본격적으로 달릴 모양이다.

"얼마나 나올까요?"

"아이고 깍듯하기도 하지, 됐어. 그냥 가."

선배가 말렸지만, 미야코는 천 엔짜리 몇 장을 테이블 위에 두고 일어났다. 그런데 한 발 내딛는 순간, 다리의 후들거림이 보통 때와 달랐다. 문언니가 때를 놓치지 않고 보더니 말했다.

"미야코, 못 걸어가. 차 타고 가야 해."

5

미야코는 모모 맨션이라 이름 붙은 다가구주택에 산다.

지하철 순환선 상에 위치하고 큰길에서 좀 들어가 좌회전하면 나오는 건물이다.

정신은 비교적 말짱하다. 헌데 계단 오르기가 힘들다. 양다리가 후들거리면서 늘어진 엿가락처럼 꼬였다. 옆에서 따라주는 대로 넙죽넙죽 받아 마시지 않고 선을 그은 것이 그나마 다행. 기특한 자신을 칭찬해주고 싶다.

3층까지 올라와 익숙한 문 앞에서 열쇠를 따려는 찰나!

손에 아무것도 들린 게 없다는 것을 깨달았다. 두 손은 깃털처럼 가볍고 자유로웠다. 순간 해방감에 환하게 웃을 뻔한 미야코. 하지만 곧 지금 그럴 상황이 아니라는 생각이 입꼬리를 잡았다.

핸드백은 어디 간 거지? 모든 일정이며 온갖 잡다한 메모까지 다 적어 넣은 수첩에, 휴대전화, 중요도로 치면 별 이백 개를 줘도 모자랄 대담 원고까지 든 토트백. 개인정보부터 업무사항까지 모든 것이 담긴 보물보따리. 그렇다, 이 순간 미야코는 마치 마법 램프를 잃어버린, 동화 속 주인공처럼 초조와 절망의 그림자를 뒤집어쓴 상태였다.

잠깐만 그러니까…… 택시는 무사히 내렸지. 그러니 돈은 지불했을 거고……

그렇다면 어떻게 된 거야, 이거?

보통 백 안에 지갑도 넣는다. 주머니를 툭툭거리며 확인

해봤더니 지갑이 코트 주머니에 있다…… 그, 그럼……

서언니와 문언니 앞에 천 엔짜리 몇 장을 두고 왔다. 그
때, 토트백에서 지갑을 꺼냈다. 분명 그때까지 손에 백을
들고 있었다.

그다음에 어떻게 했지?

우선 한 손에 지갑을 한 손에 백을 들고 출구로 향한다.
코트를 받아 들 적에 손이 모자라 들고 있던 백을 근처에 놓
는다. 코트에 팔을 끼며 코트 주머니에 지갑을 밀어 넣는다.

그러고 있는 자신의 모습이 무성영화의 한 장면처럼 떠
올랐다.

그래, 충분히 그럴 수 있지.

아니, 분명 그랬을 것이다. 틀림없이 그랬을 거야.

점원이 서언니나 문언니에게 백을 건넸다면 '미야코, 두
고 갔네.' 하면서 메시지가 왔을 거다. 하지만 그러면 뭐하
나, 휴대전화도 백 안에 있는데. 이러지도 저러지도 못하는
상황이다. 무엇보다 편집자가 원고를 통째로 잃어버리다
니 어디 가 입도 뻥끗 못할 노릇이다. 지금이라도 가서 찾
아오자. 지금 당장 뛰어 가면 문 닫기 전에 도착할 것이다.

다행히도 지갑에 성냥갑이 들어 있어 가게 이름을 알 수
있었다. 특이한 서비스가 있는 집이라 특별히 꿍쳐두었던
것이다.

미야코의 몸은 일단 출발하기 전에 물이라도 한잔 원했다. 허나 집 안에 들어갈 수 없으니 물도 마실 수 없다. 처량하기 그지없는 미야코.

운신의 폭이 대폭 줄어든 신세로 계단을 내려왔다. 후들거리는 다리로 맘만 급했다. 이러다 자빠져 입원이라도 하는 날엔 그야말로 설상가상, 엎친 데 덮친 격이다.

큰길로 나왔지만 그 시각에는 중심가가 아니면 택시도 좀체 다니지 않는다. 가까운 지하철역으로 갔다. 역 앞이라면 택시가 좀 있다.

다행히 조금 걷다 보니 골목에서 돌아 나오는 택시를 잡을 수 있었다.

6

"어머나."

뽀얗던 뺨이 발그레해진 서언니가 말했다.

"무슨 일이야?"

언니들은 같은 자리에 앉아 있었다. 헌데 테이블에 한 손을 얹고 혼자서 주절대는, 거무튀튀한 양복쟁이가 한 명 더 있었다. 서언니의 시선을 따라 그가 돌아다보았다.

"어어어어!"

헤어스타일이 달라졌다. 하지만 표백한 하마의 얼굴은 여전했다. 노트에 주저리주저리 적어 넣은 미야코의 동급생, 바로 그 부잣집 아들이었다.

나중에 들은 이야기인데, 그는 이 술집에 와서 제일 먼저 그 노트를 찾았단다.

그런데 없었다.

미야코가 중간에 자릴 떴기 때문에 테이블에 그 노트가 남아 있었던 것이다.

점원이,

"그 고등학교의 노트라면 저쪽 테이블에 있을 겁니다."

하고 귀띔하여 부잣집 아들이 직접 테이블까지 걸음 한 것이다.

"서, 선배들이십니까?"

"아뇨. 우린 이 노트와 상관없어요. 먼저 간 후배가……"

하는 식의 대화가 오갔다.

그러고 있던 차에 마침 미야코가 등장한 것이다. 기대와 설렘에 부푼 부잣집 아들은 감정을 주체 못하고 외쳤다.

"코, 코사카이 미야코!"

상황으로 봐서 미야코 역시 놀라야 마땅한 장면이다. 하지만 소주에 심신이 녹아내려 판단능력과 시야가 좁아진

상태였다. 상대가 이 자리에 있는 것이 그녀에겐 딱히 신기하고 놀랍지 않았던 것이다. 아니, 그보다 미야코에겐 훨씬 더 중요한 일이 있었으니까.

"토오, 토오, 내 토오트백!!"

"그래그래, 드디어* 만났다 그거지? 그래, 맞아."

부잣집 아들은 감격한 표정으로 성큼성큼 다가와 악수를 청했다. 익숙한 얼굴이라 미야코도 굳이 저항하지 않고 손을 맞잡았다.

"이야 이거 우연이라는 게 이렇게 재밌는 거야, 안 그래? 설마 이런 데서 만날 줄이야."

"잃어버렸어."

"아니, 잊지는 못하지 그날 일은……"

"못 봤어?"

"봤지, 코사카이, 지금 보고 있잖아."

"중요한 게 전부, 거기……"

부잣집 아들은 미야코의 말을 듣고 추억에 잠기면서도 약한 모습을 감추려는 듯 고개를 내저으며 설레발쳤다.

"아니, 뭐 그거야 그렇지. 추억은 소중하지만, 고등학교 학창시절이 인생의 전부는 아니잖아. 중요한 것은 현재지,

---

* '토오토오'는 '드디어', '마침내'라는 뜻.

현재."

"그대로 놔뒀는데."

"그럼 그럼. 과거로 남은 추억은 그 자리에 그대로 있지, 그런데……"

미야코는 더 이상은 참을 수 없어 잡고 있던 오른손을 잡아 뺐다. 그러고 나서 자기 팔을 툭툭 내리쳤다. '이 손에 들고 있던 내 토트백 말이야'라는 제스처로.

"아, 그래 맞아. 그 팔의 힘은 정말이지 대단했어. 하지만 나도 이제는 지지 않을걸?"

부잣집 아들은 팔을 뻗어 미야코의 팔을 꽉 붙잡았다. 도무지 무슨 상황인지 이해가 안 됐지만 미야코도 가만 있을 수 없다는 본능에 똑같이 응수했다.

"우우우우……"

"토오…… 토오……"

각자 기합 소리를 내며 서로의 팔을 움켜쥐었다.

"뭐 하는 거야 이거?"

옆에 있던 문언니가 말했다.

"글쎄. 미야코의 학교에서 유행하던 짓 아니겠어?"

그 옆에 있던 서 언니가 말했다.

"허그의 일종인가?"

"글쎄 뭐 말하자면 그렇지 않을까?"

"아이고 안 만났으면 어쩔 뻔했어?"

7

결국 가게 안에 미야코의 백은 없었다. 그렇다면 택시에
두고 내렸다는 소리밖에는 안 된다. 택시 회사명은 기억하
고 있었다. 집에 가서 문의해봐야 한다.

그럼 문은 어찌 열고 들어가나? 얼굴에 철판 깔고 관리
인을 깨워서 열어달라 사정하는 수밖에 없다. 아저씨의 도
끼눈을 상상하니 마음이 착잡했다.

초봄의 뽀얀 밤이었다. 하지만 그렇잖아도 천근만근인
다리로 헛걸음까지 한 탓에 미야코의 심신은 자꾸 땅 밑으
로 가라앉았다.

"저기서 세워주세요."

신호에 조금 못 미쳐 늘 내리던 위치에서 택시를 내렸
다. 그러고는 터덜터덜 걸어가 왼쪽으로 꺾어져 한 번 더
좌회전. 나지막한 오르막이 나온다. 술이 들어간 만큼 숨이
턱에 찬다. 그때 그동안의 피로가 한꺼번에 밀려들었다.

집 앞 모퉁이에 큰 돌 하나가 박혀 있다. 높이가 허리춤
까지 오기 때문에 피곤할 때 엉덩이를 걸치고 한숨 돌리기

에 딱 좋다. 돌이 꼭 '예서 좀 쉬시오.' 하는 것만 같다.

미야코는 이번에도 그 돌에 걸터앉아 후 하고 한숨을 내쉬었다. 땅으로 꺼질 듯한 숨결에 오른손을 떨구니 손가락 끝에 뭔가 와 닿았다.

응?

왠지 익숙한 감촉. 꾹 잡아보니 토트백의 끈 아닌가.

아…… 이런……

왔다 갔다 다리품 판 것도 말짱 도루묵은 아니었다. 이런 멍청한 짓을…… 한심함에 화가 치밀기보다 우선은 핸드백을 찾았다는 안도감이 몇 배 컸다.

그냥 원래대로 돌아온 것뿐이다. 하지만 그 당연한 것이 이다지도 행복감을 줄 수 있다.

미야코는 토트백을 가슴팍에 끌어안고 하하하 소리 내어 웃었다. 누군가 봤으면, 맛이 가도 한참 간 사람이라 여겼을 것이다.

3장
시코타마 가면과 시타타카 아가씨

1

불평이란 모름지기 듣기 불편한 법이다. 미야코는 특히 낮살이나 먹은 남자의 불평은 딱 질색이었다.

아이고, 이건 도무지 피라미드 두 개가 거꾸로 어깨를 찍어 누르는 것 같다고 구시렁대면서도 산더미 같은 일을 쉬지 않고 차근차근 해나가는 대선배도 있다. 어느 프로야구 팀의 노장 감독마냥 구시렁이 랩퍼 수준이다. 이건 미워할 수가 없다.

뭐가 구시렁이고, 뭐가 불평인가. 그 기준점은 명확히 정의할 수 없다. 하지만 전자에 약간의 유머와 여유가 있다면, 후자는 오로지 암흑의 구렁텅이 같은 이미지다.

헌데, 전형적인 불평남이 사내에 있다. 타마다 분조. 다행히 미야코와는 다른 잡지의 편집부에서 일한다. 이름부터가 고리타분하지만 나이는 아직 서른하고 몇 해 더 묵은 정도다. 눈썹이 진하고 눈빛은 형형하다. 그러니까 얼굴의 윗부분만 보면 꽤 남자답다. 하지만 약간 들떠 있는 입매가 꼭 다물어지지 않는다. 바로 거기서 전체 이미지를 깎아 먹는다.

셔츠는 단추를 꼭 채우지 않고 가슴팍까지 벌려놓는다. 넥타이 없이 재킷을 걸치고 다니는 것이 제 딴에는 '센스 있는 도시남 스타일'이라 여기는 것 같다. 하나 덧붙이자면, 들고 다니는 서류가방이 루이비통 소프트 타입.

미야코가 처음 그의 가방을 봤을 당시는 아직 학생 티를 벗지 못했을 무렵이다. 기억하는 남자 중에 루이비통을 든 사람은 생각하고 말 것도 없이 전무했다. 그나마 이름이 좀 알려진 브랜드라면 기껏해야 미츠코시*나 마루젠**의 쇼핑백 정도랄까.

여자만 명품 백을 좋아하는 게 아니구나,

하는 사실을 실감하게 해준 최초의 남자가 바로 타마다이다.

---

* 일본의 유명 백화점.
** 일본의 유명 서점.

잡지 만드는 일에는 농촌의 농한기처럼 잠깐 한가해지는 시기가 있다. 그럴 때면 타마다가 복도를 활보하며,

"어때, 도시의 네온과 야경이 끝내주는 바(bar)에 갈까? 내가 한잔 사지." 하고 뻐긴다.

눈 빠지게 일을 한 후이니 선배 덕에 회포를 푸는 것도 나쁘지 않겠지란 생각에 따라나설까 폼을 잡으면, 곁을 지나가던 문언니, 세토구치 마리에가 큼직한 안경테를 쓸어 올리며 작은 소리로 귀띔한다.

"어머머, 시코타마* 유혹이야?"

처음엔 그저 말 그대로 '아, 타마다 씨가 많이 사주려는 건가?' 했다.

타마다는 토끼 같은 여직원들이 몇 명 따라붙으면 나름 고급스러운 곳으로 데려간다. 맛있는 요리도 사준다. 헌데, 잘 나가다가 중간에 불평을 해대기 시작한다. 자학적으로 드라이브를 튼다. 그제야 그가 어떤 사람인지 깨닫게 된다.

"나는 말이야, 완전히 그른 놈인데 말이야."로 시작한다.

아아, 네에 하고 맞장구 칠 수는 없으니 일단 심각한 표정을 짓는다. 그럼……

"힘들고 괴로운 일만 잔뜩인 오늘이었지만 말이야, 술이

* '엄청', '많이'라는 뜻.

나마 털어 넣고 내일까지 버텨보자구."

하면서 낙타처럼 입술을 오므리고 크흐흐 웃는다. 어둑한 조명 아래, 허무한 그림자를 드리울 요량이었을 것이다.

"나 말이야, 계속 살아도 될까?"

라는 말도 했다. 미야코는 이런 식의 발언에 안달하는 스타일이라, '모쪼록 계산을 마칠 때까지는.' 하고 속으로 퍼뜩 대답한다.

회사에서 무슨 일이 있었나? 버거웠나? 아님 남한테 동정받고 싶어 하는 타입인가? 하고 미야코는 생각했지만 타마다는 갑자기 공격적으로도 변했다.

요즘엔 셀프 미용이라고 해서 드물지 않은 것이 속눈썹 연장이나 붙임머리지만, 이 이야기는 사실 꽤 오래전 일로 당시 그런 것은 보기 드물었다. 바에 같이 간 무리 중 한 사람이 붙임머리를 하고 있었다. 타마다는 끊임없이,

"그거, 진짜 머리야? 응? 진짜야?"

하고 끈질기게 캐물었다. 여자들은 이런 질문 짜증 난다.

아무리 술이 들어갔다고는 하지만 말투 하며 표정이 숯 검댕이 눈썹의 사내에게는 영 어울리지 않았다. 하지만 타마다는 좀체 떨어지지 않을 기세였다. 다들 얻어먹는 신세라 참고 있었다. 그러다 마침내 계산할 때가 왔다. 타마다는 갑자기 턱을 추켜세우곤,

"어어, 그래그래, 그냥 나가, 그냥 나가." 했고 여직원들은 "아, 감사합니다." 했다.

그때 한발 늦게 나온 미야코는 본의 아니게 목격하고 말았다. 카운터에서 그가 회사 카드와 영수증을 받는 모습을.

다음 날 문언니에게 들은 바, "타마다 씨…… 회사 경비를 엄청 쓰는 사람이야."

그래서 '시코타마'란 거였구나 하고 미야코는 고개를 끄덕였다. 경리부 쪽에서 흘러나온 별명이란다.

작가가 무슨 상이라도 타면 각 출판사 편집자들이 모인 축하 술자리가 2, 3차 이어진다. 그럴 때 타마다는 시키지도 않았는데 자릴 박차고 일어나 절규한다고 한다.

"좋아, 이 자리는 내가 사지."

내가는 무슨 내가야. 그 돈이 자기 돈인가!!

하고 이쪽에서 속으로 화살을 날리고 있으면 다른 회사 사람들도 대충 눈치를 채고 말린다.

"아니야, 아니에요. 회사 별로 나눠 냅시다."

"사람이 스무 명이나 되는데."

훤한 대낮에 또 타마다는 얌전히 있지 않고 눈을 홉뜬 채 잘라 말한다.

"어허, 아니야, 그런 문제가 아니라고."

나 참, 도무지 이해할 수가 없다. 하기야 취한 사람이 무슨 말인들 못하며 무슨 짓인들 못하겠냐마는. 그렇지만 있는 대로 큰소리쳐놓고 자기 주머니를 터는 일까지는 없으니 거기까지가 그의 마지노선이라고 하겠다.

쓴 돈이 고스란히 경비로 올라가면 문제는 없다. 헌데 타마다의 경우 그 부분이 또 이상야릇하다.

훤한 대낮에 문언니의 이야기는 그 정도로 끝났다. 차마 대낮에 맨 정신으로 못할 말들이 더 있다고 한다.

어젯밤의 영수증도 '평론가 아무개 씨 일행과의 모임'이라든가 '작가 아무개 씨와 미팅'이라고 써서 경리부에 제출할 것이다.

아니, 입은 삐뚤어져도 말은 바로 하랬다고, 그럼 자기가 낸다는 소리는 말아야지!

문제는 바로 그 점이다.

좋게 보면 직원들 간의 단합을 위한 경비라고 할 수도 있다. 솔직히 말해, '열심히 일한 당신, 회사 덕 좀 봐라.' 생각한다면 얼마든지 이해하고 지나갈 수도 있다. 하지만 타마다의 행태는 그게 아니다.

'공금으로 여직원들에게 뻐기지 마쇼, 그렇게 한턱내고 싶으면 루이의 똥인지 누구 똥인지 하는 그 가방이라도 팔아서 내든지.'란 소리가 미야코의 턱밑까지 치민다.

허나 미야코도 그 자리에서 마시고 먹은 만큼, 그의 고까운 행동에 두 주먹 불끈 쥐고 바른 말 한마디 할 수 없었다. 미야코는 공범인 양 암울해졌다.

2

'醜'라는 글자는 '시코'라고 읽는다. 미야코는 퍼뜩 '醜玉(시코타마)'라는 글자가 떠올랐다. 의미상 그것을 '나쁜 남자'라고 한다면 그렇지 않은 사내도 있다. 여직원들이 '사내(社內) 인간 지도'를 만들었을 때, 타마다와 대척점에 위치한 것이 이케이 히로유키였다.

"아, 그 오빠, 착하지."

남자들 뒷얘기에는 무덤덤한 문언니까지 한마디 보탰다. 이케이 히로유키는 타마다와 비슷한 연배인데 인상은 실로 다르다. 귀찮을 법도 한데 일로 고민하는 후배 사원들의 이야기를 하나하나 찬찬히 들어준다. 외부 의뢰인들의 집요한 전화에 쩔쩔 매는 직원을 보면 수화기를 넘겨받아 대신 능숙하게 처리한다.

지금은 문고부 소속인데 나이는 문언니보다 두 살 정도 어리다. 하지만 문언니는 '이케이 씨'나 '이케이 군'이라 하지 않고,

"저기…… 오빠." 혹은 "오라버니." 하고 부른다.

무슨 일로 나이 많은 선배가 두 살이나 어린 남자를 오빠라 부르게 됐는지는 모르겠다. 문언니의 입장에서 볼 때 약간 민망한 감 없지 않은 애정 표현일 것이다.

이케이도 그러한 호출에 아주 자연스럽게 대응하니, 보는 이도 그러려니 한다. 서로 각자의 능력을 높이 평가하고 있음을 알 수 있다. 두 사람이 손을 잡으면 무슨 일이든 척척 진행된다. 둘도 없는 명콤비인 양 손발이 맞는다.

이케이는 '이 사람과 같은 부서가 되면 기분 좋게 일할 수 있겠다.' 하는 생각이 들게끔 만드는 남자다.

하지만 콤비플레이를 멋지게 해내려면 문언니만큼의 능력을 갖추어야겠지?

이케이는 생김새도 모난 구석 없이 호감형이다.

'이케이(池井)'가 아니라 '이케타마(池玉)'였다면 타마다와 나란히 '좋은 놈, 나쁜 놈'이라고 불렀을 텐데, 하고 미야코는 혼자 생각했다.*

'저 사람을 좋아해도 될까?' 하는 마음도 은근히 들 법한 상대이지만 사실 미야코에게는 학창시절부터 사귀는 남자가 있었다.

---

* 좋은 남자인 이케이의 이름에 '타마(玉)'를 붙여, 나쁜 남자를 뜻하는 '시코타마'로 불리는 타마다와 비교한 것.

'그 사람도 이케이 씨만큼만 멀끔하면 사람들한테 보여 줄 텐데……'

하는 생각도 든다. 글쎄, 썩 바람직한 생각은 아닌 줄 알지만, '사귀어준다'는 기분을 지울 수 없다. 그도 그럴 것이 미야코는 거울을 보며 스스로 감탄할 때가 종종 있는 편이다. 남자에게 고백을 받은 적도 몇 차례 있다. 그때마다 미안하다며 점잖게 거절해온 미야코가 그 남자, 도카사키 히로시를 만난 것은 대학 간 연구 활동에서였다. 딱히 뛰어나거나 눈에 띄는 남자는 아니었다. 오히려 미야코가 이것저것 도움을 주는 경우가 많았다. 하지만 도카사키와 함께 있으면 이상하게 마음이 편했다.

사내라는 종족들은 핏속에 때로 자기보다 능력 있는 여자에게 반감을 갖는, 좀팽이 기질이 있다. 도카사키에게는 그런 구석이 없었다. 하여 미야코에게 도카사키는 언제든 내키는 대로 팔다리를 뻗을 수 있는 너른 공간 같은 존재가 되어주었다.

그와 함께라면 무엇을 하든 어딜 가든 편했다. 그에게는 무슨 말이든 할 수 있었다. 입빠른 소린지는 몰라도 미야코는 사귀기 시작했을 무렵부터 세월이 흘러 노부부가 된 두 사람을 떠올렸다. 그런 것이 아주 자연스러웠다.

졸업을 하고 미야코는 지금의 출판사에, 도카사키는 이

름 없는 작은 회사에 들어갔다. 둘 다 직장이 도쿄였기 때문에 사회인이 된 이후에도 서로 연락을 하며 만났다. 미야코는 시간 내기가 빡빡했다. 그래서 도카사키가 미야코에게 맞추는 경우가 많았다. 그래도 만남은 꾸준히 이어졌다.

학창시절부터 사귀는 사이였고, 미야코는 남자의 월급이 자신보다 훨씬 낮다는 점도 알고 있었다. 그의 집안은 미야기 현의 명문이라 고향에 내려가면 '도카사키 님'이라 불린다고 들었다. 넓은 토지에 근사한 저택도 있으며 〈TV 쇼 진품명품〉에 나올 법한 보물들이 창고 여기저기서 잠자고 있다고도 들었다. 하지만 그런 것은 둘 사이에 별로 중요하지 않았다. 그 점은 확실히 말할 수 있었다. 사귀는 것은 '너와 나'다. 식사 한 번을 해도 기본적으로는 반반씩 계산해왔다.

3

그러저러하길 몇 년, 정신을 차리고 보니 미야코도 사사오입하면 서른이 됐다. 허나 숫자상으로 그렇단 얘기지, 결혼 적령기를 크리스마스 케이크, 즉 스물다섯 넘으면 쉰 떡 취급하던 옛날이 아니다. 미야코 역시 나이 때문에 안달하는 일은 없었다.

하여 도카사키가 절박한 말투로,

"미야코, 다음 주 금요일 저녁식사 어때?"

하는 전화를 걸어 왔을 때 다소 묘한 기분이었다.

드디어 올 게 왔나?

슬쩍 예감이 스쳤어도 기뻤다기보다 살짝 당황스러웠다. 한창 일에도 재미가 붙은 시기였기 때문에 좀 더 자유로운 몸이고 싶었다.

오케이는 오케이인데 조금 더 기다려줄 수 없어?

라는 뜻을 완곡히 전하고 싶었다. 하지만 프러포즈를 위한 만남이라면 보나마나 '기념할 만한 밤'이 될 것이다. 제 자신을 위해서, 더불어 맘먹고 준비한 상대를 배려해서 나름 꾸미고 가고 싶었다. 아무리 이미 가족같이 편한 사이라고는 해도 욕실에서 튀어나온 차림으론 곤란하다. 뭐, 저녁이라니 새삼 씻고 뛰어나갈 일도 없지만······

하여 이런 생각 저런 생각이 작은 머릿속에서 충돌을 거듭했고, 미야코는 아오야마*의 부티크를 순회하다가 드레시한 원피스를 샀다. 썩 그럴듯해 보였다. 진한 레드 와인색 바탕에 자잘한 흰 꽃무늬가 만개했다. 검정 재킷을 위에

* 도쿄의 고급 쇼핑가.

걸치면 회사에서도 문제없다. 그 앞에서는 재킷을 걸치지 않을 것이다.

'이 옷을 입으면 일 잘하는 젊은 커리어우먼에서 순식간에 여인으로 변신한다. 음, 좋아좋아.'

새 옷을 보자마자,

'와아, 멋진데.'

라는 말은 절대 하지 않을 도카사키였다. 그래도 그의 텁텁한 얼굴을 떠올리며 '아니야, 그런 게 그 사람의 장점인지도 몰라.'라고 생각하며 미야코는 빙긋 웃었다.

퇴근길에 저녁 약속은 늘 양쪽 직장의 중간쯤에 있는 프랑스 식당에서였다.

헌데 미야코는 일이 많은 주는 연일 밤을 꼬박 새고 새벽까지 버티는 날도 많다. 퇴근길 만남이란 건 로망이다, 로망. 그래도 월말이 되면 약간 숨을 돌릴 수 있다. 도카사키도 그 점은 알고 있었다.

그래서 미리 전화를 하고 약속을 잡은 것이다.

그가 먼저 와서 기다리고 있었다. 긴장한 듯 보였다. 최근 시간을 맞추기가 어려워 거의 한 달 만에 보는 것이다.

'왠지 옷차림이 좀 세련된 거 같은데.'

미야코는 부쩍 자란 아들을 보는 어머니의 눈으로 도카사키를 바라보았다. 못 보는 동안 미야코의 머릿속에서 '촌

스러운 이미지'가 너무 과했던 걸까. 혹은 그 또한 기념할
만한 순간을 위해 패션에 신경을 쓴 걸까?

'우후후, 그렇다면 감동이지.'

전채를 다 먹었는데도 그의 표정은 평소처럼 텁텁한 상
태였다. 미야코는 여유를 갖고 그런 도카사키를 바라보고
있었다.

'이거 내가 먼저 운을 띄워야 하나?'

하는 생각에 미야코가,

"저기…… 나한테 뭐 하고 싶은 말 있는 거 아냐?"

하자 도카사키는 문손잡이를 잡다가 정전기 오른 사람
마냥 흠칫했다. "음…… 아……"하고 신음 비슷하게 흘리
더니 발동을 걸었다.

"저기…… 나 결혼할지도……"

'아…… 그래그래…… 이제야 말하는군. 우회적인 프러
포즈다 이거지?'

미야코는 가슴팍이 뭉근해졌다. 오랜 연인의 소박함에
장단은 맞춰줘야지 하는 생각에 소녀 같은 목소리로,

"어머머, 진짜? 누구~라앙?"

하고 물었다. 미야코는 전에 없던 목소리 톤에 고개가
절로 옆으로 기울어졌다. 도카사키는 놀랐는지 퍼뜩 대답
한다.

"회사 후배야. 전에 왜, 말한 적 있지?"

순간 얼음이 된 미야코…… 잠시 후 입가에 엷은 미소를 띤 채 미야코는 고개를 천천히 제자리로 되돌렸다. 그리고 겨우 흘린 한마디. "뭐?"

4

"왜 말했잖아, 회사에서 따 당하던 애."

"아……"

듣고 보니 작년 그런 이야기를 들은 적 있다.

도카사키는 작은 회사에 다닌다. 매년 신입사원을 채용하는 회사는 아니다. 그런데 작년에 사무직 여직원이 하나 들어왔다. 그녀는 도카사키에게 왕따를 당한다고 고민을 털어놓았다고 했다. 밤에 쭉 깔린 목소리로 전화를 걸어 선배 언니들이 괴롭힌다며 울먹였단다.

워낙 성실한 아이인 만큼 고민이 많이 됐나 봐.

그래서 위로해줬어?

응.

그런 이야기였다. 도카사키가 누군가의 고민을 들어주고 카운슬링하는 것은 이상할 것 없다고 생각했다.

미야코는 당시 그렇게 심각하게 생각하지 않고,

"예뻐?"

하고 형식적으로 물어보았다.

도카사키는 누가 보수적인 사내 아니랄까 봐 찬찬히 그녀의 모습을 떠올리는 표정을 짓더니 대답했다.

"응, 속눈썹이 길고 목소리도 귀여워. 그래, 확실히 여자 선배들이 질투할 만한 타입이지."

그 소리를 듣자마자 미야코는 속눈썹도 목소리도 요즘엔 다 변조 가능하다 생각했다. 하지만 그렇게 따지면 자기가 뭐가 되나 하는 생각에, 마음에 있던 말을 입 밖에 내지는 못했다.

그 후로도 고민을 들어주었는지 어찌했는지는 화제 삼지 않았다. 그러다 또 한 번 단풍이 물들 무렵, 그 여자가 매일 고등학생 남동생을 위해 도시락을 싸준다고 들었다. 도카사키는 적이 감탄한 듯 보였었다.

"저…… 도시락 말인데……"

"응?"

"그 애가 도시락을 싼다고 했었잖아."

"응."

"그때, 당신…… 그 도시락 받은 거 아냐?"

작년 가을에 그 이야기를 들을 때까지만 해도 케케묵은

드라마 같아 흘려 넘겼는데, 이제와 생각하니 그냥 넘길 일이 아니었다. 도카사키는 맹한 눈으로 바라보다가 고개를 끄덕였다.

도시락에 홀딱 넘어간 거 아냐?

"왜 또 그런 걸 받았어?"

"왜는 무슨 왜야. 남은 거야. 남동생이 그날 학교 행사가 있어서 도시락이 필요 없다고 했대. 근데 그게 어쩌다 보니 월요일이라······"

"월요일?"

"응. 난 주초 오후에 회의가 있어서 점심시간에 회의자료를 정리해. 식사하러 나가지 못하니까 월요일이면 늘 빵 같은 거 뜯어 먹으면서 대충 때우는데······ 그 애가 그걸 기억했다가······"

'쳇, 뭐가 어쩌다 보니야, 빤한 수작인 걸.'

"아까워서 버릴 수도 없고. 자기가 혼자 다 먹을 수 없으니 미안하지만 대신 좀 먹어달라는 거야. 말이 되잖아. 그래서 도시락을 받고 봤더니 조림 반찬까지 들어 있는 거야. 그 나이에 참······"

미야코는 그까짓 거 편의점에 가면 얼마든지 있는데, 하는 소리가 목구멍까지 치받쳤다. "주먹밥을 말이야. 자기가 손수 만들어서 모양이 안 예쁘다고 창피해하면서 주더라고. 그런데 왜, 파는 건 이만 하잖아. 그 애가 만든 건 요 정도로 자그맣더라고."

도카사키는 왼손 팔꿈치를 들어 올리더니 왼손 손바닥 위에 오른손 손가락으로 동그라미를 만들어 보였다. 미야코는 저도 몰래 자기 손을 내려다보았다.

'저는 손이 요로코롬 작아요란 뜻이야, 뭐야?'

"뭐 형편도 그리 좋지 않은데 어떻게든 아껴 살려고 애쓰는 거 같고."

이건 정말이지 우연인데, 마침 그때 나온 요리가 그 식당의 추천 요리 푸아그라였다. 도카사키는 푸아그라를 물끄러미 내려다보면서……

"그 애 푸아그라도 모르더라. 그런 애야."

미야코는 쥐고 있던 포크와 나이프를 내려놓았다.

"그 애, 몇 살이야?"

"스물하나."

형편이 문제가 아니라 그냥 상식이 없는 거다.

"이야기를 하다가 푸아그라란 이름이 나왔는데 '그게 뭐예요?' 하잖아. 그런데 한참 뒤에 전화를 해서는 '방금 TV 퀴즈 프로에 나왔어요.' 하는 거야."

천진난만한 스무 살의 공격에 한겨울, 벚꽃이라도 피울 수 있을 것 같은 기분이었나?

"세계 3대 진미였군요. 푸아그라, 트러플…… 푸아그라, 트러플…… 그거 맞죠?"

어이구 맙소사, 갈수록 순풍에 도카사키는 견뎌낼 재간이 없었으리라 생각도 들었지만 미야코는 거기서 문득 앞에 있는 접시를 다시 보곤 캐물었다.

"당신 그 애…… 혹시 여기 데리고 왔었어?"

도카사키는 움찔하더니 쩔쩔맸다. 대답도 그 짝이었다.

"이 자리는 아니었겠지?"

도카사키는 천천히 손을 치켜들더니 대각선 쪽 자리를 가리켰다.

"흠…… 그랬군."

……

"웬만하면 여긴 아니길 바랬는데."

도카사키는 이마에 땀을 닦았다.

"아니, 먹어본 적이 없다잖아. 그냥 어떤 건지 가르쳐주고 싶어서."

미야코는 흐음, 숨을 내쉬며 의자 뒤로 기댔다. "감격했겠네?"

"응."

두 주먹을 뺨에 갖다 대고 긴 속눈썹을 연신 깜빡이며 '이게…… 이것이 푸아그라였군요!' 했을 것이다. 근 반년

동안 그 여자에 대한 이야기는 화제에 오르지 않았었다.

수면 밑에서 쥐도 새도 모르게 착착 진행됐던 것이다.

도카사키의 차림새가 한결 세련돼진 이유도 알겠다. 그 시타타카* 아가씨가 그를 변신하게 만든 것이다.

"미야……" 하고 입을 뗐던 도카사키는 자신을 향한 엄정한 시선을 보고 말을 바꾸었다.

"코, 코사카이 씨는 뭐든 스스로 알아서 잘하고, 능력도 있고, 뭐냐…… 센스도 있고. 하지만 그 애는 내가 없으면 안 돼."

'어쩜 이리 뻔할 뻔 자 신파 조가 다 있지?'

이런 말을 21세기에 들을 줄이야, 그것도 하필 자신의 귀에 날아들 줄은 꿈에도 몰랐다.

"그 애는 나와 함께라면 시골에서 살아도 좋대. 코사카이 씨는 그런 거…… 못하잖아."

아하하, 그 얘기야? 그 '도카사키 님' 집안의 며느리?

"알았어."

"나쁜 애 아니야. 정말이야. 아직 세상 물이 들지 않아서, 잠깐 손만 잡아도 벌벌 떠는 그런 아이야."

아이고, 갈수록……

* '강하게', '몹시'라는 뜻.

"당신에 대해서도 난 솔직하게 말했어. 그 나이의 친구한텐 어중간히 하면 안 되니까. 빨리 똑바로 말해주는 게 예의지……"

'뚜껑 열리다'라는 말의 의미를 알고 싶으면 나를 보라고 미야코는 외치고픈 심정이었다.

하지만 미야코도 자존심이라는 게 있다. 난동 따위는 부리지 않는다.

미야코는 목소리를 깔고 말했다.

"와인, 마셔도 될까?"

"어? 어어……"

"오늘은 반반 부담할 생각은 없지만."

도카사키가 득달같이 끄덕였다.

"내가 다 내겠다는 소리도 물론 아니야."

도카사키는 더 깊이, 더 빨리 끄덕였다. 점원이 와인 리스트를 가져왔다. 자그마한 식당이다. 제일 비싼 와인이라고 해봤자 미야코의 속을 풀어줄 만큼은 아니었다. 말로만 듣던 로마네 콩티가 없는 것이 실로 유감스러웠다.

5

정신을 차리고 보니 침대였다.

주위는 컴컴했다. 알람시계를 집어 들고 버튼을 눌렀더니 문자판이 밝아졌다. 새벽 두 시가 넘었다.

미야코는 숙취로 고생하는 사람이 아니다. 보통 동틀 때까지 푹 잔다. 일어났을 때 다리가 약간 후들거려도 시원한 물 몇 잔 마시는 동안 차츰 정상으로 돌아온다.

헌데 이번엔 달랐다. 후뜩 눈이 떠졌다. 막연한 어둠 속에서 상태가 좋지 않은 자신과 대면하게 되었다. 대체 어떻게 얼마나 마셨는지 온갖 내장이 우워워워…… 입으로 뿜어 나올 것만 같은, 질척하고도 끔찍한 기분이었다.

화장실에 가서 한껏 속에 걸 드러내고,

'아…… 술 마시고 이렇게 된 건 난생처음이네.'

라는 생각이 들었다. 아무렴 그렇다고 달력에 동그라미를 쳐서 기념할 만큼 좋은 일은 아니다. 몸이 힘든 동안은 그 불편함과 버거움에 빠져 있을 수 있었다. 조금 살만 해져 다시 누웠더니 온갖 잡생각이 밀려들었다.

얇은 이불을 어깨 위로 덮어쓰려고 했는데 이두박근 근처에 힘이 들어가지 않고 그 주변 뼈가 그야말로 철사처럼 가늘어진 느낌이었다. 처량했다. 눈을 감아도 잠이 오지 않왔다. 취하지 않으면 잠도 못 자는 게 아닌가 싶었다.

이건 내가…… 충격을 받았다는 것이다…… 이상한 현상 아닌가.

스스로에게 물었다.

실연한 것은 아니라고 생각했다.

'사랑'을 했다, 라는 감정은 눈꼽만큼도 없다. 그러니 실연이란 말은 애당초 맞지 않는다.

원래 없었으니 잃을 것도 없다. 글쎄, 정확한 표현인지는 모르겠지만 그렇게 말하고 싶었다. 도카사키는 이상형이 아니다.

남자답지도 않다. 그냥 옆에 있으면 편했다.

'그냥 그뿐이야. 그런데 괴로운 건 대체 뭐야? 결과적으로 보면, 가만 있어봐, 뭐야 내가 차인 거야?……'

억울하다. 그때 어젯밤 자신의 모습이 전광석화처럼 떠올랐다.

고개를 외튼 자신이 말한다.

"어머머, 진짜? 누구~라앙?"

미야코는 어둠 속에서 벌떡 일어났다.

심장이 두방망이질 쳤다. 이 얼마나 한심한 꼴인가. 도무지 추스를 길이 없다. 두 번 다시 떠올리고 싶지도 않다.

'신이시여…… 다른 어떤 것도 바라지 않겠습니다. 모든 것을 달게 받겠습니다. 딱 하나, 바로 그 장면만 없애주세요. 그렇게만 해주시면 어제 일을 영화로 만들어 전국 대개봉해도 전 괜찮습니다. 그러니 제발 그 장면만은⋯⋯'

빌었다. 허나 시간을 거스를 수는 없는 법.

머릿속의 채널을 어떻게든 돌려보고자 애썼다. 다른 것을 생각하려 노력해보았다. 하지만 어느 틈에 그 끔찍한 장면으로 되돌아가 있다. 자꾸, 또다시⋯⋯

일어나 한 번 더 화장실에 갔다가 진통제를 먹고 누웠다. 창밖이 희끄무레 밝아졌다. 신문 돌리는 소리가 난다.

'오늘내일 회사에 가지 않는 주말이라 그나마 다행이다.'

잠깐 졸았다. 그러다 도카사키의 말이 되살아났다.

"코, 코사카이 씨는 뭐든 스스로 알아서 잘하고, 능력도 있고, 뭐냐⋯⋯ 센스도 있고. 하지만 그 애는 내가 없으면 안 돼."

머리끄덩이를 잡힌 것처럼, 겨우 든 잠에서 아프게 깼다.

그것이, 그 말이 가장 속을 후벼팠다.

'파렴치한 책임회피 아니야? 최악의 자기변명이라고!'

그래서 난 싫다는 거야, 하고 생각했다. 창밖이 훤해지고 여기저기서 무심한 새소리가 들려오기 시작할 무렵, 미야코는 손바닥 뒤집듯 그게 아니란 걸 알았다.

'나도 그렇단 말이야, 당신 몰랐어? ⋯⋯그런데, 사실은

말이야…… 나도 안 돼. 나도 당신이 없으면 안 되는 여자 였다고!'

미야코는 담요를 뒤집어쓰고 조금 울었다.

6

그나마 회사를 가지 않아 다행이라고 생각했다. 하지만 월요일에 출근해보니 꼭 그렇지만도 않다는 걸 알았다.

집에서는 제대로 음식을 먹을 수 없었다. 인스턴트 죽하고 국수를 겨우 흘려 넘겼다. 누군가에게 전화할 마음도 들지 않았다. 다른 이와 대거리하기도 힘들었다. 허나 회사 일이라면 좋고 싫고의 문제가 아니다. 무조건 해내야만 한다. 동료와 함께하니 점심 밥을 넘길 수 있었다.

그런 식으로 어느 정도 제자리로 돌아올 수도 있을 것 같았다. 밤이 되면 누가 꼭 권하지 않아도 스스로 술자리에 섞여 앉았다.

타마다도 있었다. 먹고 마시는 것에 있어서 어쨌거나 그의 엄청난 씀씀이와 배포(?)는 한계치를 한참 벗어난 것 같았다. 근래 강해진 경리부의 감시 때문에 자숙하고 있는 기미다. 타마다는 결코 유쾌한 상대가 아니다. 허나 지금 미야코에게는 이런 것 저런 것을 따질 여유가 없다.

미야코는 오로지 곤드레만드레 취하고 싶었다.

"코사카이 씨."

시코타마가 미야코 옆에서 촉수를 뻗쳐 왔다.

"네."

"컨디션이 영 안 좋아 보이는데?"

"네, 안 좋아요."

"기운이 없어?"

타마다가 그쯤 이렇게 물었다.

"별자리가 뭐야?"

"양자리요."

"아하, 그렇구나. 양자리는 덜렁대는 기질이 있잖아."

별자리나 혈액형으로 사람을 재단하는 부류가 있다. 타마다도 그런 모양이다. 미야코는 뚱하니 말했다. "글쎄요, 그다지 차분한 편은 아니죠."

"그치? 거봐."

타마다는 무슨 큰 공이라도 세운 양 콧구멍을 실룩거리며 덧붙였다.

"뭔가 혼자 착각하고 나섰다가 물 먹은 거 아니야? 보기 좋게?"

미야코는 언더락잔을 들고 꿀꺽꿀꺽 들이켰다. 술 마시

고 혼자 지껄이는 소리에 일일이 대꾸하는 것도 기분 좋을 때나 가능한 이야기. 미야코는 테이블 위에 잔을 툭 내려놓고 긴 숨을 훅 내쉬었다.

"용감하군, 코사카이 씨."

"네에?"

"양자리면…… 3월이나 4월인데. 어느 쪽이야?"

별자리에 일가견이 있나 보다.

"4월요."

"며칠?"

프라이버시라고 생각은 했지만, 굳이 감추고 빼기도 귀찮았다.

"……15일요."

"음, 혹시 새벽이야?"

왜 이 치에게 이런 것까지 말해야 되지?

"네. 동트기 전이었대요."

"4월 15일, 새벽이 밝기 전이라 말이지."

"그게 뭐 어쨌는데요?"

"그 무렵 타이타닉이 침몰했지. 우하하하하."

그 배를 소재로 한 미국 영화가 유행하던 해였다. 덕분에 미야코는 지금껏 그 영화를 보지 않는다.

그 후로도 아무튼 열심히 마셨다. 알코올에 잠기니 머릿속에서 총천연색 애니메이션이 돌아가는 느낌이었다.

일그러진 풍경 속에 몹시도 생김새가 과장된 남녀가 등장하여 입이 귀에 걸리게 웃었다.

"내 이름은 시코타마 가면. 우하하하하."

"나는야 시타타카 아가씨. 오호호호호."

미야코는 악몽을 꾼 것 같다고 어렴풋 생각했지만, 그건 완벽한 악몽이었다.

나중에 들은 이야기인데, 미야코는 2차를 끝내고 술집에서 나왔을 때 제대로 걷지 못했다고 한다. 가로수 언저리에서 풀썩, 아예 쭈그려 자릴 잡고 앉았다. 얼굴빛은 청자였단다.

"이건 뭐 더 이상 어쩔 수가 없다면서 사람들이 주위를 둘러쌌지요, 뭐."

가끔 존댓말을 하는 문언니가 가르쳐주었다. 다음 날에 있던 일이다.

"예에……"

"그다음 어떻게 됐는지 정말 아무 생각 안 나?"

"전혀요."

문언니의 이야기는 예상치 못한 방향으로 튀었다.

"미야코, 루이비통 가방 얼마나 하는지 알아?"

미야코는 눈을 둥그렇게 뜨고 되물었다.

"네에? 글쎄요."

"적어도, 십만 엔 이상은 줘야 돼."

"근데, 그게 무슨……"

"저, 시코타마도 말이야, 미야코 옆에 앉아서 지켜보고 있었어. 그 가방을 옆에 두고 말이야."

"네."

"그랬는데 미야코가 속이 답답했던지 가슴을 움켜잡는다 싶더니 갑자기 시코타마의 가방을 양손으로 부여잡고 가방 문을 활짝 열어젖히는 거야."

그다음 이야기는 듣고 싶지 않았다. 미야코는 헤벌어진 입을 다물지 못하고……

"그런 일이…… 있을 수 있을까요?" 했다.

"당사자가 그렇게 말하면 난들 어떡하나."

……

"시코타마도 미야코 옆에 앉아 귀찮게 굴었으니 뭐 심층심리학 관점에서 보면 받아들일 수 있지 않을까?"

미야코는 즉시 타마다의 자리로 가서 사죄했다. '변상하겠다'고 했다. 타마다는 그 말에 움찔 마음이 흔들린 듯 보였지만, 주위 시선을 의식해 손을 내저었다.

"아니야, 됐어 됐어."

저녁 때 문언니가 미야코를 찾아왔다.

"경리부에서 그러더라."

"뭐라고요?"

"한 방 잘 먹였다고."

4장
반지 이야기

1

미야코는 얼마 전, 회사 선배의 명품 가방을 망가트렸다. 그것도 남들에겐 맨 정신으로 말하기 민망한 방법으로.

"재생 불능으로 만들어놨군."

무라코시 사나에가 생맥주를 마시면서 말했다.

사나에는 서적부 소속으로 미야코의 술친구 중 한 명이다. 도톰하고 시원스레 터진 입술 덕분에 인상이 화려해 보인다. 살짝 처진 눈매는 술이 들어가면 한층 귀여워진다. 남자들에게 인기가 있는 타입인데 지금은 서적부의 에이스 서언니, 즉 오타 미키 라인이다. 가만 있는 동안에는 문제가 없다.

두 뺨이 발그레 물든 사나에가 서언니의 머리를 만지작거리기 시작한다.

"야, 만지지 마." 서언니가 눈을 흘기자,

"에헤헤헤."

하고 웃는다. 남자 직원이 그랬다면 시끄러워지겠지만 동성끼리라면 애교로 넘길 수 있다. 한겨울 길을 걸을 때였다. 사나에가 서언니의 코트에 붙은 모자를 갖고 장난을 쳤다. 그러다 결국 뒤에서 있는 힘껏 코트 모자를 서언니의 머리에 뒤집어씌웠다. "오호, 여기 수상한 사람 있어요!" 소리 치곤, 서언니가 모자를 벗자 다시 한 번 깊숙이 뒤집어씌우면서 "지명수배자!" 하고 고래고래 외쳤다. 살결이 하얗고 통통해서 얼핏 거대한 마시마로 같기도 한 서언니는 그래도 포용력이 있는 사람이다. 자꾸 치대는 아기 고양이를 보는 어미처럼 귀찮아하면서도 버릇 모자란 후배를 받아준다.

테이블 앞에 나란히 앉아 "샐러드 먹어." 하면 무라코시 사나에는 "넹." 하면서 받는다.

서언니는 가정이 있는 사람이라 술자리에서 이따금씩 먼저 자리를 뜨기도 한다. 어느 날 술집에서 사나에가 뒤돌아 나가는 서언니의 뒷모습을 보고 쫓아갔다.

다른 때 같았으면 별 문제 없었을 것이다. 헌데 당시 사나에는 다리가 부어서 쩐다며 부츠를 벗은 채 마시고 있었다. 그러다 자기를 두고 먼저 나가는 서언니의 등짝을 향해,

"선배~ 좀 더 마셔요오~."

절규하며 어미 놓친 새끼오리마냥 쫓아간 것이다.

센스 있는 남자 직원이 부츠를 들고 얼른 뛰어나갔다. 증언에 따르면, 온갖 빛깔의 네온과 달빛이 쏟아지는 긴자 뒷골목을 두 팔 번쩍 들고 긴 머리 휘날리며 맨발로 달려가는 여자의 모습이란, 이승의 광경으로는 보이지 않았단다.

그 후 한동안 그녀는 '맨발의 철녀'로 불렸다.

2

사나에가 미야코보다 한 살 위지만, 술자리도 자주 갖겠다 둘은 거의 친구로 지냈다. 그런 사나에가 어느 날 미야코를 '오샤카'*라고 불렀다.

미야코가 그런 행동을 하기까지는 하나의 복선이 있다. 가뜩이나 간장종지만 한 마음을 강판으로 쓸어 내버릴 만한 사건이 있었던 것이다. 미야코가 전 남친과 헤어지고 두

---

* '불량품'이란 뜻의 속어. '석가'라는 뜻도 있다.

달 정도 지나 상처도 대충 아물어갈 즈음이었다.

그녀는 비교적 맘 편히 생활하고 있었다.

"그래. 그런데, 불량품을 왜 '석가'라고 할까요? 석가는 불량품이 아니라, 궁극의 뭔가, 저 높은 곳에 있어서 중생들은 못 미치는 대단한 존재잖아요."

"응응."

사나에가 깊이 긍정했다.

"그럼 이상하잖아요, 그런 뜻으로 비유하는 거요."

서언니가 술병 주둥이를 입으로 가져가면서,

"아주 좋은 질문이야."

하고 관심을 보였다.

"그 양반은 원래 이름이 고타마 싯다르타로, 석가족의 왕자였어."

"아하."

"하지만 깨달음이 있어 세속의 길을 버렸지. 그리고 수행을 시작한 거야."

"네."

"그리하여 위대한 석가가 된 거지. 훌륭하다, 잘했다고 칭송하는 것은 뭇 사람들이었지. 가족, 친척들이 보면 상당히 곤란한 일 아니었겠어? 책임 있는 자리를 버린 거니까. 자기 스스로 책임을 벗었다면 그건 '위정자로서 실격'이지. 그래서 사람들이 '아이고 큰일이다. 저 녀석은 글렀어. 안되겠어. 불량품이야.'라고 했대. 그게 말의 유래야."

미야코가 처음 듣는 이야기에 "아, 그랬던 거구나." 했더니 세토구치 마리에, 즉 문언니가 늘 그랬듯 입매를 실룩대며 "뻥이요~." 했다.

"네?"

문언니는 30대 미혼. 숏 커트에 큼지막한 안경을 쓴다. 서언니를 향해 고개를 설레설레 내저으며 "어쩜 청산유수로 있지도 않은 얘길 잘도 지어내네요." 했다.

"어머, 그래도 고타마라는 이름은 진짜야."

"진짜는 그거 하나잖아요. 이 아이들은 원고 교정도 봐야 한다고요. 공갈이 사실처럼 머릿속에 들어가 있다간 나중에 큰 실수 할 수도 있어요. 난 그게 걱정이야."

문언니는 한숨을 내쉬었다. 허나 강단 있는 서언니는,

"그럴 때일수록 '하나의 정보원으로부터 들어온 사실은 뒷받침할 만한 증거와 근거가 없는 한 신뢰할 수 없다'는 절대적인 원칙을 배울 수 있는 거야."

라면서 물러서지 않았다. 어쨌거나 지금 들은 설은 그저 되는 대로 만들어낸 말로 쳐야 할 것 같다.

"그럼, 사실은 어떻게 된 거예요?"

미야코가 묻자 박학다식한 문언니가 고개를 끄덕이더니

말한다.

"이모노*를 만드는 장인이 맨 처음 한 말일 거야, 오샤카라는 말은."

사나에가 눈을 동그랗게 뜨고,

"이모** 장인이요?" 한다.

듣고 보니 고구마나 감자를 잘라서 뭔가 만든다는 이야기를 들은 적이 있는 것 같다.

"그 이모가 아니고, 이모노. 금속에 열을 가해서 녹인 다음 녹은 금속을 틀에 붓고 색소를 첨가해 만드는 불상이라든가 조형물."

사나에는 거기서 박수를 탁 치더니,

"아, 가마쿠라에 갔던 기념으로 대불 미니어처를 산 적이 있어요."

서언니가 쿡쿡 웃으며 "대불의 미니어처라…… 이율배반적인 말 아니야?"

했다. 문언니가 설명을 이었다. "어느 날 그 장인에게 '지장보살상'을 만들어달라는 주문이 들어왔어. 그런데 장인이 무슨 착각을 단단히 했는지 '석가상'을 많이 만들어버린 거야. 이건 의뢰인이 사가지 않을 거다, 불량품만 산더미처

* 주물(鑄物).
** 감자(芋).

럼 만들었구나…… 하고 한탄했다는 뜻에서 그 뒤로 석가
가 잘못 만든 것, 재생 불량, 불량품의 비유가 된 거야."

서언니가 팔짱을 끼고 턱을 뒤로 빼며 말했다.

"어때, 미야코. 나의 설과 세토구치가 한 이야기, 어느 게
그럴듯해?"

음…… 미야코는 한참 생각했다.

"주물 장인 쪽이 만들어낸 냄새가 나는데요."

사나에는 옛날이야기를 듣는 것처럼 재밌다고 좋아했
다. 그랬더니 문언니는 어깨를 들썩대며 말했다.

"그래? 하긴 성실하게 사실을 좇는 사람이 곧이 받아들
이기 쉽지 않지, 현실이란 그런 거야."

"세상은 참 서글픈 거야. 자, 마셔, 마시라고. 세토구치,
그렇다고 울지는 마. 고쿠토 소주* 시킬까?"

하고 서언니가 부추겼다. 문언니는 규슈 출신으로 소주
파다. 서언니는 계속해서 불을 지폈다.

"헌데 들어봐. 고쿠토 소주를 좋아하는 프랑스인이 있었
대, 그런데 그 사람이 글을 좀 쓰는 문학가라나 뭐라나. 이
름이 '장 콕토'라고……"

순진한 미야코도 이 말만큼은 믿지 않았다.

* 흑설탕 소주.

3

"하지만 남자들도 힘든 부분은 있을 거라 생각했어요."

미야코가 말했더니 사나에가 물었다.

"왜? 뭐가?"

"내가 명품 가방을 못 쓰게 해놨잖아요. 다음 날 타마다 씨에게 변상하겠다고 했거든요."

"응, 근데?"

"됐다고, 됐다고 손사래 치더라고요."

문언니가 고개를 끄덕였다. "그야 뭐 그렇지. 일단 새것도 아니야 그거. 들고 다닌 지 오래됐어. 시코타마가 물어내라고 했다면 다음 날 회사에서 '시코타마 좀팽이'로 불렸을 거야."

문언니는 한술 더 떠서 단언했다.

"지금도 뒤에서는 좀팽이라고 한다니까!"

미야코가 말했다.

"그래도 만약 입장 바꿔서 타마다 씨가 십오만 엔 넘는 제 가방을 그렇게 만들어놨으면 전 변상받고 싶을 거예요."

그랬더니 이번엔 합창을 한다.

"당근이지~."

"그죠? 그니까 남자도 나름 남자 노릇하기 힘들다 그거예요."

사나에는 조금 남은 생맥주를 단번에 들이켰다.

"바로 거기서 진짜 사내냐 아니냐가 판가름 나요. 진짜 사내냐 아니냐는 그 어려움을 겉으로 드러내냐 마냐에 달려 있죠. 제가 그래서 전 남친이랑 헤어졌잖아요."

꼭 좀 연애사를 들어달라는 말투였다. 거기서 서언니가 홍조를 띠기 시작한 뺨을 톡톡 치며 흥미를 보였다.

"어머나, 어쨌는데?"

사나에도 소주잔으로 바꿔 들고 이야기를 풀어놓기 시작했다.

"사귀던 남자가요, 학창시절 은사님을 오랜만에 뵙는다며 폼을 잡는 거예요. 그러더니 그 자리에 같이 가지 않겠냐고. 존경하는 선생님한테 저를 소개시키겠다니, 딱히 기분 나쁜 일은 아니잖아요."

"그럼. 사나에를 애인으로서 인정한다는 뜻이잖아."

"맞아요. 그래서 그 사람, 그날 입으려고 십오만 엔이나 하는 가죽 재킷까지 샀어요."

"오호. 아주 맘 단단히 먹었군."

"그래서 저도 나름 꾸미고 나갔죠. 하야마(葉山) 쪽에서 열네다섯 명이나 모이는 술자리였어요. 아아 자네가 이 녀석의 애인인가? 녀석에겐 아깝네, TV에 나온 적 없어요?

아이구 미인이네, 출판계의 미스 재팬 아니신가, 뭐 각자 한마디씩 하더라고요."

"어, 어, 그래그래. 그래서 모임은 별 탈 없이 끝났다는 거네?"

"네. 둘 다 한숨 돌리고 적당히 취해서는 집에 가는 지하철에서 덜컹대는 소리를 자장가 삼아 쿨쿨…… 자연히 저는 남자친구한테 기대서 내키는 대로 잤죠."

"안 봐도 동영상이지."

"그러다 그의 집에 도착한 거예요. 거기서 알았죠."

"뭘?"

"그 사람이 큰 맘 먹고 산, 새 재킷 어깨에 저의…… 침자국이 진하게 찍힌 것을요."

"아하, 내키는 대로 잤다더니 입을 헤벌리고 수문을 연 댐처럼 침을 방출한 거야."

사나에는 손을 내저으며 추스르려 애썼다.

"아이 너무 노골적으로 묘사하실 건 없고요."

"그렇지만 사실이잖아."

"그야 뭐……"

"그래서 상대의 반응은?"

"그게 어처구니없이…… 역대 급 격노였어요."

"아하하하, 그랬구나. 실망을 넘어 절망한 게야."

추억에 남길 만한 밤이 떠올리기조차 싫은 악몽이 된 것이다.

"그러니 도저히 가만히 있을 수 없잖아요. 그래서 변상하겠다니까 말로는 '됐다'고 하면서도 여전히 꽁해 있는 거예요. 인터넷에서 명품 세탁소를 검색하질 않나……"

"어머머, 웬일이야."

"다음 날은 아예 아침 댓바람부터 도큐핸즈*와 구두 수선집까지 돌면서 얼룩 제거 크림을 찾아다녔다니까요."

"흠."

"며칠 지난 후에야 겨우 정신을 차리고 이것도 다 추억 아니냐며 슬그머니 말을 붙이더라만……"

"이미 이쪽은 맛이 갔지 뭐……"

"네. 저는 그만 정이 훅 떨어져서는……"

"그쪽, 신세 처량하게 됐네. 새로 산 재킷 버려, 애인한테 차여…… 그 사람도 차 떼이고 포 떼인 격이네."

사나에는 입술을 삐죽대면서 말했다.

"그렇지만 세상에, 저랑 재킷이랑 어느 게 중요하냐고요. 저도 당연히 미안하게 생각하죠. 어찌 들으면 이기적으로 들릴 수도 있지만, 저도 괴로웠다고요. 그러니까 그런

---

* 일본의 유명 잡화상가.

제 속을 좀 편하게 해줄 만큼의 아량을 바랬던 거죠. 하지만 그는 조금 전에 말했던 바로 그 좀팽이였다구요."

서언니는 한숨을 내쉬더니 말했다.

"옷 문제로 구시렁댈 거면 차라리 돈을 받아라, 애인한테 돈은 못 받겠다면 깨끗이 포기해라. 그거지? 남자니까 그리 해주었으면 하는 거잖아. 음, 만약 내가 그 남자였다면……"

사나에는 집중해서 뒷말을 경청했다.

"어떻게 하시겠어요?"

"변상은 변상대로 받아내고, 불평은 불평대로 풀릴 때까지 하겠어."

4

그런 이야기가 오고간, 그다음 주의 일이다.

문언니가 미야코의 어깨를 툭툭 쥐어박았다. 술 먹으러 가자는 사인은 사인인데, 새삼 출석 확인을 한다. 새신랑을 안주 삼자는 것이다.

그 주인공은 문언니와 같은 부서에서 일하는 이케이 히로유키. 문언니와 이케이 둘 다 일을 잘한다. 과정을 미리 파악하고 효율적으로 일을 진행해가는 타입. 독창적인 문고 시리즈를 기획하는 등 호흡 잘 맞는 투 톱의 면모를 보여주고 있었다.

그런 이케이가 신혼을 맞은 것이다. 상대는 동종업계에서 일하는 사람이란다.

이케이는 성격도 좋고 생김새도 훈남이다. 여직원들에게 인기가 있었다. 서언니의 계획으로, 술친구인 여직원들이 결혼 축하를 명목으로 모여 깨 볶는 이야기를 들어보기로 한 것이다.

당연히 총무는 문언니.

"아하, 이케이 씨 이야기라면 들어보고 싶어요."

미야코 이하 기수는 청첩장도 받지 못했다. 이케이 커플이 어떻게 만나고 결혼까지 골인했는지 흥미진진, 궁금했다. 술맛이 꽤 달달할 것 같았다.

"참석하는 거지?"

"네!"

"신부도 부를 거니까 그 몫까지 참석자들이 나눠 내기. 사람들이 많이 모일수록 회비는 싸진다. 하지만 너무 많아도 곤란해. 그러면 시간, 장소 맞추기가 쉽지 않거든."

문언니는 중얼거리면서 다음 누군가의 어깨를 쥐어박으러 갔다.

결국 참석자는 늘 끝까지 남는 일곱 명으로 추려졌다.

디데이는 다음 주 금요일. 장소는 문언니 집에서 가까운 이탈리아 식당으로 정했다. 맛도 맛이지만 문언니가 주인과 안면이 있어 '축하 자리'라고 하면 음식 값도 깎아주고, 약간의 서비스도 곁들여준단다.

5

일행이 모이자 문언니가 안경 뒤의 두 눈을 반짝이며 입을 뗐다.

"굳이 일어나지는 않겠습니다. 앉은 자리에서 인사하기로 하죠. 저는 이케이 오라버니가 쌩 초보, 신입일 때부터 뒤를 봐왔습니다."

이케이가 두 살 연하지만 문언니는 친근한 표현으로 '오빠' 또는 '오라버니'라고 부른다. 헌데 웃긴 건 그게 또 너무 잘 어울린다.

"잡지부에서 문고부로 같이 이동하는, 질기디질긴 연 덕에 오늘 이 결혼 축하 자리, 다시 말해 '이케이 까발리기 파티'의 총무가 된 겁니다. 신부의 얼굴은 결혼식에서 봤습니다. 실로 여리디여린 아가씨였습니다. 여덟 살 어린 만큼 그쪽 회사에서는 우리 오라버니가 도둑놈 취급받을 겁니다. '세상 물정 모르는 천사를 꼬여낸, 말도 안 되는 놈' 취급을 받을 거라 지레 걱정해 드리는 말씀입니다. 아니 꼭 그렇지 않아도, 물정 모르는 천사라면 우리 회사에서도 얼마든지 조달 가능한데, 굳이 남의 집에 손을 댄다는 것은, 상궤에 벗어난 행위라…… 미야코나 사나에의 분노 게이지가 하늘 높은 줄 모르고 치솟았을 거라 짐작하는 바입니다, 네."

여기저기서 킥킥, 쿡쿡 웃음소리가 들렸다.

"하여, 오늘 이렇게 모이게 된 겁니다. 서론이 길었습니다. 일단 건배합시다."

점원이 오렌지색 술잔을 내 왔다. 윗부분에 풍성한 거품이 덮였다. 동화 같은 빛깔이 축하 자리에 썩 잘 어울렸다.

"자, 신랑의 신세계 입문을 축하하며 건배!"

입가로 가져가니 색과는 다른 향과 맛이 났다.

"딸기?"

미야코가 말하자 문언니가 대답했다.

"응. 스프만테라는 이탈리아의 스파클링 와인을 딸기 주스와 섞은 거야. 이케이 오라버니가 이걸 마시고 열나게 해피 하시라는 의미에서 주문했지."

이케이가 민망한지 고개를 숙였다. 환성과 박수가 쏟아졌다. 문언니는 개인적으로 준비해온 것으로 보이는 아담

한 꽃다발을 주인공에게 건넸다. 세리머니는 그 정도로 끝나고, 그다음은 본격적으로 부어라 마셔라.

사나에가 이케이에게 신부와 어떻게 연애를 시작했는지 물었다. 이쪽 출판사의 문고 기획을 흥미롭게 생각한 신부 측 출판사가 문의를 해왔던 게 계기였단다.

이케이는 경쟁사의 여성지 타이틀을 거론했다. 신부가 거기 근무한다. "책 소개 코너를 담당하고 있었는데, 워낙 영향력 있는 잡지였으니 우리 출판사 이름이 오르는 건 기쁜 일이잖아. 곧바로 만나서 시리즈의 현재 상황이나, 뭐 앞으로의 전망 등에 대해서 이야기했지요. 꽤 센스가 있는 사람이라 생각했어요."

이쯤에서 서언니가 끼어들었다.

"센스가 아니라, 센스도겠죠. 첫눈에 뻑 갔다는 소문이 있던데 뭐."

"아, 그건 뭐……"

문언니가 뒤를 받아 말했다.

"그 후로 출간 예정인 책의 표지 견본을 보낼 때 글쎄, 평소 같으면 오토바이 택배를 보낼 텐데, 이 오빠 그 회사까지 직접 가져간 모양이야."

"오호." "아이고." "그랬구나." 하는 소리들이 우글우글 피어났다.

"아니, 그건 서점을 돌아볼 일이 있어서……"

문언니가 둘째손가락을 까딱까딱 흔들었다.

"허허. 그래도 받는 사람이 아저씨였다면 늘 하던 대로 오토바이에 맡겼을 거 아닙니까?"

"글쎄, 뭐 그거야 그랬을지도 모르죠."

냉 토마토 수프가 나왔다. 셀러리, 아몬드, 적양파 등이 띄엄띄엄 담긴 긴 접시도 나왔다. 맛뿐만 아니라 색깔과 모양의 조화도 참 예뻤다.

문언니가 얄쌍한 턱을 괴고 앉아 이케이를 쳐다본다. 그리고 재밌다는 듯 말했다.

"그런데 좀 들어보세요. 그다음에 저쪽 출판사에서 원고가 나왔어요. 확인을 받겠다고, 저쪽에서도 굳이 종이 한 장을 들고 우리 회사 근처 카페까지 왔다잖아요. 아니 그런 거야 메일이나 팩스로 끝낼 수 있는 거잖아요."

"우와." 하는 함성이 일었다. 이케이가 문언니한테 그런 연애담까지 말하는 모양이다.

"겸사겸사해서 왔다고?"

하는 서언니의 말에 문언니가 똑같은 말을 의문부호를 빼고 받았다.

"겸사겸사해서 왔대요."

"어머나 웬일이니……"

이케이는 곱상한 얼굴을 행복 무드로 반짝이면서도 "아이구 쑥스럽게 정말……" 하고 엄살을 부렸다.

6

늘 존경어를 섞어가며 찬찬히 말하는 문언니가 술뿐만 아니라 축하 분위기에도 취한 모양이다. 좀 들뜬 것 같다.

어린 새신부의 얼굴을 모두 앞에 공개하라 요구하며 이케이에게 휴대전화를 들이댔다. 이케이도 그 정도는 당연히 각오하고 있었다. 해설을 곁들이면서 몇 장을 소개했다.

레스토랑에서 내온 요리들도 문언니의 입김이 작용했는지 지불액보다 호화로웠다. 하코다테 산 생선의 솔방울 구이, 가고시마 산 말고기 카르파초* 등 일본 열도 각지의 식재료를 총집결해 선을 뵈는 것 같았다.

긴자에서 이 정도 음식이 나오면 눈과 입은 호사하나 주머니가 은근 걱정되기 마련. 문언니는 그런 마음까지 고려해 중심지에서는 벗어나 있고, 지하철역에서도 좀 걸어야하는 식당을 선택한 것이다. 그 혜안과 배려가 고마웠다.

* 얇게 썬 말고기에 마요네즈 소스를 얹은 이탈리아 요리.

요리만 근사했던 게 아니다. 점토를 바르고 파스텔색을 입힌 벽에 포근하게 내리쬐는 조명으로 마음이 편안했다. 적당히 세련된 인테리어까지 갖춘 이곳은 어느 모로 보나 문언니가 좋아할 만했다.

이케이 역시 꽤 만족스러워하는 눈치였다.

"괜찮은 식당이네요."

"그렇죠?"

문언니는 와인을 추가하고 사람들에게도 연신 잔을 권하면서 자기도 열심히 마셨다. "세토구치 씨, 오늘 꽤 달리십니다."

문언니는 말의 뒷꼬리를 살짝 올리며 "넵!" 대답하곤,

"여기는 내 홈타운이라 말이지. 집에 갈 걱정이 없어요. 말하자면, 엎어지면 코 닿을 거리라 그거야."라면서 또 한 잔을 시원하게 비웠다.

"어차피 세토구치 씨는 많이 마셔도 안 흐트러지잖아요."

문언니는 입가에 여릿한 미소를 머금고 이케이를 지긋이 바라본다.

"그래서…… 존경합니까?"

"네에."

"나 이래 봬도 흐트러진 적 있다구요."

"오호, 그래요?"

"대학생 때요. 대학 다닐 적에, 정말, 정말이지 너무 좋아서 죽고 못 산 선배가 있었죠."

옆에서 듣고 있던 미야코는 속으로 '또 이야기가 희한한 방향으로 빠지네.' 생각했다. 문언니의 말이 이어졌다.

"그런데 너무 아무것도 모르던 시절이라 말도 못했지. 나보다 두 학년 위였는데, 음…… 생각나네. 내가 2학년이 되던 해 봄이었어. 서클에서 신입생 환영회를 준비한다는 명목하에 밤새 퍼마시게 됐지."

문언니의 눈은 이미 추억에 잠겼다. 10년도 더 된 시절의 일이다.

"나는 그때까지만 해도 술과는 그닥 연이 없었어. 그런데 당시 수로 근처에 큰 집을 갖고 있는 사람이 있어서 거기 다 모였어. 그때만 해도 사양할 줄 모르고 누가 판을 벌렸다 하면 모였으니까 신났다고 벌 떼처럼 몰려갔지. 그러니 그 집 식구들은 성가셨을 거야. 나는 선배들 말이면 무조건 들어야 하는 학년이었고, 잘 쫓아다니면서 분위기 맞출 줄 알았지. 저기 왜 있잖아, 술자리에서는 꼭 그런 애들 일부러 더 먹이고 싶어 하잖아. 꽤나 불려 다녔어. 하지만 내가 좋아하는 사람이 그 자리에 있었기 때문에 난 날이 밝을 때까지 정신줄을 놓지 않고 앉아 있었어. 대단하지? 해가 뜰 무렵, 사람들이 하나둘 쓰러지니까…… 그쯤에서 자리를 접게 됐어. 그런데 그다음부터는 기억이 또렷하지 않단 말이야. 어쩌다 보니 제방 길을 걸었어요. 쭉 이어진 벚나무가 꿈결처럼 아름다웠지. 새가 삐리리 삐리리 아침을 알리며 울었고."

들다 보니 평화로운 풍경이 떠오른다.

"정신 차리고 보니 하숙집에서 자고 있더라고. 머리가 얼마나 지끈거리던지. 두 번 다시 술은 마시지 않겠다고 생각했지. 저녁이 되어서야 조금 살 만해지더라고. 그러니 그제야 그 사람 앞에서 이상한 짓은 하지 않았나 걱정이 되더라. 어쨌거나 둘이서 제방 길을 걸었던 것까지는 기억이 났어. 그래서 같이 갔던 여자애한테 전화를 해서 은근히 지나가는 말로 물어봤지. 내가 이상한 짓은 하지 않았는지."

"그랬더니요?"

"꿈결 같던 벚나무 한 그루 한 그루마다 토를 했다지 뭐니……"

7

그때까지만 해도 어렸던 문언니는 그다음부터 짝사랑했던 그 앞에 얼굴을 내밀 수 없게 되었다.

지금은 욕실 수증기처럼 떠오르는, 기억의 한 조각이라 할 수 있을 것이다. 미야코는 처음 듣는 이야기였다. 아니, 이 자리에 있는 사람들 모두 마찬가지.

문언니는 좋아하는 사람이 있다는 이야기를 하는 타입이 아니었다. 하물며 짝사랑과 관련된 낯 부끄러운 해프닝을 남에게 듣다니, 그건 큰 실수였다. 가만 보면 문언니는 완벽주의자다. 자신의 약점이나 실수를 남에게 들키고 싶어 하지 않는다.

그런 사람이 그런 말을 술술 털어놓은 것이다.

'허허 참, 웬일이래.' 미야코는 생각했다.

메인 요리를 물리고 디저트가 나오자 문언니는 술을 그라파*로 바꾸었다. 엄청 센 술이었다.

홈타운의 이점을 살리겠다는 건가.

"저기요, 오라버니."

"네."

"반지 보여줘봐요."

이케이는 왼손을 내밀고는,

"자, 됐죠?" 했다.

"어머나 쪼잔하긴, 어디 좀 줘봐요."

---

* 증류수 마르의 이탈리아명.

문언니는 짐짓 사나에가 빙의라도 한 양 억지를 썼다. 하지만 10년이나 한 지붕 밑에서 일한 선배의 말이다. 이케이는 얌전히 반지를 빼 내밀었다. 그것을 받은 문언니는 보란 듯 왼쪽 약지를 내밀고 "여기 맞을 거야." 했다.

"에이 아니에요, 남자 건데요."

"후후후후."

문언니는 반지를 손가락에 꼈다. 가는 손가락에 반지는 물론 너무 커서 빙빙 돌았다. 문언니에게 이케이의 반지는 맞지 않았다.

그때 여자들 틈에서 새롭게 야한 질문이 튀어나왔다. 꺄꺄 하는 함성과 함께 화제는 어느새 그쪽으로 쏠렸다. 잠시 와자지껄한 수다를 지켜보던 문언니는 살짝 왼손을 움켜쥐었다. 그리고 조용히 자리에서 일어나 화장실로 향했다.

커피가 나왔을 때 서언니가 미야코의 맞은편에 있다 엉거주춤 일어나 귀띔했다.

"미야코, 세토구치 너무 늦는 거 아냐?"

듣고 보니……

미야코는 눈에 띄지 않게 일어났다. 문언니는 화장실에 가기 전에 꽤 마신 상태였다. 혹시나 화장실에서 쓰러지기라도 했으면 큰일이다.

크림색 화장실 문을 열었다. 그러자 눈앞에 문언니의 등

짝이 보였다. 검은색 카디건은 이제 곧 맞이할 여름 대비용으로 얇은 소재였다. 그 안에 입은 아이보리색 반팔 셔츠가 슬쩍 비쳤다.

아무튼 문언니는 세면대를 마주 보고 똑바로 서 있었다.

아이고 다행이다,

라고 생각한 것은 문언니가 돌아보기 전까지. 직후 미야코는 반사적으로 비명을 지르고 말았다.

"괘, 괘, 괜찮아요?"

문언니의 표정이 심상찮았다. 당장이라도 눈과 코가 무너져 내릴 것 같았다. 오물거리는 입에서 말이 새어 나왔다.

"미야코…… 나 정말 말도 안 되는 짓을 저질렀어. 난 이제 여기서 한 발자국도 나갈 수 없어."

"네에? 넷?"

"손을 씻으려고 했는데…… 글쎄, 반지가 또르르 빠지더니 굴러 떨어지잖아. 또르르 굴러가더니 눈 깜빡할 새에 여기 이 구멍으로 떨어졌어. 어떻게…… 어쩌면 좋아……"

8

우선 급한 대로 서언니를 불렀더니, 그녀는 기민하게 행동에 착수했다.

우선 점장을 불러서 자초지종을 이야기한 후 다른 손님들이 세면대를 사용하지 않도록 부탁했다. 그리고 반지가 배수관의 U자 관에 떨어져 있을지도 모르니 내일이라도 기술자를 불러 찾아달라고 했다.

"귀찮게 해서 너무 죄송한데요……"

"내일이오?"

점장은 혼잣말하더니 입구 근처에 있던, 면바지에 폴로셔츠를 입은 손님을 불렀다.

"이봐, 쇼 씨."

"응?"

남자는 마시던 맥주잔을 내려놓고 돌아보았다. 짧게 친 머리에 턱수염이 무성했다.

마흔 전후로 보이는데 쇼타로인지 쇼스케인지는 모르겠다.* 이탈리아 식당에는 어울리지 않는 손님이었다.

점장은 간단히 설명을 하고 "어때, 빼낼 수 있을까?" 하고 물었다.

"흠…… 한번 봅시다." 남자는 현장을 들여다보더니 말했다.

---

* 쇼타로, 쇼스케는 일본의 흔한 이름.

"아, 된다, 돼. 연장 좀 가져올게."

"뭐 하는 분이세요?" 미야코가 묻자,

점장이 "근처 판금집 사장입니다." 한다.

이것도 그나마 식당이 시가지에서 몇 킬로나 떨어진 변두리에 위치한 덕분이다. 요리를 먹는 동안 갖은 우아를 다 떨어도 식당을 나서면 변두리 분위기를 마주하게 된다.

배수관을 떼어내는 정도라면 특별한 기술도 필요 없지 않을까. 스패너 같은 것만 있으면 된다. 기술자가 식당에 있었던 것이 천만다행이다.

문언니를 위해 가능한 한 사태가 만천하에 밝혀지기 전에 해결하고 싶었다. 하지만 시간은 쉼 없이 흘러갔다. 설명을 안 하려야 안 할 수가 없게 생겼다. 모임 멤버들에게는 자초지종을 설명하고 기다려달라 부탁했다. 현장이 좁아서 모두가 지켜볼 수도 없다. U자 관을 떼어내는 것 자체는 비교적 간단했다. 과학 실험기구같이 생긴 관을 떼어낸 다음 거꾸로 털어서 들어 있는 것이 없는지 확인했다. 허나, 안타깝게도 고대하던 반지는 나오지 않았다.

문언니는 취기도 싹 가신 눈치였다. 점장과 쇼 씨에게 연신 고개를 조아렸다.

"죄송해요. 바쁘신데 번거롭게 해서 정말 죄송합니다."

하지만 정작 통절히 사죄해야 할 상대가 남았다. 힘없이 자리로 돌아가니 이케이가 먼저 다가서 담백하게 말했다.

"너무 걱정 마세요. 똑같은 거 만들면 돼요. 괜찮아요."

문언니는 하고픈 말은 목에 걸려 나오지 않고, 기껏 뽑아냈다는 것이,

"이케이 씨."였다. '오라버니'라고 부르지 않았지만, 이번에야말로 진짜 손아래 여동생 같은 목소리였다. 문언니의 반지 없는 빈손이 지푸라기 한 줄 없는 허공에 덩그러니 떠 있다. 눈물이 뺨을 타고 흘렀다.

서언니가 앞으로 나와 문언니의 어깨를 감쌌다. 등을 다독이며 자장가처럼 속삭였다. "울지 마. 응? 울지 마, 세토구치. 괜찮아."

9

미야코는 서언니와 집 방향이 같아서 택시를 같이 탔다. 둘은 한동안 침묵하다 미야코가 먼저 입을 뗐다.

"저기…… 배수구……"

서언니가 미야코를 돌아보았다. 미야코가 말을 이었다.

"맨 위 입구 쪽에 十자 마개 비슷한 거 있잖아요. 남자 반지라면 보통 거기 걸릴 법하지 않아요?"

서언니는 예스라고도 노라고도 하지 못하고 복잡한 표정만 지었다. 긴 침묵 후에 쥐어짠 듯한 소리로 말했다.

"됐어. 그런 말까지 할 것 없어, 미야코…… 그냥 묻어두자고."

순간, 미야코의 가슴에 잊고 있던 통증이 찌르르 되살아났다. 조금 있다가 서언니가 덧붙였다.

"세토구치는 아무 말 하지 않을 거야. 자기만의 상자 속에 꽁꽁 봉인해두겠지. 사실 세토구치한테 이번 일 총무 맡으라고 한 건 나야. 왜 그랬는지 후회막심이야. 일생일대의 실수였어."

중간에 서언니가 내리고 미야코만 남았다. 택시는 짙은 7월 밤의 암흑 속을 질주했다. 미야코는 시커먼 늪 속으로 빠져드는 느낌이었다.

앞뒤 분간하기 힘든 취기에 문언니는 반지를 변기에 흘려버린 걸까? 아니면 주머니 속에 넣은 걸까?

아무튼 실수는 아니었던 것 같다. 그렇게 할 수밖에 없었던 격정이 불현 문언니를 덮쳤던 것은 아닐까.

택시를 내려 집을 향해 걸을 때 미야코는 생각했다.

어쨌거나 문언니는 돌이킬 수 없는 일을 벌이고 싶었던 게 아닐까? 그러면 그 핑계로라도 울 수 있을 테니까……

5장

가루이자와의 밤에 묻히다

1

문고부의 젊은 피, 이케이 히로유키가 결혼을 하고 이제 곧 1년이 되어간다.

그리고 결혼식 날짜부터 따지면 명백히 속도위반으로 2세가 태어났다.

여자들은 별로 그러지 않는데 남자 직원들 중에는 PC 바탕화면에 아이 사진을 깔아두는 사람들이 종종 있다. 그런 한편 그것을 보고 상처받는 사람도 있다. 눈치 없이 깔아둔 사람이나 미야코로서는 상상도 못한 일이지만……

이케이도 일찌감치 아이 사진을 공개했다. 부모 눈에 아기는 천사다. 아이 모습에 안 먹어도 배가 부르다. 힘든 일이 있어도 고통으로 느껴지지 않는다. 어떤 상황에서나 용기백배할 수 있는 강장제가 되기도 한다.

본인에게는 백 퍼센트 그러하니, 남의 눈에도 무조건 예뻐 보일 것이라 생각하는 것도 무리는 아니다. 밤새 울든 땡깡을 부리든 그것이 첫 아이라면.

하지만 북극에서는 슬쩍 얼굴만 내밀어도 하느님 아버지 할 태양이, 적도 부근에 가면 지옥의 불덩이로 변할 수도 있다.

사실, 이 일은 상식적으로 일반적인 직장에서 일어나기 힘든 일이다. 이 경우 구체적 문제와 얽혀 들기에 골치 아프다.

미야코는 잡지 편집부 소속이다. 하지만 직장에선 꼭 자신의 보직만 한다는 법이 없다. 당연히 문고부에도 들를 일이 생긴다. 이케이 책상 앞을 지날 때 PC로 슬그머니 눈길이 갔다가 마음이 심란해졌다. 그가 아주 '좋은 사람'이고, 일도 잘하는 이상적인 선배이기 때문에 더 그런 것이다.

새해 인사이동으로 문언니의 소속 부서가 바뀐 것이 그나마 다행이다.

같은 팀이기 때문에 하루에도 몇 번씩 회의를 가졌던 두 사람이다. 마리에는 이케이의 PC 바탕화면을 계속 지켜보았을 것이다. 하지만 이제 미야코가 그걸 걱정할 필요는 없어졌다.

마리에는 문고부에서 10년을 보냈다. 소속 부서가 바뀔 때도 된 것이다. 회사 전체의 인사 문제는 복잡하기 때문에 누군가 희망하는 바가 선뜻 받아들여지는 것은 아니다. 허나 이 경우 어느 정도 본인과 주위의 의지가 반영되었는지도 모르겠다.

마리에는 새해 들어 서적부로 옮기게 되었는데 서언니가 꼼수를 부려 자기 쪽으로 데려갔는지도 모른다고 미야코는 슬쩍 상상해본다.

그저 혼자만의 상상일 뿐 물론 캐고 다닐 일은 아니다.

"음, 그렇다면…… 문언니도 올해부터 서언니가 되는 거네요."

미야코는 인사 발표가 있던 날 물었다.

"그런 셈이지."

마리에는 철 지난 네 컷 만화에 등장하는 깐깐한 여교사처럼 안경테를 손가락으로 추켜올리며 말했다.

"헷갈려요."

새해부터 '문언니'가 아닌 마리에는 가지런한 코를 쏘옥 들어올리며 말했다. "그럼, 마리에 님이라고 불러도 돼."

"글쎄, 그건 좀……"

그건 왠지 교주를 부르는 광신도 느낌이다.

"좀은 또 뭐가 좀이야……"

미키는 40대, 마리에는 30대다. 그래서 미야코는,

"그럼 큰 서언니(오쇼네), 작은 서언니(코쇼네)라고 하면 어떨까요?" 하고 묻는다.

"뭐어?"

"두 분 다 서언니이니까 어쩔 수 없잖아요."

어느새 등 뒤에 와 선 미키가 킄킄대면서 미야코 앞에 얼굴을 내밀었다.

"그거 혹시 덩치 빨로 이야기하는 거야?"

"아, 아……" 미야코는 어디 한 대 맞은 듯한 신음을 흘리고 "아니에요. 오타(太田) 언니니까. 성에 크다란 뜻이 있잖아요."

미야코의 회사에는 오소네 유코라는 수완 좋은 여성 편집자가 있었다. 맘에 있는 말이면 상대가 누구든 거침없이 말하기로 사내뿐 아니라 업계에서 유명하다. 이번 인사로 회사 간판 잡지의 편집장이 되었다. 지금보다 여성 편집장이 드문 시절이어서 '그 오소네가?' 하는 분위기였다. 이 바닥에서 오소네라 하면 단박에 그쪽을 떠올린다. 오쇼네라 하면 좀 헷갈릴 수 있다.

하여 결국 미야코는 지금까지 부른 대로 서언니는 서언니, 문언니는 그냥 세토구치라는 성으로 부르기로 했다.

2

미야코가 담당하는 잡지의 편집장도 바뀌었다.

전에 있던 엔도가 울퉁불퉁 근육맨의 풍모였던 반면, 새로 온 쓰야키는 고운 어깨선과 빛을 등지고 산 듯한 흰 피부의 소유자다. 생김새도 가부키에 등장하는 미남 배우 급이다. 새 편집장이 미야코에게 가루이자와에 다녀오라고 지시한 건 올여름 일이다.

"가키자키 선생님께 인사 좀 드리고 와."

"네?"

미야코는 뜬금없는 소리에 반사적으로 되물었다.

"호, 혹시…… 그, 가키자키 우미히코 선생님 말씀이신가요?"

언급한 인물은 전설적인 대작가다. 나이는 여든 언저리.

근 10년간 책 한 권 써내지 않았다. 그래도 독자들의 충성도가 높아 아직 팬들이 있다. 그의 기존 작품들은 작가가 생존해 있음에도 고전 급이다. 출판사에서 의뢰하면 신년호에 수필을 써주는 경우는 더러 있었다. 사실 가키자키라는 이름이 목차에 오르기만 해도 잡지의 부피감이 달라진다. 간단히 말해서 문단의 중진이다.

"그래. 어쩌면 그 선생 이번에 뭔가 하나 쓸지도 몰라."

그것이 사건의 시초다.

전에 한 모임에서 전에 없이 얼굴을 내민 가키자키가 지금은 중역이 된 왕년의 담당 편집자, 시마오카와 이야기를 나누었다고 한다.

"글쎄, 그 정도 대가한테는 쉽게 말을 걸 수가 없잖아. 꼭 나이나 작품 때문이 아니야. 그 선생, 늘 모진 고문을 참아내는 것 같은 표정을 짓고 있거든. 미간에 있는 대로 주름을 잡고 이는 앙 물고…… 그러니 선생 어깨를 툭 치면서 '아이고 선생님 요즘 어떠십니까?' 할 수는 없는 거 아니야."

상대가 누구든 그건 막역함을 너머 막 나간 행동이다.

"시마오카 씨 정도면 안면도 있겠다, 말 좀 붙일 수 있을 텐데. 그게 이야기를 들어보니 아무래도 안 되겠어. 부인의 상태가 생각보다 상당히 안 좋은가 봐."

"아, '마리카 씨' 말이에요?"

가키자키의 대표적 시리즈를 사람들은 '마리카 씨'라고 부른다.

큰 눈망울을 지닌 부잣집 아가씨 마리카와 자유 영혼을 지닌 작가의 운명적 만남, 연정, 번민, 이별과 재회가 몇몇 장단편으로 선보였다.

소재만 보면 그렇고 그런 통속소설이다. 시대에 뒤처진

내용이고 곧 절판이 되어버릴 것 같지만 그것을 스테디셀러로 끌어온 것이 바로 작가의 필력이다.

스토리 전개의 묘미는 말할 것도 없고, 사이사이 등장하는 지적인 대사들도 독자들을 매료시킨다. 하지만 그 어떤 것보다 마리카가 좋다. 가키자키의 손이 닿으면 그녀의 청초한 머릿결의 떨림이나 손가락의 움직임까지 동영상을 보는 것 같다.

마리카는 책 속의 여인이 아니라 현실이 된다.

자기 멋대로에다 열 여자 마다 않는 주인공에게 휘둘리는 그녀를 보고 독자들은 애가 탄다. 그쯤 되면 이미 작가의 마술에 빠져 뒷이야기를 읽지 않고는 못 배기게 되는 것이다.

작품이 발표된 지 꽤 지난 지금, 디테일하게 묘사한 당시의 패션이 다시 유행하는지 젊은 독자들이 마리카의 그림을 직접 그려 회사에 보내기도 한다.

정사 장면은 은근하게 에둘러 표현됐지만, 희한하게 긴박감이 있어 일단 앞 권을 읽으면, 뒤 권을 안 읽을 수가 없다. 독자들의 후기 역시 가볍지만은 않다.

차츰 흐릿해지다가 나중엔 아예 기억에서 사라지는 작품이 있는가 하면, 영원히 기억에 남아 갈수록 빛을 더하는 작품도 있다. 소설의 생명은 참 묘한 것이라는 사실을 가르쳐준 것이 바로 가키자키의 작품이다.

그 대작가가 마리카의 모델이 된 여성과 결혼한 것은 글 좀 쓴다는 사람들 사이에선 모르는 이가 없는 문학계 상식 으로, 미야코 역시 알고 있었다. 그래서 편집장의 말을 듣 고 충격을 받은 것이다.

그 '여주인공'이 안개에 녹을 듯 사라질 위기에 있다.

미야코는 한 권의 책장을 덮는 것과는 별개로, 영원히 끝나지 않을 것 같았던 스토리의 마지막을 맞는 듯한 느낌 을 받았다.

3

"그런데 말이야…… 시마오카 씨의 말에 따르면, 부인이 그렇게 된 뒤로 선생은 나날이 기력을 못 차리면서도 동시 에 어떤 의욕을 보이는 면도 있더라는 거야."

창작 의욕 말인가? 그건 있을 수 있는 일이다. 남의 불행 을 이용하는 듯해서 유감스럽지만, 어쨌거나 편집자 아닌 가. 그러한 틈새를 놓치지 않고 선취하는 것이 능력이다.

"천하의 가키자키이니 말이야, 10년 만에 작품을 쓴다면 파장이 만만치 않을걸?"

가루이자와의 밤에 묻히다 123

미야코는 잠깐만! 하는 제스처로 앞으로 두 손을 내밀고,

"그런 일이라면, 제가 아니라 시마오카 씨라든지 편집장님이 직접 가야 하는 거 아닌가요?"

하고 말했다. 톱을 상대하려면 이쪽에서도 톱이 전면에 나서야 한다.

"아니 그러니까, 아직 확실히 원고를 의뢰하는 건 아니야. 워낙에 '잘 잤나'나 '잘 먹겠소' 말고는 하루에 몇 번 입을 떼지 않는 선생이야. 동태를 파악하기가 쉽지 않다고. 그러니 집안의 도우미한테라도 넌지시 물어서 파악을 해 왔으면 해."

"그래도 그런 걸 제가……"

"아니, 괜찮아. 가키자키 선생은 옛날부터 젊은 여자를 좋아했거든. 남자가 가면 아주 돌덩이 취급이지. 적어도 당신들 같은 사람이 가면……"

"당신들?"

"아, 서적부의 무라코시 사나에도 간다."

무라코시 사나에는 미야코의 1년 선배로 술친구 중 하나다. 그리고 상당한 미인이다.

성격이 밝고 꿍한 데가 없어 부담 없는 상대다. 그런 사나에가 출장에 동행한다면, 오케이. 든든하다.

"무라코시가 이번 주말에……"

담당 작가의 작품 때문에 가루이자와에 간단다. 그 작가의 잡지 연재를 미야코가 맡고 있다.

"그러니 당신들 둘이 가는 건 이래저래 딱이지 않아?"

오후에 가키자키 선생의 별장으로 가서 선생을 찾아뵙고 인사를 한 다음, 밤엔 연재 작가와 미팅을 하고 오라는 일타이피 전략이다.

"남자가 가면 '우체통에 명함이나 넣어두고 가라'는 한마디로 끝나지만, 당신들이라면 응접실로 불러 차 한 잔 정도는 내줄 거야."

듣다 보니 왠지 스파이라도 파견하는 것 같은 뉘앙스다.

네 알겠습니다, 하고 나서 미야코는 덧붙였다.

"저, 여름에 가루이자와 가는 건 처음이에요."

이 이야기가 나온 것은 정확히 말해서 7월 20일경. 온몸이 녹아내릴 정도로 더웠다.

"아, 그래?"

"개인적으로도 간 적이 없고, 업무차 다녀온 것도 봄인가 가을이었어요."

지금은 긴 자동차 정체를 초래하는 아울렛도 당시에는 소규모였다.

쓰야키는 수염이 까칠하게 난 턱을 문질렀다.

"그래 맞아, 내가 처음 간 것은…… 음, 가만 있어봐……

여름의 가루이자와라……" 쓰야키는 배우처럼 눈을 감았다가 천천히 떴다. "마쇼(魔所)였지."

"마쇼?"

"마물이라든가 마귀라는 말들 하잖아. 나한테는 그곳이 마가 낀 장소였어. 꺼림칙한 곳이라고."

부하를 원정 보내면서 기운을 북돋아주지는 못할망정, 있던 의지마저 꺾는 소리를 한다.

"왜요, 뭐 기분 나쁜 일이라도 있었어요?"

"응. 내가 신입일 때는 사원 여행이라는 큰 행사가 있었지. 빠지면 안 되는 분위기였어. 그런데 하필 그게 여름에 딱 걸려서는."

쓰야키의 눈은 먼 곳을 향했다.

"그때 행선지가 가루이자와였어. 우린 꽤 품격 있는 호텔에서 머물렀지. '가루이자와'란 이름만으로도 감사할 일이었지. 목적지를 듣고 역시 사회인이 되니 다르구나 싶었어. 그런데 옛날엔 사원 여행의 관례가 있었어. '술자리에서 신입이 쇼를 한다'는."

"아아, 네."

"행사를 준비한 사람 중에 오소네 씨도 있었는데 나한테 '뭐 할 줄 아는 것 있나?' 하고 묻더군. 그도 그때는 입사한 지 몇 년 안 되는 위치였지만 그래도 신입인 나한테는 대

선배였지. 나는 긴장해서 없다고 했어. 그랬더니 '음……
딱히 재주가 없다 그거지? 그럼 네가 〈투씨〉*를 해야겠다.'
하는 거야."

어디서 들어본 것 같기는 한데 생각이 안 난다.

"그게 뭐죠?"

"나도 그때 어렴풋 생각이 났었어."

"네에."

"당시 상영했던 영화야. 더스틴 호프만이 여장을 하고
나왔던 영화."

듣고 보니까 생각이 났다. 신문에 대문짝만하게 광고가
났었다.

"아아, 그 영화 제가 초등학교 때 나왔죠. 그럼, 쓰야키
씨는……"

"뭐…… 완전 할배라고?"

"아뇨. 정말 역시 대선배님이시네요."

쓰야키는 흥 하고 콧바람을 내쉬곤 말을 이었다.

"오소네 씨가 기획은 잘하잖아. 그래서 별 재주 없는 두
사람을 묶어서 만담을 시키려고 했던 거야. 떨이로 치워버
리자는 거지. 나한테 예스, 노를 묻는 게 아니었어. 그래서

* Toosie. 1982년 개봉한 미국 코미디 영화.

결국 한 게 어쭙잖은 만담 '투씨와 간디' 듀엣이었다."

하긴 〈간디〉라는 영화도 그 시절 화제가 됐었다.

"누가 간디를 했어요?"

"동기 중에 가마타라는 놈이 있어. 그 녀석도 재주가 없
어서 공중그네고 외줄타기고 뭐 하나 할 줄 아는 게 없었
거든."

공중그네나 외줄타기가 되는 사람이 어디 흔한가?

"암튼 그 녀석과 한 팀이 됐지. 간디는 허연 시트를 몸에
두르기만 하면 끝이야. 녀석은 고무링을 어디서 구해 와서
는 수영모자처럼 뒤집어쓰고. 근데 나는……" 더 말하자니
본인도 속이 타는 모양이었다. "여자 선배들이 날 에워싸
고는 바람나 놀러 나가는 여자를 만들어놨지 뭐냐. 파마 가
발에, 빨간 니트원피스에 있는 것 없는 것 죄다 꺼내서 이
거 입어봐라, 저거 발라봐라……"

듣추기 싫은 파일에 저장되어 있던 기억이었는진 몰라
도 표정을 보니 꼭 그렇지만은 않은 것 같다.

"신발은 어떻게 했어요?"

"구두가 맞는 게 없으니 샌들을 억지로 신었지. 내 발은
250인데 240짜리를 주잖아. 어떻게, 구겨 넣었지."

"와아, 리얼하네요."

"그야 뭐 다 사실이니까."

그렇게 만반의 준비를 하고 버스에 올랐단다. 출발과 동시에 위스키에 일본 술에 주섬주섬 꺼내기 바빴던 사람도 있었다.

가루이자와에 도착했고, 파티시간이 다가왔다.

어깨선이 곱고 피부가 하얀 쓰야키를 여자 선배들이 여자 화장실로 데려가 옷을 갈아입히고 화장까지 시켰다.

"사람을 떡 주무르듯이 해놓고는 다 끝나니까 깔깔대더니 다들 도망쳐버렸어. 어쨌든 여자 화장실이니까 나도 거기 있을 수는 없잖아?"

"그야 그렇죠. 여자 화장실에서 그러고 있다가 다른 사람한테 들키기라도 하면 완전 난리 나죠."

"그렇지. 선배들이 어떻게 해서든 파티장까지 데려갔어야지."

VIP 인도하는 호송 차량처럼.

"네네, 그럼요."

"하지만 자기들끼리 나가버렸으니 나 혼자 나갈 수밖에. 살짝 문을 열고 두세 발짝 나섰지. 근데 일이란 게 타이밍이 안 맞으려면 또 어쩔 수 없더라고. 그 격조 높은 호텔의, 모든 격조를 혼자 대표하는 듯한 나비넥타이 차림의 호텔맨이 하필 그때 딱 모퉁이를 돌아오는 거야. 나를 발견한 그 사람의 표정…… 난 아직도 잊을 수가 없다. 흠칫 뒷걸음질 치더니 세상에 못 볼 꼴 본 것마냥……"

"네…… 짐작이 갑니다."

"미간에 주름을 잔뜩 잡고 경계심 이천 퍼센트의 목소리로 '소, 손님되시죠?'"

"크크크크."

"나야 거북이 목 빼듯이 고개를 슬쩍 내밀고 네, 했지. 그랬더니 취미로 그러십니까? 하더라고. 그래서 아뇨, 벌칙입니다, 하고 둘러댔지."

파티장에 도착하고 보니 여직원 세 명이 당시 유행하던 노래 '고래 남매'를 길길이 불러대고 있었다. 술자리에서는 무드 잡는 노래보다 직설적인 가사의 뽕짝이 먹힌다. 박수갈채가 쏟아졌다.

이어서 쓰야키와 간디가 무대에 오르자 회장은 찬물을 끼얹은 듯 조용해졌다.

"자자, 제 이름은 투씨~, 이 사람은 간디~."

하고 명랑하게 운을 뗐지만 목소리는 넓은 공간에 허하게 울릴 뿐이었다.

"바늘방석에 앉았다는 표현이 딱 그거더구만. 그래도 나는 맷집이 좋아 다행이었어. 하지만 가마타는 그 후로 회사를 그만두고 지금도 행방을 몰라. 소문을 들으니 북아프리카의 외인부대에 들어갔다던데."

4

그러한 고로, 가루이자와는 마의 장소다. 정신 차려라.

미야코는 시답잖은 소리에 등 떠밀려 얼렁뚱땅 주말 나가노행 신칸센에 몸을 실었다. 작년에 동계 올림픽이 열린 이후 도쿄에서 오가기가 훨씬 수월해졌다. 그러고 보니 미야코의 회사에서도 금메달리스트에 관한 책을 내서 많이 팔았다. 이래저래 올림픽 덕을 본다.

옆자리에 사나에가 있다.

"가루이자와는 시원할까?"

사나에는 누구나 할 법한 말을 꺼냈다.

"그야 뭐, 도쿄와는 다르겠지."

"더운 여름엔 위험해서 갈 수 없어."

"왜요, 풍기문란 때문에요?"

미야코의 질문은 상식적인 것이었지만, 사나에의 대답은 그렇지 않았다.

"아니, 아스팔트가 기분 좋거든."

이건 또 무슨……

"취했을 때?"

"응."

아, 이건 위험하다. 사나에가 이어 말했다.

"그거보다 좋은 것이 대리석 바닥이지. 그건 경험해보지 않으면 몰라. 서늘한 게 정말 느낌 좋거든. 뺨을 부비고 싶을 만큼."

여기저기서 잘도 잔다.

"결혼하면 그렇게까지는 마실 수 없잖아."

사나에는 가을에 결혼할 예정이다.

남성 편력은 화려했지만 마침내 그 긴 여정을 끝내고 종착지를 찾은 것이다. 단체 미팅에서 마음과 입이 맞는 상대를 만났단다.

"괜찮아, 켄 씨는 이해심이 넓어. 맞아, 며칠 전에 우리 집으로 그이를 데리고 갔는데 말이야." 사나에는 니가타 출신이다.

"일단 우리 고향 전통주로 한 잔씩 하자고 얘기가 됐는데 그게 내처 밤까지 이어졌지 뭐야."

"가족들도 술 하면 빠지지 않나 봐?"

"그 정도는 아니고, 보통 마시는 정도지."

하지만 미야코가 생각하는 '보통'하고 사나에가 말하는 '보통'은 좀 다른 수준 같았다.

"중간에 엄마가 먼저 한계가 와서 자러 갔고, 자리는 계속 이어졌는데 밤 한 시가 넘었을 즈음 방문이 드륵 열리지 뭐야."

"방문동자?"*

"울 엄마."

"엥? 그게 무슨 상황이야?"

"파자마 차림으로 이쪽을 바라보는 거야. 이상한 표정으로 켄 씨를 보더니 '저 사람 누구야?' 하는 거야."

아하, 그렇지, 그렇지. 사나에 씨 엄마답다. 미야코는 쿡쿡 웃었다.

"켄 씨, 너무 존재감이 없는 거 아니야?" 하고 농담을 던졌다.

누가 무슨 말을 해도 둘 사이엔 깨가 쏟아지는 시절이니 사나에는 주먹을 쥐어 보이면서 항의했다.

"에이, 그럴 리가. 아니야."

가루이자와 역에 도착하니 두 시가 지났다. 하늘은 흐리다. 서늘한 정도까지는 아니었지만 도쿄의 한낮과는 공기가 전혀 달랐다.

미야코는 흰 바탕에 하늘색 줄무늬가 들어간 원피스를 입었다. 그 위에 더울 때는 벗고 있었던 흰색 카디건을 걸쳤다. 사나에는 회색 바지정장 차림이다.

* 자시키와라시. 일본 이와테 현에 전해 내려오는 옛이야기의 소녀 유령으로 방문 뒤에서 나타나는데 먼저 본 사람에게 행운을 가져다준다는 말이 있음.

택시를 타고 곧장 가키자키 선생 집으로 향했다.

차에서 내려 이끼가 덮인 돌담을 따라 작은 골목으로 접어든다. 진초록 이끼 위에 솔방울이 듬성듬성 놓여 있다. 위에서 떨어진 모양이다.

소나무 가로수 앞에 자그마한 일본식 별장이 있었다. 그것이 거장이 여름을 보내는 곳이었다.

"저건 뭘까?"

정원 안쪽으로 잔디가 덮인 지점에서 1미터쯤 넘어선 곳에 곧게 뻗은 줄기가 보였다. 흡사 비정상적으로 긴 아스파라거스 같았다.

줄기 중간쯤에 머위 비슷한 잎이 달려 있고 그 끄트머리에 진주알을 길게 뻗은 듯한 몽오리가 맺혀 있었다. 꽃이라면 대체 무슨 꽃인지 알 수 없었다.

길고 커서 그런지 무작정 솟아 있는 느낌이었다.

"도쿄에서는 못 봤지?"

미야코는 주위를 좀 둘러보다 약속한 시간, 세 시 정각에 초인종을 눌렀다.

바싹 마른 손이 현관문을 열었다. 도우미가 아니었다. 가키자키 작가가 매서운 눈동자로 노려보는 바람에 미야코는 움찔했다.

미야코가 인사를 하려고 고개를 숙이는데 작가는 말없

이 안쪽으로 손짓했다. 현관에 들어서자마자 보이는 방에 소파가 놓여 있었다. 한 평 반 남짓의 좁은 응접실이었다.

다소곳이 긴장하고 앉아 있는데 작가가 직접 쟁반을 들고 왔다. 쟁반에는 페트병에 든 홍차와 찻잔이 놓여 있다.

"저, 저기…… 이것 좀……"

미야코는 인사차 들고 온, 오래 두고 먹을 수 있는 과자 세트를 내놓았다. 이 정도면 연로한 작가가 썹기에도 괜찮고, 손님이 왔을 때 대접할 수도 있을 거라 생각했다.

가키자키 선생은 살짝 고개만 까딱하고 찻잔에 홍차를 따랐다.

"저, 저기……" 입을 떼자마자 나온 말이 아까와 똑같다. "살림 도와주시는 분은……?"

오지랖일지 모르나 설거지나 빨래가 쌓여 있으면 처리해주고 가는 것도 괜찮겠다 싶어 물은 것이다.

"지금 우체국에 갔소."

안심했다.

하지만 마리카 씨의 기척은 없다. 나긋나긋한 사람은 역시나 숨소리도 안 내고 누워 있는 걸까?

"시마오카 씨가 안부 여쭈어달라고 했습니다."

사나에가 중역의 이름을 꺼냈다. 가키자키는 닭이 닭장에서 고개를 빼듯 끄덕했다. 반응이라곤 그게 전부라 이야기가 이어지지 않았다.

마리카 씨의 안부도 심각한 사안이란 걸 아는 이상 쉽게
꺼내지 못한다.

미야코는 뒤쪽 새시 문을 통해 정원을 내다보았다. 아까
본 멋없이 길쭉한 꽃들이 몇 송이나 서 있었다. 초록색 작
대기를 꾹꾹 꽂아놓은 것 같다.

"저건…… 무슨 꽃이에요?"

가키자키는 천천히 돌아보곤 또 천천히 대답했다.

"우바유리."*

5

생각지도 못했는데 얼결에 꺼낸 초록색 작대기 이야기
에 가키자키가 정원으로 나가자 했다. 좁은 공간에 쬔 병아
리처럼 앉아 있는 것보다 훨씬 낫다.

현관 앞에서 본 것에 비해 뒤쪽 정원에 있는 꽃이 훨씬
성장이 빨랐다. 줄기 끝에 붙어 있는 몽우리는 위쪽으로 바
짝 솟아 있고 벌린 입 속에는 수술이 돋아 있었다. 생각보

* '우바'에는 늙은 노파라는 뜻이 있으며, '유리'는 백합을 뜻함.

다 많은 꽃을 맺는 것 같았다.

정원의 땅이 부드러워 촉촉하게 느껴졌는데, 서릿발까지 우수수 끼쳐와 땅은 더 물기를 머금은 것 같았다. 하늘은 여전히 흐렸다. 한여름의 오후 느낌은 아니었다.

사나에가 손을 벌려 손바닥을 위로 하고 "저 몽우리가 이렇게 펴지나요?"

하고 날씨와는 딴판으로 명랑하게 물었다.

가키자키는 대꾸 없이 고개만 흔들고 두 손을 앞으로 내밀더니 영혼처럼, 손목을 아래로 툭 떨구었다. 미야코는 그 제스처를 "아래로 피는군요." 하고 해석했다. 작가의 입매가 '으음' 하는 듯 보였다.

"선생님이 좋아하시는 꽃인가요?"

하고 사나에가 다시 묻자 그제야 소리로 말했다.

"아니야. 제멋대로 자라."

"우바유리라, 재밌는 이름이네요."

"......"

"어쩌다 그런 이름이 붙었을까요?"

"우바는 노파를 뜻한다."

하는 가키자키 위로 그새 서리가 소복이 쌓였다. 계곡 중간에 우윳빛 폭포라도 있는지 하얀 흐름이 빨랐다. 서리가 눈 깜짝할 새 정원을 뒤덮었다.

가키자키의 목소리가 안개 저편에서 들려왔다.

"꽃 필 무렵 잎이 모두 진다. 노파 이 빠지듯이 후둑후둑."

그래서 우바유리라는 건가, 특이한 이름이네, 하고 생각할 때 뿌연 흐름 너머로 뿌연 그림자가 언뜻거렸다.

"여보, 여보."

미야코는 헉 소릴 지를 뻔했다. 마리카?

……

가키자키는 대답 없이 그쪽을 보고만 있었다. 탁한 수면 밑에서 위로 떠오르듯 목소리의 주인공이 또렷이 모습을 드러냈다.

"손님이세요?"

미야코는 그때까지 요양시설에서 빠져나온 환자를 상상했다. 하지만 눈앞에 나타난 것은 꽤 풍만한 60줄의 여성이었다. 살집이 있다고 건강하단 보장은 없지만, 지금 이 사람은 옷차림만 봐도 상당히 건강해 보였다. 테니스웨어를 입고 있다. 그래서 흰 그림자로 보였던 것이다. 치마바지 밑으로 탄탄한 허벅지가 뻗어 있다.

근처에 테니스 코트가 있는 모양이다. 그녀는 커버를 씌운 라켓을 잡고 마치 귀이개를 들고 흔들 듯 횡횡 돌렸다. 만연한 안개를 흐트러트리려는 듯.

건조하고 큰 목소리로 말했다.

"빨리 끝냈어요. 안개가 깔릴 것 같아서. 딱 맞췄네. 딱
맞췄어."

6

미야코는 호텔에 들어와 잠깐 쉬었다. 그러고 나서 예정
된 밤 미팅를 하러 나섰다.

고급호텔 식당에서 중견 인기 작가인 아시다 도모타로
와 함께했다. 같은 호텔에 묵으면 더 편하겠지만, 가루이자
와의 유명 호텔은 오래전에 예약을 해야만 한다. 또 빈방이
있다 하더라도 말단 직원들 출장에 특급 호텔은 언감생심
그림의 떡이다.

하지만 식사 때만이나마 리조트에 온 기분을 낼 수 있는
건 즐거운 일이다.

게다가 이 작가는 털털하고 솔직한 성격이라 말 한마디
마다 긴장하지 않아도 된다.

세 사람은 색유리로 장식한 복도를 지나 식당으로 들어
갔다. 사람들이 테이블마다 꽉 찼다. 휴가철이니 그럴 만도
하다. 여유롭게 즐기는 젊은 남녀들도 많았다.

먼저 맥주로 건배를 하고 요리에 맞춰 화이트 와인, 레

드 와인 순으로 비워갔다. 세 사람 모두 기분 좋을 정도로 취해 일도, 그 밖의 이야기도 유쾌하게 진행됐다.

사나에는 책의 장정에 관해서도 마무리를 지었다. 미야코는 기분 좋아 보이는 아시다에게 새봄부터 시작할 연재에 대해 약속을 받고 수첩에 메모까지 했다.

오늘 일은 택시를 타고 돌아갈 일만 남았고, 내일은 일요일이다. 홀가분했다. 식사 후에는 바에 가서 양주와 그보다 도수가 높은 마티니를 마셨다.

"아, 그 기획은 재밌었어."

하고 아시다가 약간 들뜬 목소리로 말했다.

"뭐요?"

"그거 말이야, 작가 열 명이 소세키의 「몽십야(夢十夜)」* 를 패러디한 거."

"아아 '열흘 밤의 며느리' 말씀입니까?"

"어, 그래. 그거 누가 기획한 건가?"

"편집장님이오. 쓰야키…… 그 투씨 말이에요."

아시다는 눈을 맹하니 뜨고 본다.

"그건 또 뭐야?"

알 리가 없지. 미야코는 그 질문엔 대꾸하지 않고 말을

---

* 나쓰메 소세키가 1908년 7~8월에 아사히 신문에 연재한 단편소설.

이었다.

"에헤헤. 특이한 며느리 열전 기획으로 처음에 열 작품을 냈죠. '잠 못 이루는 열흘 밤의 며느리'. 하지만 저는 아시다 선생님의 작품이 가장 인상에 남아요."

"허허, 제법인데?"

"아뇨, 그냥 드리는 말씀이 아니에요. 제 눈을 한번 보세요. 얼마나 투명한가."

"내가 쓴 건 거의 소세키의 작품과 비슷한데, 뭐."

아시다는 말은 그리 하면서도, 작품에 대한 자부심을 감추지 못했다. 믹스너트를 한 움큼 집어 들고 말했다. "그게 프로의 기술이라는 거 아닌가. 실감 나게 무서웠지?"

한 여자가 있었다.

여자를 업고 있었다. 내 아내다.

양옆은 푸르른 논이다. 논길은 좁았다. 날아가는 오리 그림자가 이따금씩 어둠을 가른다.

"논에 접어드네요." 등 뒤에서 말했다.

"어떻게 알았어?" 하고 내가 고개를 비스듬히 돌리며 물었더니,

"오리가 울잖아요." 했다.

그 말이 떨어지기가 무섭게 오리가 두 번 정도 꽤액꽤액

울어젖혔다. .

나는 아무리 내 아내이지만 조금 무서워졌다.

우습게 볼 게 아니다. 이런 사람을 계속 등에 업고 가다 간 앞날이 어찌 될지 걱정이었다. 어디 내버릴 데 없을까 싶어 건너편을 보니 어둠 속에 커다란 숲이 보였다. 아, 저기라면 괜찮겠다 생각하는 찰나, 뒤에서,

"후후." 하는 소리가 났다.

"왜 웃어?"

여자는 아무 대꾸도 하지 않고 있다가 "무거워요?" 하고 되물었다.

"무겁지 않아."라고 했더니 "이제부턴 무거워지겠죠." 하는 것이었다.

「몽십야」대로 전개된다. '분카* 5년에 이 여자와 결혼했다.'고 떠올리는 순간, '등 뒤의 여자가 갑자기 돌부처마냥 무거워졌다.'로 끝난다.

* 文化. 일본 연호.

미야코는 집으로 가는 아시다를 사나에와 배웅하고 나서 택시를 탔다.

운전수의 눈과 귀도 있는 까닭에 사나에나 미야코나 나름 정신은 차리고 있었다. 호텔방에 도착해서야 긴장이 썰물처럼 쏠려나갔다. 하지만 그날 일어난 일에 대해 성토의 시간을 가졌다. 흔히 하는 말로는 잡담이지만.

냉장고에서 캔 맥주 빅 사이즈를 꺼내 우선 아시다 선생의 잡지 연재를 받아낸 것에 건배.

필연적으로 가키자키 선생 이야기로 옮겨갔다. 택시 안에서는 허투루 거장의 이야기는 꺼내면 안 된다.

잡지 편집을 하다 보면 밤을 꼬박 새고 새벽닭 울 때야 귀가하는 일이 드물지 않다. 회사 앞에서 택시를 타면, 장소가 장소이니만큼 이쪽이 출판 관계자라는 것을 알고 이 바닥에 떠도는 소문을 화제 삼는 운전수도 있다. 그들이 꺼내는 이야기 중에는 '헉, 이런 이야기가 벌써 밖으로 샜나?' 싶은 거리도 있다.

택시나 지하철 안에서 작가나 회사 뒷이야기를 하지 않는 것은 편집자들 간의 불문율이다. 하긴, 인사불성이 될 때까지 마신 다음에는 누가 무슨 말을 하는지도 모르지만.

"그러니까 뭐야, 결국 가키자키 선생 사모님 이야기는 망상이었던 거야?"

미야코가 묻자, 뺨이 발그레해진 사나에가 실실 웃으며 되묻는다.

"그러게. 아니면, 뭐 진짜 심각한 상황이면 좋겠어?"

아시다의 '열흘 밤의 며느리'가 생각났다. 운동복 차림의 마리카 씨를 업은 가키자키의 모습이 눈에 선하다.

"무거워졌다고 느꼈을까?"

"왜요, 결혼에 대해 회의를 품기 시작하셨습니까? 코사카이 씨?"

"그런 건 아니지만, 아니 그런 면도…… 없진 않겠지?"

"고민이 되면 일단 해보면 되잖아. 결혼이란 건 한 번쯤 해볼 일이야."

"사나에 씨도 아직이잖아. 뭐, 넬모레 할 거지만."

"나야 뭐, 거의 한 거나 마찬가지야."

미야코가 맥주 한 캔에 큰 가르침 받았다는 인사를 할까 고민하고 있는데, 사나에는 가키자키 선생의 이야기로 돌아갔다.

"선생님은 딱히 무거워졌다고는 생각하지 않았던 거 같은데."

"그래?"

"응. 그 선생님이 원래 찌그러진 문어 같은 표정을 짓고 있긴 하지만."

예를 들어도 어떻게……

"옛날 사진도 똑같더라고. 그러니까 마리카 씨가 나이를 먹고 저렇게 호쾌하게 변한 게 아니야. 예전부터 그랬을 거 같아 내 생각엔."

"와아, 그럼 두 사람 사이의 이야기는 처음부터 망상이었던 거야?"

"글쎄, 뭐 이건 당연한 말이지만, 작품은 원래 만들어지는 거잖아. 하지만 마리카 시리즈가 나오려면 살아 있는 모델이 역시 필요하지 않았을까. 그 부분은 덧셈뺄셈처럼 간단히 말할 수는 없지만, 그래도 그 여자를 보면 선생님의 내면에서 뭔가가 용솟음치는 게 있었을 거야, 분명해."

"음…… 그런 걸까?"

"'예스'라니까, '위'*라구요. 그 뭔가가 두 사람을 커플로 유지시키는, 두 사람만의 미스터리지. 하지만 결국 사랑 아니겠어?"

"그렇게 귀결되나?"

"응. 나이 먹어서 몸이 예전 같지 않게 되자 조만간 부인

* 불어 Oui.

과도 작별할 날이 오겠다 생각했겠지. 하지만 선생님, 자기중심적이잖아. 부인보다 스무 살이나 많은데 당신이 먼저 갈 거란 생각은 안 해. '마리카가 잘못되면, 나는…… 나는…… 아아아.' 싶었던 거지. 아마도 그런 장면이 머릿속에서는 진행되고 있을 거야, 석별 스토리가."

"와아아."

"어찌 됐든 선생님에겐 삶이 곧 집필이잖아. 그렇게 생각하면 마리카 씨가 선생님을 살리는 셈이지. 그게 바로 '인연' 아니겠어? 코사카이, 안 그래? 이런 것을 사랑이라고 하지 않으면 뭐가 사랑이겠어?"

미야코는 긍정도 부정도 하지 않고 입속에서 '사랑, 사랑.' 하고 되뇌었다. 사나에가 말했다.

"우리 엄마도 늘 말했어. '인생은 사랑이 거의 다'라고."

"거의?"

"응. 사랑은 가난 이외의 모든 것을 뛰어넘는데."

사나에는 욕조에 몸을 담그러 들어갔다. 호텔방은 꽤 넓은 2인실로 소파와 의자 외에도 멋들어진 화장대와 홈바를 갖춘 키친도 있다. 싱글침대 두 개가 놓인 침실도 거실과 따로 구분되어 있다. 호텔이라기보다는 아파트에 가까운 구조였다.

미야코는 소파에 기대어 앉아 남은 맥주를 홀짝이다 내

처 잠들었다. 문득 정신을 차리고 보니 아무 소리도 들리지 않았다. 시계를 보니 한 시간 정도 지났다. 사나에가 욕실에서 나오면 몇 마디라도 걸었을 터. 헌데 너무 조용한 게 이상하다.

술 마신 채 들어갔다가 그대로 쓰러지기라도 했으면 어쩐다? 미야코는 술기운이 달아나 자리에서 벌떡 일어섰다.

8

쓰러져 있지는 않았다. 하지만 문제는 다른 형태로 나타났다.

욕조에 들어갔던 흔적은 있다. 하지만 욕실에도, 침실에도, 사나에는 없었다.

다시 욕실로 가보니 세면대 위에 속옷이 놓여 있다.

설마 속옷까지 벗어놓고 밖으로 나가지는 않았겠지. 그렇다면 대체 사나에는 어디로 사라진 걸까.

가루이자와는 마의 장소잖아.

쓰야키의 목소리가 메아리쳤다.

'혹시…… 유괴?'

아니, 그것 또한 있을 수 없다. 어디로 들어와서 어떻게 끌고 간단 말인가.

미야코는 다시 한 번 방 안을 확인했다. 얼빠진 짓이란
것은 알았지만 싱크대 서랍까지 열어보았다. 물론, 사나에
가 그런 곳에 벌거벗고 들어앉아 있다가 '까꿍' 하면서 얼
굴을 내밀 리 만무했다. 행여 들켰다간 쥐구멍이라도 파고
들고픈 심정에 화낼 새도 없을 것이다.

그렇다면 밖으로 나갔다는 이야기밖에 되지 않는다. 미
야코는 문 앞으로 다가가 동그란 어안렌즈에 눈을 대고 밖
을 살폈다.

······!

상상도 못했던 모습이 눈에 들어왔다. 네 시와 여덟 시
사이 방향에 八자로 뻗은, 살색의 기다란 작대기······

저건······ 사람 다리······

서둘러 문고리를 돌려 밀어보았지만 문이 꿈쩍도 하지
않았다. 사나에가 문을 등지고 기대 앉아 있는 것 같다.

'이제부턴 무거워지겠죠.'

"어휴 정말 말도 안 돼."

금색 문고리를 부여잡고 어깨에 힘을 주어 문을 힘껏 부
딪었다.

"응, 으응?" 하는 태평한 소리가 문 너머에서 났다. 한
번 더 힘을 써 밀어보니 사나에가 조금 움직이면서 문이

열렸다. 미야코는 그 틈을 비집고 나갔다.

주황색 목욕타월을 슬쩍 두른 사나에가 복도에 주저앉아 상반신을 문에 기댄 채 잠이 든 것이다.

"사나에 씨."

부르자마자 사나에는 휘청대며 뗐던 등짝을 문에 다시 충돌했다.

"헉!"

미야코의 눈엔 슬로모션처럼 보였다. 자동잠금장치가 된 문은 사나에의 등에 밀려 부드럽게 움직였다. 미야코는 너무 놀라 문을 잡지도 못하고 되려 포승줄에 묶인 범인처럼 꼼짝도 못했다.

뒷일은 안 봐도 뻔하다. 덜컥, 하는 무정한 소리와 함께 호텔방 문은 둘을 심야의 복도에 남겨두고 잠겨버렸다.

9

"코, 코사카이. 너 아주 큰일 했구나."

자기도 몰래 허한 소리가 흘러나왔다.

사나에는 침까지 흘려가며 세상 모르고 자고 있다.

미녀는 잠꾸러기라고?

일단은 깨어 있는 자가 어떻게든 해야 한다. 이와 같은 황망한 사태에 대해 아무도 모르게, 재빨리 해결하면 그만이다.

미야코는 일단 사나에의 침을 닦아주고 목욕타월을 추슬러 여며준 다음, 자기가 입고 있던 카디건을 벗어 덮어주었다.

그러고 나서 다른 사람이 오지 않기만을 바라며 프런트로 질주했다.

띠링띠링, 카운터 벨을 울리자 곧 심야 담당자가 나타났다. 열쇠 없이 나왔다가 문이 닫혀버린 손님이 그리 드물지 않은 모양이다. 사정도 따로 묻지 않고 "곧 가져가겠습니다." 한다.

방문 앞에서 기다리고 있으니 여직원이 열쇠를 가져왔다. 이쪽도 여자 고객이니만큼 배려한 것 같다. 호텔의 입장에서는 상식적인 대응이겠지만, 미야코는 상황이 상황이다 보니 감사의 절이라도 하고픈 심정이었다. 사나에를 보고서도 "취미로 이러십니까?"라고는 묻지 않았다. 여기서 일하면서, 볼 꼴 못 볼 꼴을 두루 섭렵한 듯했다. 마스터키로 뚝딱 해결해주었다.

"감사합니다."

"아닙니다, 편히 쉬십시오."

미야코는 얼른 방으로 뛰어 들어가 열쇠를 가지고 나왔다. 사나에의 겨드랑이 밑에 손을 넣어 사나에를 문 옆으로 옮긴 다음 문을 활짝 열었다.

자, 이제 어떡하지? 결혼식 날의 새신랑처럼 들쳐 안을 수는 없는 노릇.

미야코는 사나에의 귓가에 대고 "사나에 씨, 사나에 씨." 하고 불렀다. 사나에는 눈을 감은 채로 대답한다.

"알았다니까."

알기는. 미야코는 하는 수 없이 사나에를 어깨에 걸치고 질질 끌어 침대 앞까지 데리고 왔다.

침대에 내던지다시피 하고 이불을 덮어주니,

"고마워, 켄." 한다.

당신의 애정남 켄이 아니외다, 업무에 지친 코사카이, 코사카이라고!

미야코는 온몸에 힘이 쭉 빠졌다.

화장을 지우지 않으면 다음 날 더 골치 아픈 일이 생긴다는 것을 알면서도 일단은 소파에 몸을 맡겼다.

아파트 같은 호텔방의 구조를 다시 둘러보는 동안 어찌 된 사정인지 감이 잡혔다. 사나에가 사는 집의 구조가 이 호텔방과 비슷한 것이다.

다만 방의 배치만 좀 다르다. 그녀의 집은 욕실 좌측에 침실이 있다. 사나에는 따뜻한 물에 몸을 담그고 노곤노곤해진 몸으로 평소에 하던 대로 좌측으로 돌아 문을 열었다. 그리고 주저앉아 그대로 잠이 든 것이다.

'내 생각이 틀림없어.'

미스터리는 풀렸다, 코사카이는 명탐정, 이라 결론을 내고 미야코는 다시 덮쳐오는 수마에 몸을 맡겼다.

중간에 사나에의 기척이 났다. 이제야 깨서 화장실이라도 가는 거겠지. 그때 어깨 위로 뭔가 덧씌인다. 에어컨 바람에 추울까 사나에가 얇은 담요를 덮어준 것이다. 이제는 공수가 바뀐 느낌이다.

'고마워요.'

미야코는 잠결에 말했다.

그리고 인생에 한 번 결혼이란 걸 해도 좋지 않을까, 뿌연 정신에 생각했다.

6장

근성 제로

1

2000년 뉴 밀레니엄을 맞아 뭐가 바뀌네, 큰일이 일어나네 하던 호들갑도 잠시, 무사히 지나갔다. 컴퓨터 설정상의 대혼란 이야기다. 달력의 천 단위 숫자가 달라지는 순간, 은행이고 회사고 간에 이상한 일이 벌어지는 것이 아니냐고 한동안 뒤숭숭했다. 지나고 보니 '그때 왜 그런 걱정을 했지?' 하는 정도에 지나지 않았지만. 회사에서도 별 문제는 일어나지 않았다. 미야코가 워낙 태평한 성격이라 눈치채지 못한 것일 수도 있지만 잡지부와 서적부의 누가 예측 불허의 사태에 대비해 밤샘 근무를 했다는 말도 들은 바 없다.

그리하여 맞이한 2000년. 미야코에게 그해 초는 정말이
지 초판부터 초를 친 듯한 일들의 연속이었다. 연초의 초가
그 초는 아니지만.

새해를 맞이한다는 명목으로 조금 (지나치게) 마셨다. 노
상에 쭈그리고 앉아 낯선 건물 벽돌벽에 기대어 쉬고 있었
다. 벽은 얼핏 보기에 따뜻한 색채였지만, 그건 그야말로
겉보기에만 그렇단 얘기. 촉감이야 연초이니 싸늘 그 자체
였다. 길을 지나던 커플이 고맙게도 걱정을 해주었다. 말이
야 바른 말로 겨울이니 객사할 가능성이 충분하다.

"괜찮으세요?"

"좀 따뜻한 곳으로 가시는 게 좋겠어요."

하며 온기 어린 목소리로 말을 걸었다.

도쿄라는 대도시에 아직 인정이 남아 있구나, 감격한 미
야코는 마음 같아서는 벌떡, 객관적으로 보면 비척비척 일
어났다. 그러고는 삭풍을 향해 외쳤다.

"개, 개안, 개아나……"

인간의 말로 번역을 하자면 '괜찮아'가 되겠다.

"여……" 그나마 끄트머리에 존칭의 '요'를 덧붙인 게
다행이랄까.

미야코는 말로써만이 아니라 자신이 말짱하다는 것을
몸으로 직접 보여주고자 샐샐 웃으면서 힘차게 도리질 쳤

다. 그러다 벽에 쿵 머리를 짓찧고는 그대로 혼절. 미야코 본인의 귀에도 울림과 함께 둔탁한 소리가 들렸다. 그것까진 기억한다. 혀까지 깨물지 않은 것이 감사할 일이다.

박애나라 총무 급인, 너그러운 커플의 도움을 받아 곧 의식을 되찾았다. 하지만 묵직한 두통이 일고 머리에 손을 대니 찜찜한 느낌이 들었다. 그 바람에 놀라 취기가 절반은 달아났다.

다음 날 아침, 몸이 너무 욱신거려서 오전 반차를 내고 병원에 갔다. 이 시점에서 입빠른 소릴 하자면, 다음 해, 즉 2001년 해맑은 어느 여름 날 술에서 깬 미야코는 전혀 다른 걱정으로 다른 병원을 찾아가는데…… 아, 그 이야기는 한참 나중 일이다.

어쨌거나, 병원에는 진료에 앞서 기록하는, 문진표라는 것이 있다. 외상에 관해서는 무슨 이유로 그렇게 됐는지도 적는다.

"코사카이 씨."

하고 부르는 소리를 듣고 진료실로 들어갔다. 흰 커버를 덮은 둥근 의자에 앉아 의사와 마주했다. 의사의 첫 마디.

"정직한 사람이군요."

놀랄 일이다. 자기가 생각해도 사실 위장, 속임, 거짓말은 적은 편이라 생각한다. 허나 병원 의사의 소견으로 듣기

엔 이게 뭔가 싶었다. 조심성 없다, 멍청하다, 라는 말을 들으면 차라리 그러려니 할 상황 아닌가. 술 취해 다쳐서 병원에 왔는데 어째 도덕적인 칭찬을 듣는 거지? 미야코는 절로 고개가 외틀렸다.

의사는 말을 이었다.

"여자들은 대개 이런 상황에서 '넘어졌다'고 씁니다."

그러면서 문진표에 다치게 된 경위란을 톡톡 쳤다.

흰 종이에 꾹꾹 눌러쓴 글자. '술이 떡이 돼서.'

2

연초부터 민망한 짓과 망신스러운 결과로 파란만장한 한 해가 되려나 했지만 그 후로는 이렇다 할 문제 없이 평탄한 날들이었다. 계절이 한 바퀴 돌아 다시 공기가 냉해지기 전까지 무탈하게 보냈다.

기억에 남을 만한 일이라면 여름에 오소네 선배에게 '근성'에 대해 한마디 들은 정도다.

오소네 씨는 회사 간판 잡지의 여성 편집장이다. 마흔이 훌쩍 넘은 독신이다. 체격도 좋은 데다 성격도 괄괄하고 기도 세다. 중고등학교 특별활동부에서는 '미스 ○○ 학교 팀'

의 리더였다는데 그것은 근거 없는 소문으로 남아 있을 뿐이다.

회사 근처에 리에주라는 식당이 있는데 밤이 이슥해서 거기 모이는 면면을 보면 그 나물에 그 밥이라 거의 구내식당 분위기다. 그 집의 무기는 벨기에 맥주. 공식적인 영업종료시간은 새벽 두 시이지만, 성격 좋은 점장은 단골들을 내쫓지 않는다. 아니 내쫓기는커녕, 새벽 세 시 언저리, '영업 끝'이라는 표지판을 내건 식당 문을 열고 들어와 '딱 한 잔만'을 구걸하는 사람도 있다. 물론, 그런 사람들이 한 잔만 하고 돌아가는 경우는 없다.

불쌍한 점장은 새벽녘 카운터에 기대어 새우잠을 잔다. 어떻게든 본능으로 계산은 하지만 뒷정리를 할 기력도, 체력도 모두 소진된다.

그럴 때 예를 들어 오소네 씨가 떡 벌어진 어깨를 흔들며 다가가,

"아이고, 딱해라."

하면 점장은 고개를 떨군 채 나직이 말한다.

"뚫린 입이라고…… 당신 때문이잖아."

아무튼 출판사 직원들에겐 구내식당과도 같은 그 식당에서 미야코가 귀염성 있는 차림새로 늦은 저녁을 먹고 있었다. 그곳에 오소네 씨가 들어와 미야코를 가리키며 다짜

고짜 "근성, 근성."이라고 외쳤다. 한여름 여덟 시경이었다.

'열심히 하라는 말인가? 다 저녁 때 뜬금없이 뭐지?'

하고 있던 차에 오소네 씨가 이번엔 미야코 앞에 와 앉았다.

가게엔 사람들이 많았다. 그리고 미야코는 혼자였다. 테이블 빈자리를 놀리느니 안면 있는 사람들끼리 동석하는 것은 식당에 대한 단골들의 배려다. 부서는 다르지만 미야코와 오소네 씨 둘 다 잡지를 담당한다. 이름과 얼굴 정도는 알고 있었다.

식당에서 내온 맥주는 벨기에 호가든이었다.

코리앤더 향이 은은하게 감도는 흰 맥주다. 여름이면 절로 생맥주를 찾게 되는 미야코 역시 마시고 있었고, 오소네도 같은 것을 주문했다.

그런데 다시 오소네가,

"근성 맞지?" 했다. "네?"

미야코는 혹 옷 때문에 오소네가 그런 말을 하는 건가 생각한다. 하지만 딱히 여보란 듯 줄창 입고 다닌 것도 아닌데……

"아니, 내가 얼마 전에 에티오피아에 다녀왔거든."

하고 딴소리를 한다. 여름휴가를 받았던 모양이다. 그런데 에티오피아라. 의외의 장소다.

"관광으로요?

"스터디 투어라고 하지. 대여섯 사람이 같이 갔었어."

"아하, 예."

"에티오피아는 건기 때마다 사막화가 진행 중이래. 일본 사람들이 거기서 녹화사업을 하고 있는데, 사실은 내가 아는 사람이 그 일을 하고 있어. 그가 나보고 '일본에 있는 오소네가 할 수 있는 일이 있어.' 하잖아. 돈을 기부하면 그 돈으로 에티오피아 마른땅에 묘목을 심고, 그 후 결과가 내게 통지돼."

"아하."

"그렇게 하니까 아무렴 나무에 대한 애착도 생기지 않겠어? 그래서 어떤 나무가 어떻게 자라고 있는지 직접 가서 보고 온 거야."

미야코는 "아아 네." 하며 끄덕이면서 에티오피아란 이름에서 아프리카가 퍼뜩 떠올라 "거기 덥죠?" 했다.

여름에 가는 건 왠지 더 힘들 거 같았다. 헌데 직접 다녀온 오소네는 손을 설레설레 내저으며 부정했다.

"아니. 에티오피아는 지대가 높아. 이미지로 말하자면, 가루이자와 비슷하다고 할까? 자외선이 강해서 차단제는 발랐지. 몸에 와 닿는 공기는 피서지에서 밤바람을 맞는 듯 청량하달까? 한낮에도 파카를 걸쳤는데 밤이 되면 기온이

뚝 떨어져. 아침에는 상큼한 새소리에 잠이 깨지. 삘릴리 삘릴리."

"그 점은 좋네요."

오소네 씨는 시원하게 맥주 한 모금을 들이켰다.

"어린애들이 나무를 심고 물을 주곤 하더라. 그런 활동이 이젠 뿌리내렸어. 우린 그런 장면을 구경했고."

그래서 스터디 투어라는 거구나!

"여자아이들은 머리를 땋아 내렸어. 어떻게 했나 싶을 정도로 가늘고 빽빽하게. 딸의 머리를 보고 어머니의 솜씨를 가늠한다나 뭐라나. 머리에 스카프를 두른 아이도 있었어. 그냥 보통 스카프이긴 한데, 그 색깔이 뭐랄까, 아주 대담한 색이어서 상큼하다고 할까? 세련됐다거나 꾸민 느낌이 아니라."

오염되지 않은 공기 속을 뛰어다니는 아이들의 모습이 눈앞에 그려졌다.

"우리도 그냥 보고만 있었던 건 아니고 묘목을 심어보았지. 노동력을 제공했다, 일손을 보탰다기보다…… 이런 식으로 하는구나 정도를 체험한 거야."

"그렇군요."

"내가 땅에 구멍을 파고 묘목을 심기 시작했더니 아이들이 주변을 빙 둘러싸고 한마디씩 하더라고."

듣는 사람 궁금하게 거기서 말을 끊는다.

"뭐라고요?" 미야코는 물었다.

"곤조 나시!* 곤조 나시."

3

미야코가 눈을 동그랗게 뜨고 있었더니, 오소네가 그럴 줄 알았다는 표정으로 미야코를 쳐다보다가 "뭔가 석연찮지?" 하고 물었다.

"네."

"그게, 그쪽에서 사용하는 말이 아무하라어라고 하는데 '곤조'가 '귀엽다', '멋있다'라는 뜻이래."

"아아, 네……"

그러니까 미야코에게 오소네 씨가 한 말은 결국 '귀엽다'는 뜻이었다. 미야코는 그제야 의문이 풀렸다. 오소네 씨는 계속했다.

"그리고 '나시'가 여성에게 쓰는 '습니다'라는 어미래."

납득이 간 미야코가 말했다.

* '근성 없음'을 뜻하는 일본어.

"그러니까 말하자면 '멋진 여성입니다'라고 아이들이 칭찬해준 거네요."

연초에 미야코가 의사에게 들은 '정직한 사람이군요.'에 비하면 이 얼마나 담백하고 다이렉트한 표현인가.

"그렇지. 그렇긴 한데 열심히 나무 심고 있는데 옆에서 모두가 '곤조 나시'를 합창하니까 싱숭생숭하더라고."

"왜요?"

"뜻을 모르고서는 '아니 땀나게 하고 있는데 뭔 소리들이지?' 싶잖아."

"아, 하하하." 하고 미야코는 웃었지만 슬그머니 "오소네 씨, 근성 없는 사람 싫어하실 거 같아요."

하고 떠보았다. 그랬더니 득달같이 대답이 나온다.

"그야 당연하지."

오소네는 그러곤 큰 소리로 '생맥 추가'를 외친다. 그녀의 이야기를 한 귀로 흘릴 수만은 없어 미야코는 "혹시 사내에도 누구 근성 없는 사람이 있었나요?" 하고 물었다.

"어, 큰 소리로 말하기는 뭣하지만, 우리 부서에 있지, 젊은 사람."

그러면서도 목소리의 볼륨은 여전했다.

"아……"

"쓰키가타 말이야."

금년부터 오소네 편집장의 잡지에 들어간 남자 사원이다. 이름도 성도 특이하다.

쓰키가타 효이치. 피부가 허옇고 쌍꺼풀 진 눈에 속눈썹까지 긴 것이 한마디로 생긴 건 멀끔하다. 지금쯤 여직원들 사이에선 편집부 왕자님이라고 불릴지도 모른다. 미야코보다 두세 살 아래다.

"아아, 네……"

남의 단점을 캐긴 좀 그렇지만 이름까지 나온 마당에 거기서 어설프게 끝내기 찝찝했다. 가만 있었더니 오소네가 눈치를 채고 먼저 말했다.

"잡지 기사에 꼭, 어떻게든 쓰고 싶은 사진이 있었어. 그런데 사진 주인이 웬만해서 '오케이'를 하지 않는 거야. 그래서 담당자에게 좀 강력히 밀어붙이라고 했지. 며칠 전 금요일에 외출했다 들어와서 그 담당자 책상 위를 봤더니 사진이 있는 거야. '아, 받아냈나? 역시 베테랑이군. 일 처리가 빨라.' 싶으면서도 왠지 불안불안한 거야. 그래서 휴대전화로 연락했지."

"사내에 없었어요?"

"그 사람이 전날부터 오카야마에서 출장 중이었거든. 금세 받기에 사진 이야기를 했더니."

"했더니요?"

"기가 막혀서……"

"왜요?"

"사진을 입수한 게 출장 직전이었는데 토요일까지 사진을 다시 돌려달라고 했대. 그래서 원고 받아오는 건 쓰키가타에게 부탁하고, 서둘러 튀어나가 사진을 찾아왔다는 거야."

"어머나 세상에."

"잡지에 실으려면 사진이 지금 당연히 인쇄소에 들어가 있어야지. 회사에 있으면 안 되는 상황이잖아."

손에 땀을 쥐게도 생겼다. 출판 현장에 있는 사람에게는 이런 상황이 웬만한 호러 영화보다 더 무섭다.

"그, 그렇죠."

"그러던 차에 쓰키가타가 들어오기에 '이거, 어떻게 된 거야?' 했더니 여유 있는 목소리로 '아, 잘 다녀오셨어요?' 하잖아. '지금 그런 인사할 때야?' 하고 물었더니 '아니, 편집장님께 검토를 받고 인쇄소에 넘기라고 했단 말이에요.' 하는 거야 이 사람이……"

그러니까 상황을 정리하자면, 베테랑 아무개 씨는 '오소네 씨에게 검토받으라.'라는 한마디를 했던 것이다. 그거야 당연한 일이다. 헌데 그때 오소네 씨가 없었다. 그래서 쓰키가타 씨는 그대로 놔둔 것이다.

"'내가 안 보이면 당장 전화를 했어야지! 나든 담당자든 어떻게든 했을 거 아냐!' 하고 노발대발하고는, 더 열이 오르기 전에 재빨리 원고를 받아오라고 하니 그 사람 눈물이 그렁그렁…… 말만 하지 않았지 억울해 죽겠다는 표정이더라니까? 나 참."

"아이고 세상에."

"윗사람한테 혼나는 게 싫어서는 일 못하는 거야. 아주 약해 빠졌어. 대학만 최고 명문이면 뭘해. 융통성이 없는 걸. 임기응변이란 게 없어. 아니 아무것도 안 하고 달달 떨고만 있으니까 화가 나지 안 나겠어? 그러더니 아니나 달라? 누가 나한테 와서 이러더라니까? '쓰키가타 씨가 비상계단에서 울고 있던데 무슨 일 있었습니까?'"

"아이고."

외모가 출중한 만큼 여직원들의 모성본능을 자극했는지도 모른다.

"내가 울린 거니? 내가 후배나 괴롭히는 사람이냐고."

"아, 그렇지만 그런 사람이 하루아침에 변할지도 모르죠. 훗날 웃으면서 그 일을 이야기하게 될지도요."

"치, 그것도 이 바닥에서 버텨냈을 때의 이야기지."

역시 여장부, 오소네다.

4

찬바람이 불기 시작한 11월의 이 이야기 역시 구내식당 리에주에서의 일이다.

미야코는 세토구치 마리에와 반주를 곁들여 식사를 하고 있었다. 마감을 끝내고 비교적 여유 있는 시기였다.

처음에는 짙은 루비색 맥주로 시작했다.

"벨기에 맥주 중엔 수도원에서 만드는 것도 있대요."

"아 그래요?"

하면서 마리에는 선배임에도 존대를 해가며 대답했다.

"그런 이야기를 들은 거 같아요."

"그것으로 돈을 버나?"

"글쎄요."

시메이*는 레드로 시작해 화이트, 블루로 색깔을 바꿔가며 조금씩 도수를 높여갔다. 마치 부편집장에서부터 편집장, 부장으로 승진해가는 느낌이다.

"이 색깔들은 무슨 뜻일까요?"

미야코가 물었다.

"뭐가요?"

---

* chimay. 벨기에 수도원에서 만든 맥주.

"이 맥주병에 붙은 띠 말이에요. 이건 뭐 레드라기보다 팥죽색에 가깝지만."

"아, 그래요."

"도수의 차이를 색깔로 구분한다면, 블루로 시작해서 옐로, 옐로에서 레드로 올라가는 게 상식적이겠죠?"

"글쎄, 여기서 이러니저러니 해봤자 뭐……"

그런저런 이야기를 하면서 목 넘김이 좋은 맥주를 들이켜고 닭고기와 드라이 토마토가 들어간 페페론치노 스파게티를 먹었다. 헌데 이 요리들이 짭짤하니 맥주를 부른다.

기분이 달달해졌을 즈음 마리에가 입술을 뾰족하게 하더니 말했다.

"나 며칠 전에 화났었어요."

상대가 좀체 알아채기 어려운 비아냥 정도는 어쩌다 한 번씩 하는 일도 있다. 하지만 마리에는 보통 자기감정을 잘 드러내지 않는다.

"웬만해서 화를 내지 않는 분이 어쩐 일이에요?"

"그렇죠? 그 자리에 있던 네 명이 동시에 의자에서 벌떡 일어났지 뭐야."

"네에? 무슨 일이었는데요?"

"대학 때부터 지금까지 쭉 친하게 지내는 다섯 명이 있는데."

"다섯 명이 한 팀이라…… 무슨 에도시대 조직이에요?"

"아니요, 그것과는 달라요."

"러시아 음악가 그룹이라든가."

"음…… 그것과도 달라요."

"무소르그스키라든가."

마리에는 샐러드에 든 콩을 포크로 떠 먹으면서 말한다.

"아니라니까. 아, 그래, 일단 말이 나왔으니 일단 그 애를 무소짱이라고 합시다. 무소짱이 결혼하게 된 거예요."

"아하, 네."

"무소짱은 외국계 증권회사에서 꽤 유능한 사원이었어요. 꽤 책임 있는 자리까지 승진했었기 때문에 다들 무소짱이 앞으로 임원까지 할 거라 생각했죠."

"네."

"그런데 결혼을 한다며 단박에 사표를 냈지 뭐예요. 의사인 남편 따라 뉴욕에 간다면서."

"왠지 그림책을 보는 듯……"

"응, 일단 이미지는 그렇지. 그렇지만 우리 친구들은 학교 때부터 알던 사이라, 무소짱의 재능을 그냥 썩히기는 너무 아깝다고 생각했죠. 좀 더 사회에서 능력을 펼칠 수도 있는데……"

"네. 이해가 되요."

"하지만 뭐 아까운 거야 아까운 거고. 어쨌거나 친구들 끼리 무소짱의 축하 파티는 해주자고 이야기가 됐죠."

"아, 그야 그렇죠."

"대학 연구소에서 일하는…… 아, 이 친구는 한 번 결혼했다가 이혼했는데…… 이 친구는 보로딘에서 따서 보로짱이라고 할까요? 학교에서 왕따를 당해도 굴하지 않았고 박봉에도 열심히 사는, 착한 애예요."

하고 이야기하면서 마리에는 시메이 블루를 입으로 가져갔다. 그녀의 흰 뺨이 살짝 홍조를 띠었다. 무소르그스키도 보로딘도 러시아 작곡가 그룹 '5인 조'의 멤버이다.

"우리가 모일 때마다 총무를 맡은 것이 그 보로짱인데 논문 발표와 겹쳐서 꽤 힘들었나 봐. 그렇지만 꿋꿋하게 해주었어요. 아이들한테 일일이 연락하고, 축하 팸플릿을 만들고, 보로짱은 정말 열심히 했다고. 날씨가 쌀쌀해졌으니 뜨끈한 국물 어떻냐며 근사한 중식당도 직접 섭외했구요."

"뜨끈한 국물?"

"훠궈*요. 고추가 들어가서 국물 색이 빨갛죠. 고기하고 채소를 담갔다가 먹는 건데 우리 모임에 온기를 더하자는 취지였죠."

---

* 중국식 샤브샤브.

5

"전채 요리로 두부와 손질한 해파리를 먹으면서, 화기애애. 자랑도 하고, 놀리기도 하고요. 그즈음에 술이 나왔어요. 휘궈도 나오고요. 둥글고 큰 냄비를 반으로 갈라 보통 맛과 매운 맛으로 국물을 나누어 담아요. 입맛에 따라 선택할 수 있게. 보로짱이 말했죠. '이 국물의 빨강색과 흰색이 음양의 합을 의미해. 이 냄비를 원앙 냄비라고 하는데, 중국어로는 유앙 뭐라나?' 유창한 설명에 다시 한 번 분위기가 달아올랐죠. 냄비가 보글보글 끓어오르는 동안 큰 키와 미모로 평소에도 눈에 띄던 무소짱은 골인을 앞둔 터라 더 빛나 보였죠."

'음…… 축하 자리로서는 이상적인 전개가 아닐까.'

"그런데요, 분위기가 한창 달아올랐을 때 술이 좀 들어간 무소짱이 코끝을 바짝 쳐들고 말했어요. 속내를 털어놓은 거죠. '뭐니 뭐니 해도 이 가운데 가장 행복한 사람은 나야.'라고."

그 얘기를 듣고 미야코는 생각했다.

'축하해주러 모인 친구들한테 저렇게 말하다니……'

"그랬더니 나머지 네 명 중 한 명이 테이블을 치며 '잠깐만!' 하고 소리쳤어요. 약속이라도 한 것처럼 네 명이 일제히 일어났더라고. 글쎄 나도 좀 기분이 좋지 않았죠. 오랫동안 친구라고 생각했는데 이 정도밖에 안 됐나, 이런 말을 들으려고 우리가 모였나 싶은 게."

마리에 역시 한때 결코 유쾌할 수 없는 그 모임의 총무를 맡은 적이 있다. 자기도 모르게 보로짱 입장에 감정이 이입됐나 보다.

그때 문을 열고 오소네 씨가 들어왔다. 성글게 짠 V넥 반팔 니트를 입었는데 손에는 일할 때 덮는 무릎 덮개를 들고 있었다. 오소네 씨 뒤로 목에 밧줄만 묶지 않았다 뿐이지 꼭 그런 모양새로 뒤따라 들어온 남자가 있었으니……바로 꽃미남 쓰키가타 효이치.

오소네 씨는 '오' 하는 표정을 지은 채 이쪽 테이블로 다가섰다.

"누구 또 올 사람 있어?"

마리에가 "아뇨." 하기가 무섭게 오소네 씨가 앞에 앉는다. 메뉴는 이미 정한 눈치다. 오소네 씨는 메뉴판을 보는 둥 마는 둥 "돼지고기 스튜." 했다.

이 요리는 크리크라는 벨기에 맥주로 끓인, 계절 특선이다. 음료로는 듀벨이라는, 보리의 풍미가 강한 맥주를 주문했다.

쓰키가타가 혼자 어쩔 줄 모르고 있으니,

"이거 맛있어. 사슴 로스트. 살코기가 연한 핑크색인데 곁들여 나오는 복숭아와 궁합이 기가 막혀."

하면서 오소네 씨는 카운터 너머에 있는 점장에게 "이 메뉴의 조합은 정말 베스트야. 입안에 넣으면 얼마나 섹시한 기분이 드는지 몰라." 하고 말했다. 그러자 호리호리한 점장은 자기 의도대로 됐다는 듯 흐뭇한 표정을 지으며 대꾸했다.

"아, 이거 감사합니다. 그보다 더 듣기 좋은 말은 없을 것 같네요."

그들이 대화를 나누는 동안 점장과 편집장을 번갈아 보고 있던 쓰키가타가 조용히 말했다.

"네 그럼, 그것으로 하겠습니다."

미야코 입에서 얼떨결에 튀어나왔다.

"돼지와 사슴이라고요? 뭔가 이 프로 부족한데……"

화투는 하지 않는다. 하지만 '홍싸리와 돼지, 단풍과 사슴' 그림이 떠올랐던 것이다. 오소네 씨는 V넥 끄트머리를 툭툭 치더니 말한다.

"아, 나비* 말하는 건가? 요리에는 없지만 여기 내가 있잖아. 우리 회사의 미스 버터플라이. 나비처럼 날아 벌처럼

---

* 목단에 나비.

쏴라."

오소네는 쓰키가타를 흘낏거리고는 송곳처럼 쏘았다.
"나비는 무슨, 나방이지, 그런 생각하고 있는 거 아냐?"

쓰키가타는 흠칫하며 대답했다. "아, 아뇨. 제가 무슨. 그런 생각 하지 않았습니다."

대하드라마에 나오는, 양반 앞에 주눅 든 상놈이 따로 없다. 쓰키가타는 안주 재료를 고려해서인지 복숭아 맛 맥주, 린데만스 페슈레제를 주문했다. 단맛이 강한 술이다. 술 좀 마신다는 사람은 결코 시키지 않는…… 마리에는 지금까지 했던 이야기를 재방했다. 오소네 씨가 어깨에 감정을 싣고 말한다.

"그야 나 같아도 일어서지. 용서할 수 없어."

헌데 쓰키가타의 의견은 다른가 보다.

"그래요?"

"그럼 당연하지."

"오랜 친구 사이잖아."

"그러니까."

하고 주고받는 사이에 돼지와 사슴이 나왔다.

"그렇지만 좀 민망한 거 아닙니까? 그 자리에서 화를 낸다고 뭐, 암튼 결혼식에는 가시죠?"

오소네 씨는 돼지고기를 질겅대며 말한다.

"안 가, 그렇게 되면."

쓰키가타는 허연 얼굴 가득 놀람과 공포를 띄우고 겨우 소릴 냈다.

"그, 그렇게까지."

당사자인 마리에도 심각한 표정으로 오소네 씨의 결의에 힘을 실어준다.

"저도 갈 수가 없어졌어요. 볼일이 있다고 답장하려고요."

미야코는 자기 같으면 어떻게 할까 생각했다. 쉽게 결정할 수 있는 일이 아니었다.

6

쓰키가타는 여자들의 반응에 공감할 수 없는 모양이다.

"남자들은 그런 걸 문제 삼지 않아요. 미인이랑 결혼한 친구가 '이중에서 내가 가장 행복한 사람'이라고 말해도 다들 '팔푼이 짓 하고 있네.' 하고 말지 뭐 그 이상……"

"흠."

"어쨌거나 결혼 축하 자리잖아요. 그런데 당사자가 불행하다며 축 가라앉아 있으면 좋겠어요? 자신이 최고로 행복하다고 생각하는 게 분위기상 딱 좋잖아요."

"흐흠."

오소네 씨는 연신 콧방귀를 뀌며 돼지고기를 우적댔다.

"아…… 생각과 말이 다르다는 뜻인가요?"

마리에가 작은 목소리로 차분하게 말했다.

"그건 아니죠. 그런 생각을 한다는 것 자체가 이미 틀렸다는 거예요."

쓰키가타는 몸을 살짝 뒤로 빼고 말한다.

"아이고, 그건 너무 냉정하네요."

"자기가 행복하다고 생각하는 건 좋아요. 얼마든지. 하지만 어떻게 '가장, 최고로' 행복하다는 표현을 친구들 앞에서 쓸 수 있죠? 그건 매사 그런 식으로 생각해왔다는 거겠죠."

쓰키가타는 대답하기 곤란했던지 포크로 얇게 썬 사슴고기를 찍었다. 고기는 엷은 핑크 빛을 띠었다.

마리에가 말을 이었다.

"게다가 우리는 신랑 될 사람을 몰랐어요. 굉장히 훌륭한 신랑감인지도 모르죠. 하지만 그 '행복한 결혼'의 의미에 신랑이 의사라든가, 뉴욕에 신혼집을 차린다는, 속물적인 가치관이 섞여 있는 듯한 냄새가 나더라고요. 친구가 그런 조건을 행복의 기준으로 삼고 있었다는 것에 실망감도 들었어요. 하긴 그거야 자기 기준이니 그것까지는 상관하지 않아요. 하지만 어디까지나 그 친구의 행복의 기준이지 일반적인 행복의 기준은 아니에요."

쓰키가타는 고기를 먹고, 복숭아를 먹고, 다시 고기를 먹었다. 오소네 씨가 얼굴을 가까이 들이대며 "어때, 섹시하지?" 하고 물었다.

"아…… 네……"

하고 건성으로 대답한 쓰키가타는 생각을 정리한 듯 말했다.

"하지만 그거 결국 부러워서 그런 거 아닙니까?"

"뭐라고?" 오소네 씨가 득달같이 쏘았다.

쓰키가타는 달달한 맥주로 입을 적시고 나서 말했다.

"아니, 그 감정은 친구의 결혼 상대에 따라 달라지지 않을까요? 결혼할 남자가 무일푼에 얼굴도 못생기고 앞날도 불투명하다면 어땠겠어요? 그런 사람과 결혼하는데도 '가장 행복한 사람'이라고 한다면 '순수하네.' 혹은 '정말 용기 있는 사랑이네.'라고 하지 않았을까요?"

미야코는 잠시 생각에 잠겼다.

무소짱의 이야기를 들었을 때 느낌은 뚫린 가슴으로 바람이 휙 지나가는 듯한, 섭섭함이었다. 너무도 가벼운 우정 같달까, 함께한 시간의 덧없음이랄까, 그런 감정이었다.

하지만 쓰키가타의 말대로라면 확실히 달랐을지도 모르

겠다.

하지만 마리에의 표정은 변함없었다.

"동감할 수 없어요. 행여 그렇다 해도 역시 저는 '내가 이 가운데 가장 행복한 사람'이라는 말을 듣는다면 참을 수 없을 거 같아요."

"그럼, 그럼."

하고 오소네 씨도 고개를 끄덕이다 좀 더 알코올 도수가 높은 맥주를 집어 들었다. 맥주 특성에 맞게 잔도 튤립 모양으로 디자인됐다. 보라색 글자로 'delirium tremens'라고 비스듬하게 적혀 있다. 라틴어인 것 같은데 영어사전에도 나와 있다. 의학용어다. 사전에는 '알코올 중독에 의한 금단 증상의 하나'라고 나와 있다. 쉽게 말해서 알코올 중독자가 술을 끊었을 때 나타나는 금단현상, 경련과 환각 같은 것이다. 그것을 술 이름에 붙이다니 재밌다.

이름만 적혀 있는 게 아니라 잔의 곳곳에 작은 핑크색 코끼리가 그려져 있다. 미야코는 귀엽다고 좋아했지만, 사실 '핑크 코끼리'는 알코올 중독자가 보는 환각의 대명사란다.

마리에가 말했다.

"아마도 남자들은 과거의 연애라든가, 앞으로의 연애를 자연스럽게 고려하고 있겠죠? 그런 만큼 배신에 대해 순수한 판단을 할 수 있다고 생각지 않아요. 상황을 조금 바꾸면 이해하기 쉽지 않을까요? 오랜 친구였던 사람이 비즈니스상 비열한 배신을 했다면 어떻겠어요? 아무리 친구라도 용서할 수 없겠죠?"

쓰키가타는 심각한 표정으로 말했다.

"그, 그야 남자로서 용서할 수 없지요."

마리에는 피식 웃는다.

"아, 남자로서요? 인간으로서가 아니라?"

"네…… 예?"

"그런 면이 바로 남자들의 논리지요. 하지만 여자들은 그런 이중적인 해석은 하지 않아요. '내가 가장 행복한 사람'이라는 말이든 '비즈니스상'이든 마찬가지. 배신이에요."

'음, 확실히 그래. 하지만 나라면 그 자리에서 하고픈 말을 하고, 결혼식에도 가지 않을까?'

미야코는 생각하고, 쓰키가타는 침묵했다.

오소네 씨는 독한 맥주를 물처럼 마셨다.

"아까부터 건방지게 대꾸하고 있는데, 쓰키가타를 여기데리고 온 것은 '여론'을 깨닫게 하기 위해서야. 어때, 쓰키가타, 마침 잘됐네. 너의 말이 보통 사람들에게 통하는지어떤지 이 누님들한테 한번 물어봐."

7

오늘은 오소네 씨의 잡지 교정 완료일. 조금 전 오탈자를 수정해 인쇄소에 맡긴 것을 찾아옴으로써 이번 달 일은 끝났다. 다시 말해서 한숨 돌릴 수 있는 날이었다.

그러나 바로 그날 저녁, 말도 안 되는 일이 일어났다.

수필을 장기 연재하기로 한 대작가가 있다. 성격적으로도 괴팍한 구석 없이 원만하고 온화한 분인 데다, 원고의 분량도 넘치는 정도는 아니기 때문에 신입인 쓰키가타가 담당해왔다.

허나 원고가 반년 전부터 늘어진 팬티 고무줄마냥 처지기 시작하자 회사에선 연재를 이쯤에서 접자고 의견을 모았다. 그래서 다음 호가 최종회가 될 예정이었다. 처리는 당연 전적으로 쓰키가타가 맡아 하기로.

헌데 오늘, 쓰키가타와 작가의 마지막 대화를 들은 편집부 전원은 입을 헤벌린 채 아무 말도 할 수 없었다.

"네, 이번 호도 정말 재미있었습니다. 매회 정말 많이 배웠습니다. ……음, 그런데 이번 호가 마지막 연재가 됩니다. 네, 네. 최종회지요…… 아, 네, 네 그렇습니다. ……네 맞습니다. 네, 지금까지 긴 시간 정말 감사했습니다. 네, 수고 많으셨다고요. ……그럼, 들어가십시오."

수화기를 놓은 쓰키가타는 편집부 일동이 미동도 없이 자기를 쳐다보고 있는 모습을 발견했다.

"어…… 왜, 왜들 그러세요?"

오소네 편집장이 헛기침을 한 번 하고 천천히 말했다. 아주, 천천히.

"쓰키가타 씨." '씨'를 붙였다. "설마, 연재 완료 사실을 지금 처음 언급한 건 아니겠지?"

"왜 그러세요, 편집장님. 기분 이상하게……"

하고 샐쭉 웃는 꽃미남. 오소네 편집장은 주먹을 움켜쥐었다.

"야! 대답해! 쓰키가타!"

가뜩이나 큰 쓰키가타의 눈이 두 배는 더 커졌다.

"네, 예예. 맞는데요, 그게 왜?"

오소네 편집장은 힘없이 고개를 떨구었다.

"아아…… 센비키야*의 멜론이 두 개가 됐네."

"그, 그게 뭐예요?"

"들어봐, 쓰키가타. 나는 그동안 연재로 수고해주신 답례로 멜론을 들고 찾아뵐 생각이었어."

"네에."

---

* 고급과일 판매 전문점. 주로 과일과 잼, 빵을 판매한다.

"하지만 이번 일로 가져가야 할 멜론이 두 개가 됐다고. 하나에 만 엔짜리를 두 개씩이나. 알았어? 착각하지 마, 내가 지금 돈 얘기를 하고 있는 게 아니야. 말도 안 되는 상황을 벌였다는 얘기야, 너나 나나."

"네에?"

"지금 당장 선생님께 전화 드려. 내일 사죄드리러 간다, 알았어?"

8

이런 일련의 일들이 있었던 것이다. 오소네 씨는 자초지종을 이야기하고,

"뭔가 근본적으로 알아듣지 못한 거 같아서 맥주를 들이부으며 알아먹으라고 여기까지 데리고 온 거야. 저기, 코사카이 씨." 하고 말했다.

미야코는 나이는 마리에보다 위지만 오소네 씨와 안면을 튼 지는 그다지 오래되지 않았다. 오소네 씨는 '미야코 짱'이 아니라 '코사카이 씨'라고 불렀다.

"코사카이 씨, 잡지 오래 했으니까 알겠죠, 이 사태가 얼마나 충격적인지."

미야코는 두말없이 고개를 끄덕이며 대답했다.

"그야…… 보통 일이 아니죠."

"봐, 어때 쓰키가타? 어디 변명할 거리라도 있으면 한마디 해봐. 죄송합니다 한마디로는 당신에게 내일은 없어."

쓰키가타의 눈에 초점이 없었다. 알코올에 약한 것 같다. 혀까지 풀린 것 같다.

"나, 저, 저는 순수하게 좋은 뜻으로 그런 거예요. 깜박하고 전달하지 못한 게 아니라고요."

"나는 그 심리를 이해 못하겠어."

쓰키가타는 몸을 내밀더니,

"아니, 저라면요, 이제 곧 연재 끝난다고 생각하면 긴장이 풀려요. 의욕이 떨어진단 말입니다, 아니 의욕, 창작 의욕이요." 두뇌 회로가 알코올에 잠겼는지 같은 말을 되풀이했다.

"훅 꺾이지 않습니까? 그럼 안 될 거 같아서…… 그래서, 생각하다 생각하다 막판에 말한 겁니다."

"그건 아니지. 일이란 게 절차와 지켜야 할 도리가 있잖아요. 비즈니스 현장의 상식 말이에요."

마리에가 말했다.

"그런 건 좀…… 무슨 토사구팽도 아니구."

"아니, 어쨌거나 비즈니스잖아요."

"비즈니스는 사람이 하는 거잖아요, 개가 아니구."

"예에."

"당신이 말한, 그 창작 의욕이란 것도 상대의 기분을 생각해서 나온 말이잖아요. 쓰키가타 씨는 적어도 그런 배려심은 있어요. 다만 생각하는 방향에 대해서는 공부할 필요가 있는 거 같아. 글쎄, 공부라고 하면 좀 거창하게 들릴지 몰라도, 그게 바로 경험이란 거죠. 다들 시도해보고 깨져도 보고 또 시도하면서 커가는 거예요."

"네, 네에……"

쓰키가타는 이야기보다 마리에의 부드럽고 나긋나긋한 말투에 감명을 받은 듯했다. 고개까지 숙여가며 들었다.

"공부, 음…… 공부가 되네요."

왠지 그 말투가 상사의 말투와 닮았다. 평소에 듣던 말이라 그런가?

"이 사람……"

하고 입을 뗀 오소네 씨는 살짝 쌀쌀했던 모양이다. V넥 스웨터 위로 의자에 걸쳐두었던 담요를 집어 걸쳤다. 망토처럼 어깨를 감싸고 앞을 틀어쥐었다. 부르르 몸을 떨더니 등을 움츠린다. 그 모습이 꼭 겨울밤 성냥팔이 소녀처럼 처량해 보였다.

"아……"

쓰키가타가 소리를 냈다.

"뭐……"

"의외네요 편집장님. 연약해 보입니다. 좋네요."

"뭐라고?"

"세, 섹시해요, 편집장님."

"이, 이게 진짜…… 어디서 바보 같은 말을."

쓰키가타는 주머니에서 담배를 꺼내 피워도 되냐고 양해도 구하지 않고 라이터에 불을 붙였다. 그러고는 이렇게 말했다.

"펴, 편집장님은 늘 머리를 쓰시잖아요. 같은 말이라도 지금 여기 이쪽 분처럼 논리정연하게 말씀해주시면 가슴에 쏘옥 들어와요."

"……길로틴."

오소네 씨가 내뱉은 그 말은 다음 마실 맥주의 이름이다. 맥주병 라벨에 참수대 그림이 그려져 있다. 물론 꽤 독한 편이다.

오소네 씨가 그것을 꿀꺽꿀꺽 마시는 틈에 쓰키가타도 담배를 뻐끔대며 주절거렸다. 듣다 보니 그 이야기가 그 이야기였지만. 이야기 끝에 쓰키가타는 고개를 빼고,

"드, 들어주세요 편집장님. 저는 말이죠, 칭찬을 먹고 자라는 타입입니다." 했다.

오소네 씨는 발딱 일어나 테이블을 휘돌아 쓰키가타 옆에 우뚝 섰다.

그는 본능적으로 위험을 감지하고 두 손을 무릎에 얹었다. 입에는 담배를 문 채.

"잘 들어, 쓰키가타."

오소네 씨가 목소리를 깔며 말하고는 꽃미남의 입에서 담배를 뺐다. 그리고 그것을 그의 손등에 갖다 댔다.

"으악!"

오소네 씨는 담배를 바닥에 버리고 구두로 밟아 껐다. 그러곤 죽은 꽁초를 다시 주워 들고 한마디 했다.

"자, 이건 주머니에 넣어둬. 내가 확실히 말해두겠는데, 나는 부하들을 칭찬해가며 키우는 타입이 아니다."

미야코는 입 밖으로는 감히 찍 소리도 못했지만 속으로는 외쳤다.

'……곤조 야키*!'

곤조 야키는 예전 폭주족들 사이에서 유행했던 행위다. 어디서 누가 먼저 꺼냈는지는 모르지만 그 해프닝이 있은 후 오소네 씨는 역시 학창시절 여자들 조직의 장이었다는 소문이 파다하게 퍼졌다.

---

* 불량 학생들이 불붙은 담배를 손목이나 손등에 대서 화상자국을 남겨 자신의 강함을 보이려 했던 행위.

9

엘리베이터 안에서 둘만 남았을 때 오소네 씨가 미야코에게 말했다.

"그날 이후로 쓰키가타, 꽤 노력하고 있어. 근본은 착한 놈이야."

'저렇게 이런저런 경험 많이 하면서 쓰키가타 씨도 성장해가겠지.'

미야코는 그리 생각하면서 신년을 맞이했다.

연초부터 가슴 아프게도 문단의 원로가 타계했다. 고코쿠 신사*에서 성대한 장례식이 치러졌다. 이미 지구 온난화란 말이 횡행하던 시절이었으나 그날은 몸이 절로 움츠러들 만큼 추웠다.

상복을 입고 돌바닥을 걸어가고 있는데 저편에서 안면 있는, 다른 회사 편집자가 걸어왔다. 미야코를 보더니 고개를 까딱하고,

"사장님 바뀌었습니까?" 하고 뜬금없는 질문을 했다.

"아뇨." 미야코는 망설이지 않고 답했다.

오랜만에 만났다고 둘이 노닥거릴 상황도 장소도 아니

---

* 국가적인 인물이나 순직한 자를 모신 신사.

었기 때문에 그 이상 길게 이야기는 하지 못하고 서로 발길을 옮겼다. 화환들이 늘어선 곳까지 와서 미야코는 헉 하고 멈춰 섰다.

'저거였구나!'

미야코의 회사에서는 장례식이 있을 때 조화와 향전을 보내는 부서가 정해져 있지 않다. 거래가 있던 부서에서 준비한다.

다만 중복되지 않도록 사장실 비서에게 어느 부서에서 보낼지 보고한 뒤 사장 이름을 붙여 내보낸다. 이번 작가는 오소네 씨와 거래가 있었던 것 같다. 그리고 이 사태를 보건데 누가 화환을 담당했는지는 확인하고 말 것도 없다.

조화를 주문할 때는 '보내는 이' 란에 회사명을 적고 그 밑에 대표이사 누구누구라고 적는다. 헌데, 조화를 준비하는 평사원이 순간 착각을 하면 어떻게 될까?

'보내는 이' 란에 주문을 한 자신의 이름을 적는다면?

정답은 조화들 가운데서 찾을 수 있다.

정재계 인사들과 각 메이저 출판사 사장 이름들 가운데, 미야코 회사의 조화 띠에는 이렇게 적혀 있었다.

쓰키가타 효이치.

7장

『치에코쇼』*

1

화환 건은 직접 두 눈으로 봤기 때문에 더더욱 선명히 기억에 남았다. 그렇다고 미야코는 그것을 동네방네 떠벌리지 않았다. 다만 신경은 쓰였다.

직속상관이니 아무럼 오소네 씨는 알겠지 싶어 미야코는 오소네 씨와 둘이 있게 됐을 때 슬쩍 말해보았다. 그러자 오소네 씨는 "아아, 그건 꽃집에서 실수한 거 같아. 전화로 이야기했다고는 해도 듣다 보면 쓰키가타가 사장인지

---

* 智慧子抄. 일본 시인 다카무라 코타로가 1941년에 출판한 시집. 여류 화가 치에코와 사랑에 빠져 결혼한 그는 퇴폐적인 자신의 삶을 구해준 그녀와의 사랑을 시로 간행했다.

아닌지 알 거 아냐. 그런데도……"

하며 사뭇 동정적이었다.

그 밖에 사내에서는 이렇다 할 소문도 들은 바 없다.

헌데 1월 말, 진원지가 어딘지 뚜렷이 알 수 없는 괴소문이 흘렀다. 내년 인사이동으로 쓰키가타 효이치가 현 부서를 떠난다.

사내 인사 문제는 물론 극비 사항이다. 그렇지만 간혹 일찌감치 정보가 새는 경우도 있다. 억측으로 끝나는 경우도 있고, 담당자의 입방정 때문에 판도라의 상자가 열리기도 한다.

억측이었든 실수였든 쓰키가타는 지금도 잡지부에서 만 1년째 일하고 있다.

사실 보직 부서가 바뀌는 일이 그렇게 흔치는 않다.

상식적으로, 주무시는 사장님의 코털을 건드리지만 않으면……

미야코는 혼자 엉뚱한 상상을 했다. 머릿속에 고코쿠 신사의 조화가 너무 또렷했기 때문이다. 하지만 이성적으로 생각해서 그 정도 일로 미운털이 박힐 것 같지는 않았다. 그런 이유로 소속 팀까지 변경될 리가 없다.

쓰키가타는 남자치고 드물게 잘생겼다. 눈에 띈다. 그러다 보니 한 번 움튼 소문의 싹은 굵직한 나무로 자랐다.

이 사람이 한마디, 저 사람이 한마디 하면 현장 사람들의 호기심에 불이 붙기 마련이다.

술이 들어가면 사람들은 대담해진다. 겁 없는 남직원 한 명이 오소네 곁에 바싹 다가가 객기를 부렸다.

"저기요."

"뭐."

"궁금한 게 하나 있습니다."

"그니까 뭐냐구."

"아니 저도 이게 정말이지 바보 같은 말인 줄은 압니다만, 한마디 하겠습니다. 한마디 해두겠다고요. 오소네 씨가 말이죠. 그 쓰키가타를 괴롭히다 쫓아냈다는…… 아, 아니 하하하." 그는 헛웃음을 짓더니 "그런 설을 흘리는 사람이 있다나 뭐라나, 좌우간 네, 그렇습니다." 한다.

오소네 씨가 빤히 쳐다본다. 남자는 어깨를 움츠렸다.

"아, 아뇨, 저, 저는 말 안 했습니다. 그런 생각도 하지 않았어요, 네, 그럼요."

오소네 씨는 딱히 화도 내지 않고 그저 성가시단 표정으로 말했다.

"그런 건 4월이 되면 싫어도 알게 될 거다."

"아, 네. 그렇죠, 네."

남자는 냉큼 나갔다.

미야코는 가까이 있었기 때문에 그 대화를 다 들었다. 현실적으로 인사 문제는 편집장 선에서 좌지우지할 수 있는 게 아니다.

그래서 말인데 미야코도 고갯짓을 하지 않을 수 없었다.

'그건 그렇고 정말 어떻게 된 거지?'

2

미나미 아오야마에 있는 디자인 사무실에 갔다.

미야코가 담당하는 소설의 삽화를 그곳에 의뢰했다. 사무소는 건물 2층이었다. 들어서자마자 바로 응접실이 있고 벽에는 화이트보드가 붙어 있었다.

'어엉?'

이름 하나가 적혀 있었다. 미야코는 얼핏 봤을 땐 '小○'라고 읽었다. 헌데 세로로 약간 흘려 써 있어서 그렇지 '小此木'라고 읽을 수도 있다.

궁금한 건 못 참는 미야코가 미팅이 끝나고 물어보았다.

"이거, 고시바라고 쓴 거예요?"

"네?"

상대는 되묻다가, 미야코의 손끝을 보고 대답했다.

"아아, 오코노기라고 쓴 거예요. 오코조* 씨."

순간 미야코의 머릿속에 눈밭에 오롯 일어난 짐승의 모습이 떠올랐다. 그 사람과는 일을 한 적이 없었다.

"디자이너세요?"

"일러스트와 판화도 하시죠."

그는 등 뒤 선반에서 파일을 꺼내주었다. 미야코는 별생각 없이 열어보았다가 첫 장에 나온 그림을 보고 깜짝 놀랐다.

흑백 그림이었다. 꼭 컬러가 없어 그런 게 아니라 분위기가 침울했다. 촛불을 든 사람의 그림이었는데 깊은 괴로움과 절망이 전해졌다. 호소력은 있지만, 분위기가 너무 무거워서 절로 안타까운 맘이 들었다.

"아아……"

미야코의 한숨 섞인 신음에 상대가 말했다.

"오코조 씨는 섬세하게 사람들을 배려하는 분이죠."

"네?"

"조금 전에도 전람회 관련 미팅을 했어요. 젊은 사람들을 위해 분골쇄신하시죠."

옛날 냄새 나는 사자성어를 써가며 말했다. 그러고는 화

---

* '족제비'라는 뜻.

이트보드에 끼여 있던 엽서를 꺼내 보여주었다. 전람회 안내장이었다. '오코조 케이스케와 친구들'이란 타이틀이 떠오르는 작은 모임이다.

겉장 아랫부분에 회장 안내가 있고, 뒷장에 컬러로 인쇄된 작품이 다섯 개 정도 나열되어 있다. 그중 한 작품 밑에 오코조란 이름이 적혀 있었다.

미야코는 집중해보았다.

고양이 판화다. 희한하게 고양이에게 눈썹이 달려 있다. 헌데 그것만으로 고양이의 표정이 한결 풍부해졌다. 고양이 같기도 하고, 또 어찌 보면 꼭 사람 같기도 했다.

"아아, 이 그림…… 어디선가 본 듯한……"

'고양이' 그림이야 잡지를 들추다보면 어렵잖게 볼 수 있다. 아마 가장 흔한 소재 중 하나일 것이다. 그런 만큼 다른 작품과 헷갈리기 쉬운데 이 사람의 고양이는 조금 달랐다. 어느 이름 모를 마을에서 언뜻 스쳤던 풍경이 어느 날 저녁 문득, 그것도 또렷이 떠오르는 듯한, 그런 존재감이 있다.

"오코조 씨의 고양이는 꽤 여러 곳에 등장하지요."

그래서 젊은이들을 리드했던 거구나, 하고 미야코는 생각했다. 소설 삽화로 쓰기는 어려울 수도 있지만 일단 점찍어두자고 생각하던 차에,

엇! 잠깐만.

고양이를 보는 순간 좀 걸리는 것이 있었다. 미야코는 눈썹 달린 고양이의 표정에 맥없이 빨려 들고 말았다. 그러곤 잠시 후 정신을 차렸다.

'파일의 그림과 너무 달라……'

수법의 차이만이 아니다. 같은 작품이라고는 보이지 않는 구석이 있었다.

파일에는 방금 본 암울한 분위기의 그림 몇 장과 풍경 스케치, 그리고 눈썹 달린 고양이를 중심으로 한, 잔잔한 호수 같은 분위기를 풍기는 판화가 있었다.

"이 엽서, 여유분 좀 있나요?"

"아, 그야 많이 있죠. 안내장으로 만든 거니까요. 필요하신 만큼 가져가세요. 선전해주시면 오코조 씨도 기뻐할 거예요."

일주일 후로 예정된 전람회가 열리는 곳은 디자인 사무실에서도 가까웠다.

미야코는 꼭 한 번 가봐야겠다고 생각했다.

3

생선찜, 생선구이, 알 밴 시샤모 구이, 간장 소스가 잘 어울리는 튀김들.

척 보기에도 삼삼한 안주들을 앞에 두고 있는 미야코. 잡지 일이 일단락되어 근처 술집에 진을 쳤다. 오늘의 상대는 무라코시 사나에. 겉보기엔 연약한 규수지만 고양이의 탈을 쓴 호랑이요, 술자리에 얽힌 무용담을 빼면 인생사를 쓸 수 없는 인물이다.

"무라코시 씨는 여전하네."

미야코가 먼저 운을 띄웠다.

결혼을 해서 성이 바뀐 사나에지만 회사에서는 계속해서 처녀 적 성을 쓴다. 편집자는 작가들을 비롯한 다양한 외부 인력들과의 관계가 재산이 되기 때문이라고 거창하게 말할 것까진 없어도, 성이 바뀌면 오해나 실수가 더러 생길 수 있다.

물론 1년에 한 번씩 개정되는 사원명부에는 호적대로 적힌다. 하지만 비즈니스상 옛 성을 필명, 아니 편집명으로 쓰는 여자들도 적지 않다.

"응?"

"아니, 결혼해서도 변함없다고."

"내 미모가?"

"주량이."

"아하하하."

"신랑이 뭐라고 하지 않아?"

"아니, 많이 이해해주는 편이야."

"그래도 이제는 대문 앞에서 토하거나 드러눕거나 하지는 않지?"

사나에게는 기막힌 실화가 있다.

결혼 전 이야기지만 아침 네 시경, 눈을 떠보니 대문 앞이었다. 헌데 기분이 찝찝했다.

평소에는 토할 때 토하더라도 사인이 오면 화분이나 구석진 곳을 찾아가 속을 비운다. 헌데 부러 그런 것처럼 옷에다 질러놓았다. 그때 생각이 났다.

'일부러 그랬어.'

한밤중, 택시에서 내려 걷기 시작했다. 아파트의 현관까지는 좁은 길을 따라 좀 더 가야 한다.

그때 속에서 사인이 왔다. '지금 이러면 큰일인데……'

방법이 없을까 고민하는 와중에도 메슥거림은 심해졌다. 순간,

'아하! 이럼 되겠다.' 생각했다.

오른쪽 왼쪽으로 조금씩 나누어 토하면서 걸어가면 어

떨까 싶었다. 행여라도 마주치고 싶지 않은 광경이다.

술 취한 이들의 논리란 때로 상식의 수준을 가볍게 뛰어넘는다. 그런 종류의 논리를 생각에 머물지 않고 실천한 사나에는 추후에도 비범한 인물로 길이 회자됐다.

"아, 토하진 않아도 잔 적은 있지. 아참 며칠 전에 대형 TV가 하늘을 날아가더라."

"뭐?"

무슨 소린지…… 미야코가 맹한 표정을 지었더니 사나에는 곧 다음 술을 주문한다.

"미야코짱, 다이시치* 마셔본 적 있어?"

"아니."

미야코는 고갯짓을 하며 대답했다.

"지금 이 안주에 딱 들어맞아. 한번 달려볼까?"

"응."

술병과 세트인 술잔이 놓이고, 새 술이 담겼다. 미야코는 냄새를 맡으면서 살짝 혀를 대어보았다.

톡 쏘는 향에 비해 맛은 순했다. 사나에 말마따나 맛이 강한 요리에 잘 어울렸다.

"음."

* 후쿠시마의 명주로 쌀 곡주.

한 모금 머금은 사나에의 표정이란…… 황홀경 그 자체…… 사나에는 지금까지 무슨 이야기를 했는지 까맣게 잊은 듯했다. 미야코가 뒷이야기를 채근했다.

"그래서 어떻게 됐어?"

"응? 뭐가?"

"하늘을 나는 TV 말이야."

"아아, 그거. 작년 말부터 BS디지털 본방송인가 하는 게 시작됐잖아."

사나에는 '비 에스 디지타르' 하고 주문을 외듯 리드미컬하게 발음한다.

"아하."

기계 쪽에 약한 미야코는 들어본 적 있다는 정도로만 고개를 끄덕였다.

"뭔가 시스템이 바뀌었다 하면 당장 달려가 새 TV를 사는 사람들이 있어. 사오십만 엔을 주고 말이야."

"주로 남자들이 그러지."

"그렇지. 모니터의 선명도에 목숨을 거는 사람들. 대체 무슨 생각들을 하면서 사는지. 올림픽 경기는 하이비전으로 봐야 하네 뭐네 하면서들 말이야."

"응응, 못 말려."

깨알같이 추임새를 넣는 미야코.

"우리 신랑 친구 중에도 그런 사람이 있어. 그런데 최신형 TV를 사면 자연히 전에 보던 건 필요 없어지잖아."

"그야 그렇지."

"우리 신랑이 그 집에 가서 봤더니 그 TV가 사용하는 데는 전혀 문제가 없는 대형 TV였단 말이지. 우리 집에 있는 것보다 훨씬 좋더래. 신랑의 표현에 의하면 우리 집 TV와 친구가 버릴 TV의 화질은 국가대표 후보 탈락자와 금메달리스트 정도의 차이라는 거야."

사나에는 계속 주절거리면서 알 밴 시샤모를 질겅거렸다. 뒷부분이 대충 예상이 갔던 미야코가 말했다.

"아하, 그럼 그 TV를 '받아 오겠다'고 했겠네."

"응. 그런데 그게 받아 올 날짜까지는 듣지 못했거든. 그런데 며칠 전 내가 현관 앞에 대자로 뻗어 있는데 집 안에서 무슨 소리가 들리는 거야."

"오오."

"이 밤중에 누가 이사를 하나 했더니 열쇠 소리가 드륵 나고 우리 신랑과 그 친구가 TV를 들고 온 거야. 신랑이 TV 한쪽을 받친 채 평소대로 현관문을 열고 들어왔지. 그런데 친구가 뒤따라 들어오다가 그만, 으악!"

"그야 식겁하지."

"우리 신랑은 누워 있는 나를 건너뛰면서 '아 신경 쓰지

마. 자주 있는 일이야.' 했지. 그러니 친구도 한 손에 TV를 들었겠다 따라 들어와서는 드러누워 있는 나를 훌쩍⋯⋯"

한 집의 안주인으로서 꽤 특이한 손님맞이였던 셈이다.

"그래서 인사는 안 했어?"

"눈을 살짝 뜨고 있었기 때문에 알고는 있었지만 그러고 드러누워서 '안녕하세요.' 하고 인사할 기력도 없더라고. 그리고 받는 입장에서도 대꾸하기 좀 그렇지 않겠어?"

"그냥 죽은 척하는 게 최곤가?"

"그렇지. 그런데 어쨌거나 현관 발치에 누워서 대형 TV가 비행선처럼 천천히 내 얼굴 위를 지나가는 광경을 보는 건 흔히 경험할 수 있는 일이 아니잖아. 완전 초현실적인 장면이었다고."

"하긴 위에서 밑을 본 광경도 그 못지않게 초현실적이었을 것 같네."

"그런가? 상식과는 조금 거리가 있긴 해, 그치?"

하며 사나에는 고개를 끄덕였다.

"응?"

"한밤중에 누가 그런 큰 물건을 들어 옮겨."

"아아⋯⋯ 내가 보기엔 부부가 박빙으로 주거니 받거니 한 것 같은데. 아니, 꼭 승부를 내자면 그래도 사나에 씨가 한 수 위 아냐?"

"아하! 내가 한 수 위였나?"

사나에는 승리의 쾌감을 느끼는 듯했다.

4

"이 술은 얼마 전에 후쿠시마 사람하고 여기 왔을 때 그 사람의 권유로 먹게 된 거야."

"그럼 후쿠시마 쪽 술이야?"

"응. 그 사람이 그러는데 후쿠시마에서 아이즈만 유명한 게 아니래. 같은 후쿠시마인데도 묘한 지역감정이 있는 거 같아."

"흠. 그럼 이건 어느 지역 거야?"

하면서 미야코는 한 모금 들이켰다. 진한 맛이긴 하지만 뒤끝이 깨끗했다.

"니혼마쓰."*

"아…… 알아. 들어본 적 있어. 교과서에 나왔던 지명이 야." 미야코는 기억을 불러일으키는 톱니바퀴에 윤활유를 치듯 다이시치를 마셨다. '미치노쿠** 아다치가하라의 니혼

---

* 후쿠시마 북쪽의 도시.
** 일본 동북 지방을 이르는 말.

마쓰. 다카무라 치에코다!"

사나에는 그 말이 맞다며 덧붙였다.

"치에코가 태어나 자란 집이 양조장이었지."

"와아아, 거기서 만든 게 다이시치였던 거야?"

"아니, 하나가스미."

"자세히도 알고 있네."

"중학교 때 치에코의 책을 읽고 독서감상문을 적어낸 적이 있거든. 여름방학 숙제였어."

"그렇다고 여태 술 이름을 기억하고 있어? 될성부른 나무는 떡잎부터 알아본다더니 중학교 때 본 술 이름을 지금까지……"

"에이, 술 이름만 외우고 있는 게 아니야. 치에코의 아버지 이름도 아는걸."

"으응?"

"미야코짱은 모르지?"

"모르지."

"게사키치(今朝吉)."*

"오호."

"중학교 때 그 책을 읽었을 때, 사람들이 치에코는 오래

---

* 아침이 길하다는 뜻.

기억해도 게사키치는 모르겠구나, 싶은 게 마음이 짠해지더라고. 그래서 우리 아버지를 끌어안으면서 '게사키치!' 하고 큰 소리로 부른 적도 있어. 벌써 옛날 일이네."

사나에는 먼 데를 바라보면서 "우리 아버지는 사실, 한잔 키치(酒吉)라고 해야 어울리는 양반이지만." 하면서 "한 끝 차이네." 하고 웃었다.

"그런 이야기도 감상문에 썼어?"

"아니."

사나에는 잔을 가볍게 들고 힘을 뺀 목소리로 말했다.

치에코는 도쿄에 술이 없다고 했다.

진짜 술이 마시고 싶다고 했다.

일말의 불순물도 없는 진정한 술을 말이다.*

"뭣 모르는 도쿄 사람들이 들으면 화내. 도쿄에도 얼마든지 좋은 술이 있다면서."

미야코가 사와노이**나 키시요우***라는 이름을 언급했더니 사나에가 말한다.

"아니, 아니 그건 해석이 잘못된 거고. 그만큼 고향을 생

---

* 치에코가 쓴 시에 나오는 '하늘'을 '술'이란 단어로 대치해 읊은 문장.

** 도쿄에 위치한 유명 양조 회사.

*** 노자와 양조 주식회사에서 만드는 일본 술 이름.

각하고 그리워하는 시구야 이건. 정말로 도쿄에 술이 '없다'는 게 아니고. 그냥 그녀의 생각이야."

물론 원전에서 '도쿄에 하늘이 없다.'고 한 치에코의 머리 위에 펼쳐진 것은 도쿄의 '티끌 없는 하늘'이었다. 하지만 그녀의 마음 상태가 우울했기 때문에 고향의 푸른 하늘 같지 않았던 것이지 실제 도쿄의 하늘이 잿빛으로 뒤덮여 있던 것은 아니다. 전쟁 발발 전엔 도쿄의 하늘도 푸르렀다.

"무얼 말하고, 무얼 노래하든 본인의 주관이니까. 나로 말할 것 같으면 역시 에치고의 술을 편애하지."

니가타 현 출신인 사나에의 말이다. 사나에는 한마디 덧붙였다.

"꿀꺽꿀꺽, 인간장사 집어치우고 치에코는 마신다."

그러곤 다시 한 모금 음미했다. "음."

시 낭송이 이어졌다.

그렇게나 당신은 술을 기다렸다.

내 손에서 빼앗은 한 잔의 술은

당신의 목구멍 속으로 빨려 들어갔다.

그 몇 방울의 신이 나린 선물이

당장에 당신을 현실로 깨운다.

사나에는 거기서 잠깐 숨을 돌리더니 말했다.

"이러면 명시를 모독하는 게 될까?"

"그럴지도."

사나에는 약간 그렁한 눈물을 훔치고 말했다.

"하지만 중학교 땐 이런 글을 읽고 진짜로 감동했었어."

"이런 글이라면…… 술 이야기?"

"아니, 진짜 말이야. 『치에코쇼』. 하지만 내가 대학에 가서 아주 다양한 책들을 읽다 보니, 사람들이 남편 고타로의 시점에만 천착했던 것이 예술가 치에코에게 얼마나 스트레스였을까 짐작이 가더라."

"맞아."

"내 평생을 걸 목표가 있는데 갖은 짓을 다 해도 당해낼 수 없는 상대가 가까이 있으면 그것도 참기 어려울 거야. '고타로와 함께하지 않았더라면 치에코는 미치지 않았을 것'이라는 의견에 나도 고개가 끄덕여지더라고. 하지만 그 두 사람은 서로에게서 도망칠 수 없었다고 볼 수밖에 없어. 그리고 보면 부부란 게 참 어려운 관계야."

"그러게. 잘 모르겠지만 타인인 두 사람이 함께 산다는 게 참 불가사의한 일이야."

"응. 함께 사는 것엔 공식이 없잖아. 비슷한 사람끼리 만나 잘 사는 케이스도 있고, 들쭉날쭉한 관계를 이어가면서

잘 사는 부부도 있고. 어쨌건 미야코쨩도 앞으로 결혼해야
하잖아. 상대의 본성을 잘 파악하고 결정하는 게 좋아."

"에잉? 그런 말 들으니까 괜히 겁부터 나네."

"헤헤헤. 결혼하고 나서 실망하거나 덜컥 놀래지 않으려
면 말이야. 술도 좋은 시험대야. 예를 들어 말이지……"

하면서 사나에는 술로 입술을 축이고 말을 이었다.

5

"나는 5남매잖아. 요즘 치곤 형제가 많은 편이지. 막내
여동생이 지금 대학생이야. 다마*에서 하숙하고 있어."

"아, 다마에서? 도쿄도 좀 넓어야 말이지. 그쪽은 왠지
아직도 자연이 많이 남아 있을 거 같아."

"맞아. 넓은 녹지라면 우리 동네에도 있어. 사람들은 도
회지 빌딩숲을 동경하잖아. 하지만 내 동생은 달라."

"자기주장이 확실해?"

"그런 편이지. 우리 집에서도 이단아로 통해. 술도 안 마
시고."

* 도쿄 남서부 지역.

"아하하. 알겠네. 윗사람을 보면서 저러면 안 되겠다, 배운 게지."

"응?"

"아니 아니, 신경 쓰지 말고. 그런데?"

"응? 아아. 그런데, 작년 일이긴 한데…… 내 동생 대학에 게릴라 축제라는 게 있대."

"교내 행사?"

"응, 아마도. 나야 애들이 하는 일을 자세히는 모르지만, 어쨌든 밤에는 부어라 마셔라 술판을 벌리고 떠들겠지, 뭐. 돈 없는 선배들이 연극서클부실에서 왁자지껄했대."

"동생이 연극해?"

"응. 그렇지만 걔는 술을 마시지 않으니까 그날은 그냥 집에 왔어. 나머지 남학생 넷이서 싸구려 술을 마시고 잔뜩 취해 밖으로 나왔어. 좀비처럼 비틀대면서. 그런데 그 학교 근처에 다마 테크*가 있거든."

다마 테크는 놀이기구가 다양한 놀이공원이다. 안타깝게도 2009년에 문을 닫았지만.

"아아, 알아. 나도 들은 적 있어. 남자아이들이 좋아할 만한 것들이 많은 곳이지?"

---

* 다마에 있는 유원지 겸 온천시설.

"그렇긴 한데, 술 취한 남자애들이 거기서 무슨 짓을 할지 상상이 가잖아?"

"아아."

문 닫은 놀이공원이란 민폐 따위 안중에도 없는 젊은이들의 구미에 딱 맞는 먹잇감이다. 물론 범퍼카나 귀곡산장을 씹어 먹는 건 아니지만, 옳다구나, 무단침입하고 본다.

"들어가는 루트가 정해져 있대."

"들짐승 다니는 길 같은 거?"

"그렇지. 펜스는 높이가 꽤 되지만 철조망이라 발을 끼울 수가 있대. 게다가 위에는 뾰족하게 튀어나온 철사도 없고. 그야말로 어서 옵쇼 하는 거나 마찬가지라니까."

"글쎄, 정말 그렇게 말하지는 않았을 거 같지만……"

"암튼, 그곳으로 애들이 자주 들어간다나 봐."

"경비원은?"

"경비원이 순찰을 돌긴 도는데, 놀이공원이 엄청 넓어서 다 훑을 수 없는 거지. 게다가 스쿠터를 타고 다녀서 탈탈탈 엔진 소리가 들린대. 그러니 '순찰 돕니다' 종 치고 다니는 거나 마찬가지잖아."

"나 참. 헛수고하시네."

"내 말이. 그래서 그날 한밤의 놀이공원에서 녀석들이 킬킬대며 쫓고 쫓기면서 청춘의 시간을 구가하고 있었대.

내 동생은 집에서 쿨쿨 자고 있었고."

"응."

"그런데 한두 시쯤 됐을 때 느닷없이 동생의 휴대전화가 울렸어."

당시에도 휴대전화는 이미 만인의 분신 같은 존재였다.

"깜짝 놀랐겠네."

"그렇지. 고향에 계신 부모님이 술 드시고 쓰러지셨나, 오빠가 술 마시다 쓰러졌나, 언니가 술 마시고 뻗었나, 둘째 언니가 술 마시다 잡혀갔나, 동생이 술 마시다 경찰서에 갔나, 별별 생각을 다 했대."

"별별 생각이 아니라, 대충 하나로 모아지네요."

"암튼, 벌떡 일어나서 받아보니 선배가 돼지 먹따는 소리로 '무라코시, 도와줘!' 하더래."

"왜? 무슨 일이래?"

"내 동생도 물었더니 '사람 목숨 살리는 셈 치고 도와줘.'라나 뭐라나 다짜고짜 영문 모를 소릴 하더래."

6

"근데 더 웃긴 건 전화를 건 친구가 평소엔 완전 우등생에 침착한 냉혈한이었대. 취한 데다 너무 허둥대기에 일단 동생이 좀 안정시키고 다시 물었더니, 관람차 안에 갇혔다고 엉뚱한 소릴 하더래."

"누가 가뒀는데?"

"음…… 적절한 표현인지는 모르겠는데, 자승자박이라고 할까. 네 녀석이 '이쪽에 타네, 저쪽에 타네' 하고 밀치고 까불면서 관람차 한 칸에 들어간 거야. 넷이 앉아서 신나게 떠들고 장난치다가 그럼 다음 칸으로 갈까 했는데 나갈 수가 없었던 거지. 관람차는 원래 움직이기 시작한 다음에 문을 열면 위험하기 때문에 밖에서만 개폐가 가능하도록 되어 있거든."

"아아, 그거는 참 잘 만든 장치네요."

"아니, 문제는 그게 아니라, 그러다 얼치기 4인 조가 표본실의 청개구리처럼 관람차 안에 갇히게 된 거야."

"듣다 보니 통쾌하네요."

"당사자들은 그렇지 않았겠지. 근처에 내 동생이 산다는 것을 생각하곤 SOS를 친 거야."

"아하."

"내 동생도 선선히 응해줄 수 없었지. '전 여자예요. 여자한테 이런 야심한 밤에 다마 테크 관람차까지 나오라는 거예요?' 하고 소리쳤대. 쿨한 선배는 뭐라 반박할 입장이 아니니 오로지 읍소할 수밖에. '그래 맞아, 나도 알지. 네 말이 다 맞는데 어렵겠지만 어떻게 좀……' 하고 매달리면서, '아침에 순찰하는 경비원한테 들키기라도 하면 큰일'이라고 징징대더래. 뭐 사실 말이야 바른 말로 안 그렇겠어? 큰일이 나든 말든 그쪽 사정이지만 내 동생은 듣다 보니 불쌍한 마음이 든 게지. 근처에 아는 남자라도 있으면 떠넘기련만 공교롭게 친구들은 다 멀리 살아서……"

"결국 나간 거예요?"

"별 수 없잖아. 철조망을 넘어 들어갔대. 관람차야 고개만 들면 보이니까 금세 찾았고. 밖에서는 문을 쉽게 열 수 있었는데, 열자마자 안에서 얼치기들이 고꾸라지듯 나오더래.

그런데 보아 하니 셋은 한 무리로 움직이는데 나머지 한 명만 따로 노는 게 분위기가 좀 이상한 거야. 넷이 한 목소리로 고맙다고 인사해야 마땅하거늘, 따로따로……"

"어떻게 된 거예요?"

"다음 날 그중 한 사람한테 듣고서야 알았대. 내 동생한테 전화한 그 우등생이 원인이었던 거야. 그 사람은 진작부터 사법시험을 보기로 마음먹고 있었다나 봐. 재학 중에 합격해서 졸업하자마자 바로 사법연수생이 되겠다는 청사진을 갖고 있었대."

"말처럼 쉽지는 않을 텐데."

"물론 그렇지. 하지만 그 애는 충분히 합격할 만한 인재였나 봐. 그것 때문에 친구들과 원수가 되었지만 말이야."

"응?"

"관람차 안에 갇혔어도 천하태평인 사람도 있었대. 경비원이 오면 사과하고 문을 열어달래자는 사람도 있었고. 그런데 그 우등생 혼자 얼굴이 새파래져 일어나서는 '나, 나는 너희들과 달라. 사법시험을 볼 사람이란 말이야. 전과가 남으면 시험 볼 자격도 없어진다고. 너희들과는 입장이 다르단 말이야.' 하면서 난리를 부렸대요. 그러다 결국 내 동생한테 전화까지 했던 거고. 완전히 정신이 빠진 놈을 보고 다른 세 사람은 술이 확 달아났다지 뭐야. 무슨 민폐니?"

"아아."

미야코는 작년 말에 들은 훠궈 요리 이야기가 생각났다.

"그 후로는 '저 혼자 잘난 선배'라고 입 밖에 내지만 않았지, 다들 그런 눈으로 쳐다보게 됐대."

생각지도 못한 일로 사람들 사이의 연이 끊기곤 한다. 하지만 반대로, 즉 생각지도 못한 연이 닿을 수도 있지 않을까?

그로부터 며칠 후 '오코조 씨'와 그 친구들의 전람회가 시작되었다. 미야코가 찾아가보니 평일 낮 시간이라 그런지 관람객이 없었다.

접수 테이블에는 머리가 긴 남자가 앉아 있었다. 미야코는 방명록에 회사명과 이름을 적고 전람회장을 한번 둘러보았다. 넓지 않은 공간이라 금세 끝났다.

그래서 한 번 더 둘러보았다. 눈썹 달린 고양이가 왠지 신경 쓰였다. 오코조의 그림은 하나였지만 또렷한 개성으로 존재감이 확실했다. 가만히 응시하고 있었더니 소박한 붓 터치의 작품이 뭔가 말을 거는 듯한 느낌이었다.

접수 테이블의 남자에게 물어보았다.

"저기."

"네."

정중한 목소리였다. 호리호리한 키에 턱수염이 난 그의 모습은 흡사 예수 같았다. 미야코는 눈썹 달린 고양이 판화를 가리키며 말했다.

"이분 말인데요, 매번 고양이 그림을 발표하시나요?"

"아…… 네."

"아아, 그래요."

미야코는 핸드백을 팔에 걸치고 팔짱을 낀 채 골똘히 쳐다보았다. 평소 같으면 자료에 노트에 짐이 많지만, 그날은 가벼운 백 하나였다. 일본 예수님이 말했다.

"그런데 그게 뭐……"

"아, 아니, 그냥……"

잠시 침묵이 흘렀다. 미야코는 다시 작품으로 시선을 돌렸다. 보면 볼수록 느낌이 있었다.

'일단 수필 단행본에 삽화를 의뢰해보는 건 어떨까.'

손님 없는 전람회장엔 일본 예수님과 미야코뿐이었다. 그때 다른 사람의 목소리가 들렸다.

"그거…… 제 건데요."

미야코는 후딱 팔짱을 풀고 돌아다보았다.

"오코조 씨?"

눈 덮인 너른 들판에서 갑자기 족제비 한 마리가 얼굴을 쏙 내민 거 같다.

"맞습니다."

우연이었다. 젊은 예술인들의 발표의 장을 늘리기 위해 노력한다는 이야기를 듣긴 했는데 재능기부도 하는 모양이다.

"전람회 당번이세요?"

"네, 교대로 하고 있습니다. 이 시간엔 사람들이 없어서.

하지만 그림들과 같이 있으면 기분 좋지요."

오코조 씨는 이렇게 얘기하곤 웃는다.

진짜 족제비의 눈은 자세히 본 적이 없는 미야코지만, 눈앞에 있는 '오코조 씨'는 눈매가 선했다. 눈밭의 족제비와 눈앞에 있는 족제비는 서로 닮았는지도 모르겠다. 몇 살인지는 모르겠다. 미야코의 눈엔 자기보다 열 살은 더 먹었음 직하게 보였다. 그래도 머리를 자르고 산뜻하게 꾸미면 의외로 젊을지도 모르겠다.

미야코가 명함을 건네자 오코조는 벌떡 일어나 받았다.

"사무실에서 선생님 작품 파일을 보았습니다."

"아 그러셨습니까, 감사합니다."

"그런데 한 가지 궁금한 게 있어요. 그래서 여기까지 오게 됐습니다."

오코조 씨는 고개를 살짝 외틀며 뒷얘기를 채근했다. 미야코가 말을 이었다.

"음…… 그러니까…… 저…… 파일 첫 장에 아주 어두운 그림이 있잖아요. 힘이 느껴지긴 했는데, 그게 너무 넘쳐서…… 저는 보다 보니 괴롭더라고요. 헌데 여기 있는 고양이 시리즈는 또 전혀 다르네요. 프로들이 필요에 따라 화법을 바꿀 수 있다는 것은 압니다. 주문에 따라 화풍을 바꾸어주는 분도 계시고요. 하지만 그런 게 아니라 다른 뭔가…… 테크닉의 문제가 아니라 뭔가 다른 게 있을 것 같았거든요."

미야코는 거기서 한 템포 숨을 고른 다음 계속했다.

"창작상의 비밀일 수도 있겠죠. 그렇다면 대답 안 해주셔도 됩니다. 하지만 괜찮다면 가르쳐주시겠어요?"

오코조는 슬쩍 웃음 짓더니 몇 발자국 걸어가 자신의 작품 앞에 섰다.

"딱히 이렇다 할 비밀 같은 건 없습니다. 지금으로부터 7, 8년 전인가요, 제 고향 초등학교 은사님이 제안하셔서 판화 교실을 열었지요. 그런데 학부모 가운데 노인보호시설 관계자가 계셨어요. 그분이 '판화를 찍는 동작만이라도 가르쳐줄 수 없겠나.' 하고 부탁하셨죠. 그래서 어떤 게 좋을까 생각했습니다. 그러다 갑자기 이런 고양이 부조가 떠올라서 몇 개 가져갔지요. 그랬더니 다들 아주 좋아하시는 겁니다. 손수 나무 판에 색칠을 하면 계속해서 고양이가 찍혀 나오니까요. 살짝 실수를 하면 또 그런 대로 개성 있는 작품이 되고요. 함께 웃고, 감탄도 하면서 아주 즐거운 시간을 보냈습니다. 그분들이 만든 고양이 얼굴 속에서 그분들 자신들의 모습과 손자들의 모습, 그분들이 알고 지내던 여러 사람들의 모습이 보이는 것 같았어요. 나중에 정말 즐거웠다는 인사도 들었지요. 어르신들이 당신들이 찍은 판화를 벽에 장식해둔다고…… 또 어떤 분은 색까지 입혀가며 즐거워하신다고 하더라고요."

"아아."

"무거운 그림은 제 세계의 원점입니다. 무엇을 그리든 어둠이 늘 배후에 있죠. 하지만 이렇게 남들이 보고 즐거워하는 그림도, 결코 가벼운 것은 아니라고 그때 깨달았습니다. 작품의 표현은 만드는 사람의 마음먹기에 달려 있습니다. 그래서 저는 지금 이런 그림을 주저 없이 그릴 수 있는 겁니다."

그의 말은 진중한 '선언' 같은 것과는 거리가 멀었다. 강물이 의도치 않고 흐르듯, 자연스레 흘러나왔다. 그의 말을 듣고 있는 사이에 왠지 미야코의 몸과 마음이 눈 녹듯 풀어지는 듯했다.

미야코는 이 사람의 그림을 좀 더 보고 싶다고 생각했다. 그래서 불쑥 말했다.

"족제비 씨……라고 하시죠?"

"네?"

"오코조 씨니까 족제비 씨 맞잖아요. 왠지 아주 잘 어울려요."

"아아."

말을 잇지 못하는 오코조의 표정이 그리 좋지는 않았다.

하지만 그 별명에 다른 의미도 있다는 것을 미야코는 한참 후에야 알았다.

8

정식 인사 발표는 3월 초다.

PC로 인쇄한, 마치 옛날 사발통문 같은 두루마리 종이가 길게 붙었다. 그것도 복도에서 누구나 고개를 들면 보이는 장소에.

총무부 담당자가 아침 일찍 나와 붙였다고 한다.

"아, 드디어 나왔네."

저마다 한마디씩 하며 몰려들었다고. 그 분위기는 꼭 대학 합격자 발표장 같았단다.

전문 형식으로 공지한 것에는 이유가 있다. 편집자들은 한참 일이 몰릴 때는 아침이 되어서야 퇴근했다가 점심 때 다시 출근한다. 미야코 일행은 구경꾼들이 일단 빠진 후에 천천히 둘러보게 됐다.

쓰키가타 효이치가 영업부로 발령이 났다. 그동안 떠돌던 소문대로였다. 그의 일처리를 두고 이러쿵저러쿵 말들이 많았다. 하지만 억측이 억측을 낳아 세쌍둥이 네쌍둥이

양산되어도 그저 카더라 통신에 지나지 않을 뿐. 소문이 있고 두 달 후에야 쓰키가타의 보직 이동에 관한 진위가 밝혀진 것이다.

책상 위에 금년도 사원명부가 놓여 있었다. 사원명부에는 사진과 주소가 부서별로 정리돼 있다.

신입일 때는 자기 얼굴이 어떻게 나왔나 궁금해서 곧장 펼쳐본다. 하지만 미야코는 벌써 몇 년째 같은 사진을 사용하고 있기에 새삼 궁금할 이유가 없다.

그냥 옆으로 치워두고 있었는데 한 시간 정도 지나 전화가 왔다.

"미야코짱."

서적부의 세토구치 마리에다. 입을 손으로 가리고 소곤대는 듯했다. 물론 평소와는 다른 분위기였다.

"네?"

"사원명부 봤어요?"

"아뇨."

"오소네 씨 좀 찾아봐."

"네?"

"나는 일단 축하한다고 말할게요. 물론 속으로는 좀 샘이 나지만요. 하지만 서적부 쪽에서는 이번 인사이동이 범죄 수준이라고 수군대는 사람도 있어요."

무슨 이야기인지 퍼뜩 알아듣지 못한 미야코는 수화기를 잡은 채 명부를 들춰보곤, 헉 하고 놀랐다.

　쓰키가타 유우코,

　라고 적혀 있었다. '쓰키가타'라는 성을 보고 의문이 단칼에 풀렸다. 회사에서 1년 만에 부서를 옮기는 경우가 있다. 같은 부서에 신랑신부가 탄생했을 경우다.

　어디선가 한마디 흘리고 싶었을 중역의 기분도 모르는 바 아니다. 게다가 오소네 씨의 행동과 말을 곰곰이 되짚어보면 낌새를 짐작하지 못할 것도 없다.

　'허허, 참 황당하네.'

　머리로는 이해할 수 있었지만, 미야코는 새삼 남자와 여자가 정말이지 모를 존재라 생각했다.

8장

칵테일과 감자

1

허여멀건 편집장, 쓰야키가 '백 년의 미남'이라는 좌담
회 아이디어를 냈다.

21세기가 2000년부터냐, 2001년부터냐는 질문에 선뜻
대답을 못하고 고개를 갸웃거렸던 미야코지만, 이 주제라
면 으레 지난 세기를 되짚어본 것이겠거니 했다.

"금년부터지. 〈2001 스페이스 오디세이〉*라는 것도 있
었잖아."

"네에."

* 스탠릭 큐브릭 감독의 SF 영화.

"생각해보면 그것도 다음 세기에 관한 이야기였잖아."

"아하, 네."

"뭐가 이래도 네, 저래도 네야?"

"수치에 관해서는 좀…… 저는 문과 출신이거든요."

"그건 나도 마찬가지다."

"헤헤헤."

"대충 웃어넘길 생각 하지 마."

미야코가 좌담회 내용을 정리하기로 됐다. 연륜 있는 인사들이 모여 세계대전 이전부터 현재까지 유명한 미남들을 꼽는다.

미야코는 쓰야키와 같은 자리에 앉아 경청했는데 입장이 좀 곤란했다. 근래의 인물인 요시유키 준노스케* 정도는 퍼뜩 들어온다. 하지만 야마모토 이소로쿠**라는 이름에는 떠오르는 장면이 없다. '남자'를 논하는 자리기 때문에 당연히 여자도 몇 명 등장한다. 이성의 관점이 없으면 이야기가 시작되지 않으니까. 고령의 여류작가가 한마디 했다.

"모리 마사유키***가 참 좋았죠."

---

* 1924~1994년. 소설가.

** 1884~1943년. 일본 해군 대장.

*** 1911~1963년. 배우.

미남이든 추남이든 미야코의 머릿속엔 없는 인물이다. 하지만 그 자리에 모인 사람들에겐 익숙한 이름인지 이야기는 그대로 흘러갔다. 눈치를 보니 연합함대 사령관은 아닌 모양이다.

"부잣집 방탕한 아들 연기를 하는데 그렇게 색기 있는 사람은 또 없었지."

아, 모리 마사유키가 배우였구나, 미야코는 속으로 끄덕였다. 영화평론가도 한쪽에 앉아 끄덕이며 한마디 한다.

"그 시대의 분위기를 대변했으니까요. 요즘 젊은 사람들은 절대 흉내 낼 수 없지."

'절대'라는 말을 써가며 아주 못을 박는다.

"그렇지요. 〈밤의 북소리〉도 흥행은 했지만 상대가 모리 마사유키니 어쩔 수 없지."

대체 무슨 소린지. 하지만 〈밤의 북소리〉라는 영화는 좌담회의 분위기를 띄우는 데 큰 포인트가 되었다. 미야코도 좌담회 내용을 제대로 정리하기 위해서는 반드시 그 영화를 봐야 한다고 생각했다. 독자들의 이해를 돕기 위해 설명을 덧붙여야 하니까.

미야코는 다음 날 서둘러 비디오 대여점을 순회하다 겨우 발견했다. DVD가 아니다. 그때까지만 해도 비디오테이프로 영화를 보던 시절이다.

감독은 이마이 타다시*, 원작은 치카마쓰 몬자에몬.**

"음, 옛날 영화로군."

미야코는 저도 몰래 한마디 흘렸다. 영화의 각본을 치카마쓰가 쓴 건 아니었다. 좌담회 내용을 전부 정리하기까지 닷새 정도 걸렸다. 대화 내용뿐만 아니라 좌담회에서 거론된 인물에 대해 하나하나 체크해두어야만 했다.

"야마모토 이소로쿠, 해군은 해군이었는데 발틱 함대와 싸웠을 때의 지휘관은 아니었던 거 같음."

이라는 식으로 어물쩍 넘어갈 수는 없다. 이번 기획은 자칭 미남인 쓰야키가 야심차게 밀어붙이고 있다. 좌담회에 모인 사람들도 모두 내로라는 대가들. 그렇다면 적어도 16페이지는 차지할 것이다. 그중 세 페이지는 사진과 타이틀이 들어갈 것이고. 그렇다면 본문은 13페이지. 이만하면 꽤 큰 기획이다.

그리고 그 정도 분량을 정리하는 데는 아무리 날고 기어도 일주일은 걸린다. 일단 일을 시작하고 나서 이 자료가 모자라네, 저 자료가 보이지 않네 하면서 이리저리 뛰어 다니고 싶지는 않았다.

미야코는 참석자들의 의견을 빠짐없이 메모해두었다.

---

* 1912~1991년. 일본 쇼와시대 영화감독.
** 1653~1724년. 에도시대 전기에 조루리와 가부키 각본을 쓴 작가.

그다음 작업의 첫 단계가 바로 〈밤의 북소리〉를 보는 것이었다. 일 때문이기도 하지만, 뜨겁게 회자됐던 '남자'에 대한 흥미이기도 했다.

집으로 돌아와 이것저것 정리를 마칠 때쯤 비디오 테이프를 기계에 넣었다. 틱 소리와 함께 재생 시작. 어둠 속으로 북이 서서히 떠오른다.

"요오오."

하는 기괴한 소리와 함께 북을 내리치는 팔.

"호에이* 3년 초여름."

자막이 뜬다. 들어본 적도 없는 연호다. 현재는 헤이세이. 물론 역사 속의 한 시대임에는 틀림없는데, 아파트의 끄트머리 집 입주민마냥 낯설다. 다음 장면에 다이묘 행렬이 나오는 걸 보곤 에도시대라는 것을 알았다.

삼근교대**를 마치고 고향집으로 돌아간 도토리 현의 번사, 오구라 히코쿠로. 이 역할을 맡은 것은 미쿠니 렌타로로 미야코에겐 그저 '낚시 좋아하는 할아버지'의 이미지였는데 젊은 시절의 모습을 보곤 놀랐다.

옛날엔 버터 냄새 풍기는 미남이었구나.

---

* 일본 연호. 1704~1711.
** 1635년 에도막부 3대 쇼군, 도쿠가와가 제도화한 것으로 지역 영주들이 1년씩 돌아가며 자기 영지를 떠나 에도 수호를 위해 에도에 와서 지내게 한 것.

영화 속으로 돌아가서, 고향에서 히코쿠로를 맞이한 것은 '파도처럼 밀어닥친 소문'이었다. 사람들이 말하길, 그가 집을 비운 사이 그의 아내가 불륜을 저질렀다는 것이다.

아직 그 소문을 듣기 전, 히코쿠로가 오랜만에 젊은 아내와 마주 선 장면. 젊은 아내 역은 아리마 이네코로, 히코쿠로가 잔을 권하지만 아내는 받지 않는다.

"웬일이오, 술 좋아하는 당신이?"

2

엥?

뒤이은 아내의 대사를 듣고 미야코는 고개를 갸웃거리고 말았다.

"이제 더 이상 술잔을 받지 않기로 해서요."

관객들은 이미 '소문'을 알고 있다.

술? 술이 왜? 술이 뭐 잘못했나? 미야코는 생각했다.

히코쿠로는 웃으며 말한다.

"아무리 마셔도 흐트러짐 없는 당신이잖소, 뭘 그래……어서 마셔요."

아내가 마시는 것을 보고 히코쿠로도 마신다. 서로 마주

보는 두 사람. 히코쿠로의 손가락에서 술잔이 후둑 떨어진다. 무안해진 히코쿠로는 얼른 옆에 있던 부채를 집어 들고 모기를 핑계로 연방 부채질을 한다. 그 바람에 아늑하게 불 밝히고 있던 촛불이 꺼진다. 불현듯 내려앉은 어둠 속에서 급하게 젊은 아내를 끌어당기는 남편.

미야코는 사전 작업이 꽤 치밀하군, 생각했다.

아무튼 도읍에서 내려온 군악대장과 아내인 타네 사이에 무슨 일이 있었다는 소문을 마침내 들은 히코쿠로가 아내에게 캐물었더니, 아내는 단지 아이에게 북을 가르치려고 그랬을 뿐이란다.

계속되는 회상 장면에서 처음으로 모리 마사유키가 등장한다. 북 치기의 고수로 부채로 리듬을 타는 모습이 역시 도읍지에서 내려온 설정과 걸맞게 무뚝뚝하면서도 지적으로 보였다.

인사를 하러 나온 아이의 어머니, 타네를 보고 군악대장은 그 젊고 아름다운 모습에 흠칫 놀랐다. 사실 말이 아들이지 타네가 직접 낳은 아이가 아니라 친정에서 데려와 양자로 삼은 남동생이었다.

뒤이어 남편을 사랑하고 근검한 생활을 하는 타네의 모습이 그려졌다. 언감생심 불륜의 그림자는 찾아볼 수 없다.

"영화는 어땠어?"

다음 날 쓰야키가 물었다.

"재밌었어요. 그런데 그거 원작이 치카마쓰던데요?"

"응. 영상으로 아주 잘 표현했지. 각본은 하시모토 시노부이고 감독은 신도 가네토였어."

"그 사람들 유명해요?"

쓰야키는 입술을 비틀면서 답했다.

"말해봤자 입만 아프지. 군데군데 흠칫 놀라게 만드는 대사들이 있어. 예를 들어 그 부인이 술 좋아하잖아."

"네."

"그 사람이 친정에 가. 그러고는 긴장이 풀려서 맘껏 들이켰지."

"모리 마사유키도 거기 있었죠?"

"맞아 맞아. 그때가 봄 축제였거든. 거기 축제 이름이 줄기차게 나오는데…… 기억해?"

"음…… 그런 게 나왔어요?"

쓰야키는 칫 하고 콧바람을 내쉬더니 말했다.

"뭘 본 거야. 바로 그런 점이 각색의 묘미잖아. 나는 그 장면에서 등줄기가 다 쭈뼛했다니까."

"정말요?"

"모모(복숭아) 축제라고 몇 번이나 말했잖아. 모모는 풍요의 상징이지. 나카무라 소노코는 아나?"

갑자기 이야기가 딴 데로 튄다. 쓰야키의 말 상대를 하다 보면 아는 게 많아진다.

"아뇨. 자랑은 아니지만 모르는데요."

"암, 자랑은 절대 아니지. 유명한 배우야. 모모의 명대사가 많지만 그중에 '할배가 와서 모모(계집) 놀이를 하겠단다.'라는 구절이 있지."

미야코는 문득 작년 쓰키가타 효이치의 살짝 풀린 눈이 떠올랐다.

"말하자면 야하다는 말씀인가요?"

"어허, 이거 안 되겠군. 그렇게 말하면 아주 다른 해석이 되어버리잖아. 그건 표현이라고 할 수 없어. 암튼 그 장면으로 이야기가 비극으로 운명 지어지는 거지."

"아아…… 네."

에도에 간 남편 때문에 오랫동안 빈집을 지키는 타네에게 웬 사내가 곧잘 말을 걸며 접근해왔다. 그는 자길 받아달라며 덤빈다.

"가네코 노부오는 요리를 좋아하는, 특이한 할아버지인 줄만 알았더니 와아, 그런 놈팽이 역할도 어울리는군요."

"아니, 모리 마사유키는 모르면서 어떻게 '놈팽이'란 단어를 알지?"

그러게, 꽤나 고전적인 단어를 쓰긴 썼다.

"글쎄요, 어쩌다 보니."

모르긴 해도 술자리에서 주워들은 말이 아닐까 싶다. 호주에 캥거루가 서식하듯, 술집에는 많은 놈팽이들이 서식한다. 의미는 어렵잖게 실감할 수 있다.

그런데 아내인 타네는 일단 위기를 넘기기 위해 "알겠어요."라고 말해버린다. 물론 그럴 생각은 없었다. 하지만 그곳은 친정이니 말이 길어지면 곤란하다. 언제 사람이 들이닥칠지 모른다. 나중에 보자며 위기를 벗어나려 한다. 바로 그때 밖에서 들려오는 노랫소리. 군악대장이 밖에서 듣고 있었던 것이다.

식겁한 가네코 노부오는 두 손을 내저으며 장난이라고 둘러댄 뒤 내뺀다. 불륜은 금기사항이다. 세상에 알려지면 목숨이 위태롭다. 위기를 모면한 타네이지만,

혹, 자기가 상황을 무마하려 그를 받아주겠다고 한 말을 밖에서 듣지는 않았을까 두려워 견딜 수가 없었다.

맨 정신으로는 가만있을 수 없어 그녀는 술을 마구 들이켰다. 혼란스러운 머리로 어떻게든 증인을 구워 삼지 않으면 안 된다고 생각했다.

타네는 비틀거리는 몸과 마음으로 모리 마사유키를 찾아가서 잠자코 있어달라고 필사적으로 사정한다. 봄 깊은

밤 농염한 대화가 이어지고……

"거기서 다시 술. 술이 또 잘못된 윤활유 역할을 하죠?"

"글쎄, 뭐 꼭 그렇다기보다 타네의 억압된 원망이 밖으로 표출된 거겠지. 술이 유부녀의 베일을 벗겼다고나 할까. 후후."

하고 쓰야키는 즐거운 표정으로 해설했다.

"이성이라는 족쇄를 술이라는 열쇠가 풀어버린 거지."

"음, 그렇게도 볼 수 있지만 모리 마사유키였기 때문에 일이 그렇게 될 수밖에 없었다는 것은 이해돼요. 그 군악대장이 만약 가네코 노부오였다면 이야기는 달라졌겠죠."

"그래?"

누구나 그렇게 생각할 것이라 확신은 못하지만.

"그럼요. 아무리 술을 마셨다 해도 여자에게 상대를 구별하는 눈은 있으니까요."

쓰야키는 인상을 쓰며 덧붙였다.

"글쎄, 그럴 것 같지 않은 사람들도 있던데."

3

좌담회 내용 정리는 집에서도 하고 회사 회의실에 들어

박혀 계속했다. 자료실을 쓸 수 있어서 편했다. 대충 원고의 윤곽을 잡고 쓰야키에게 1차 검수를 받았다. 자료를 조금 더 보충하고, 아무개 씨의 분량이 너무 적다고 날카로운 지적을 들었다.

쓰야키는 회사에서 '침착하게 일 잘하는 남자'로 통한다. 업무뿐만 아니라 그는 위치상 술자리에 합석하는 경우도 많다. 하지만 술자리가 파한 후에도 회사로 돌아와 꼼꼼하게 일을 마친다. 미야코가 원고 검토를 받은 날도 쓰야키는 술버릇이 좋지 않은 작가를 접대하러 나갔다가 늦게 편집부로 비틀거리며 돌아왔다.

"괜찮으세요?"

쓰야키는 자기 의자에 털썩 기대어 앉아,

"꼭 보내두어야 할 메일이 있어서⋯⋯"하고는 PC를 마주했다. 개인적인 메일 계정으로 작가에게 이메일을 보내는 것도 실례이고, 무엇보다 집에까지 일을 가지고 가고 싶지 않은 것이다. 회사까지 다시 들어온 마음은 이해한다.

하지만 그의 손가락은 맘처럼 움직여주질 않았다. 옆에서 보니 고개를 비스듬히 떨구고 있다. 눈꺼풀이 10초 동안 감겼다가 한 5초 떠 있고 금세 다시 내려앉는다. 속이 불편해 보였다.

'괜찮으세요?'는 좀 전에 이미 말했다 싶어서 흘끔거리고만 있었더니 쓰야키가 힘없이 자리에서 일어났다. 이대로는 제대로 메일을 쓸 수 없겠다 판단한 모양이다. 바람도 쐴 겸 편의점에라도 가려는 것 같다. 아니나 다를까 숙취 해소 드링크를 사 왔다.

쓰야키는 문 앞에서,

내가 뭐 하러 나갔었지?

하는 표정으로 한동안 손에 든 유리병을 바라보다 "아! 맞아." 하고는 뚜껑을 돌린다. 그러고는 만병통치약이라도 삼키듯 벌컥대기 시작했다.

하지만 마시고 난 다음에도 그는 한동안 '동작 그만!' 자세로 일관했다. 드링크제에 극적인 효과는 없는 모양이다. 그러다 쓰야키는 미야코의 책상으로 다가와서 "부탁할 게 있어." 했다.

"네?"

쓰야키는 자전거 핸들 두께 정도의 유리병을 미야코 앞에 들이민다.

"이걸로 내 머리를 후려쳐줘."

얼떨결에 받아 든 미야코는,

"혹시 이런 것도 취미세요?" 하고 물었다.

"아니 내가 말이야……"

무슨 말이 나올지는 뻔하기 때문에 미야코는 자리에서

일어나 살짝 토닥였다.

"그 정도로는 안 돼. 좀 더 세게."

미야코는 팔짱을 끼고 말했다.

"오늘만큼은 웬일인지, 이 정도에서 봐주고 싶은 기분이
네요."

"뭐? 나 참, 중요할 때 도움이 안 돼."

미야코는 딱히 중요한 때란 생각은 들지 않았다. 쓰야키
는 남자 사원에게 부탁해 기어코 한 방 얻어맞았다. 윽 하
며 엎어졌다가 남자 사원이 어깨를 몇 차례 흔들어주자 일
어나서는,

"좋아, 됐어. 해보자!" 하고 자리로 돌아갔다.

파이팅 방법은 가지가지다. 쓰야키의 경우 술 따위에 지
지 않겠다는 의지를 스스로에게든 남에게든 보이고자 한
것이다.

쓰야키는 칵테일에 강하다. 미야코도 그를 따라 아오야
마의 세련된 바에 간 적이 있다. 자리로 돌아가는 쓰야키의
뒷모습을 바라보면서 문득 한 장면이 떠올랐다.

미야코가 맡은 첫 외부 미팅 자리였다.

미야코는 그해 여름부터 한창 뜨는 작가의 에세이 연재
를 담당했다. 작가는 성격도 서글서글하고 마감도 잘 지킨
다. 별 문제 없이 순탄했다. 레이아웃 담당자만 결정하면

되는 상황이었다.

바로 그때 2월에 만난 오코조 씨가, 정확히 말하자면 그의 판화라고 해야 하지만, 떠올랐다.

그를 만난 이후 그의 작품에 관심을 가졌더니 디자인 사무실 사람이 말한 대로 그의 작품은 여기저기 많이 실렸다. 사람의 시선을 끄는 매력이 있기 때문일 것이다.

홈쇼핑 잡지에도 실렸고, 의외였던 것이 신문 경제면 칼럼에서도 본 적이 있다.

고양이와 개가 자유분방한 표정으로 그에 걸맞은 포즈를 취하고 있었다. 전혀 어울릴 성싶지 않은 배치가 딱딱한 경제 기사를 부드럽게 만들며 독자들의 시선을 끌었다.

하지만 지금까지 소설에서는 그의 작품을 보지 못했다. 그러니까, '신선한 시도'가 될 수 있지 않을까.

오코조의 작품 컷을 보여주자 작가는 아주 맘에 든다고 했다. 쓰야키에게도 이대로 진행하겠다고 보고했다.

그다음 단계가 작품의뢰를 위한 화가와의 미팅. 오코조가 있는 디자인 사무실이 미나미 아오야마다.

쓰야키와 함께 갔던 바에서 멀지 않았다.

4

장마가 미처 지나지 않은 어느 날 밤, 오코조와 바에서 만나기로 했다. 그날은 아침부터 흐렸지만 비가 내릴 듯하면서도 내리지는 않았다.

미야코는 식사를 마치고 일찌감치 나가 기다리고 있었다. 네이비 컬러의 니트에 라인이 예쁘게 잡힌 플레어스커트를 입었다. 구두는 흰색 펌프스.

일 때문에 만나는 자리이기는 하지만 상대는 미술 관련 일을 하는 사람이다. 나름 고심한 끝에 결정한 코디였다.

약속시간 조금 전에 키 큰 남자가 들어와 이리저리 안을 둘러본다. 궁금증 가득한 시선이 미야코 앞에서 멈췄다. 그러고는 곧 표정이 풀어졌다.

엇, 이상한데 싶었다.

미야코가 갖고 있던 오코조의 이미지와 실제 얼굴은 괴리가 있었다. 하지만 이쪽을 보고 긴장이 풀린 듯 눈초리를 내린 그의 눈매가 기억 속의 모습 그대로였다.

미야코는 일어나 고개를 까딱하고, 오코조가 테이블로 다가섰다.

"안녕하세요."

"코사카이입니다. 나와주셔서 감사합니다."

"가까운 곳이라…… 뭐, 처음이긴 하지만요."

주문을 받으러 왔기에 미야코가 오코조에게 물었다.

"뭘로 하시겠어요?"

"아아…… 저는 이런 곳을 잘 몰라서……"

"그럼 첫 연재를 축하하는 의미에서, 샴페인 칵테일로 하실까요?"

"네."

"블랙 벨벳으로?"

오코조는 얌전히 고개를 끄덕였다. 잘 모르면 그럴 수밖에 없으리.

샴페인잔에 짙은 적갈색 칵테일이 나왔다. 보글보글 자잘한 거품이 멋들어졌다.

"음…… 저…… '벨벳'이란 게 뭐죠?"

"비로드요."

"아아, 그렇군요. 그런 촉감과 비슷한 느낌이란 건가."

한 모금 들이켠 오코조가 고개를 끄덕인다. 블랙 벨벳은 샴페인계에 기네스라고나 할까. 목 넘김이 좋다. 미야코는 오코조 쪽으로 얼굴을 돌리고 말했다.

"놀랐어요."

"네?"

"요전에 만나 봤을 때와 달라서."

"아……"

오코조는 쑥스러운 듯 머리를 긁적였다. 2월 전람회장에서 만났을 때는 기독교 영화에라도 나올 법한 긴 머리에 수염이 덥수룩한 인상이었다. 지금은 바리캉으로 시원하게 민 밤톨머리다. 수염도 깔끔히 밀어 말쑥했다. 완전히 딴사람 같았다.

"계속 자라게 놔두었다가 더 이상 참을 수 없을 때 이렇게 싹 밀어버립니다. 그래서 아는 사람들이 '족제비'라고 놀리는 거예요."

미야코도 그렇게 부르는 걸 들은 적이 있다.

"아니 그거야 성함이 오코조 씨라 그런 게 아니고요?"

"아 뭐, 그런 이유도 있지만."

"그럼 어떤……?"

오코조는 웃으며 대답했다.

"아, 족제비는 겨울 털색과 여름 털색이 다르잖아요."

"아아."

미야코는 그제야 알아듣곤 웃음이 터졌다.

"미리 말해주셨으면 더 좋을 뻔했어요. 모습이 달라졌다고요."

훨씬 젊어 보였다.

"제가 늦었더라면 못 알아뵐 뻔했어요."

"두 번째 보니 어때요?"

미야코는 오코조의 머리를 다시 한 번 보고 대답했다.

"과거를 참회하셨나 했죠."

멋진 안주가 소복이 담겨 나왔다. 다음 칵테일은 뭘로 할까로 화제가 이어졌다.

"이 마티니라는 것은 들어본 적이 있는 거네."

"칵테일의 대명사라 불리는 술이죠. 그런 만큼 정통한 사람들 사이에선 호불호가 나뉘지만요."

"알코올 도수가 높아요?"

"네. 한번은 어느 작가 분과의 미팅에서 이야기가 끝나 갈 무렵이었는데, 그분이 '자, 일도 다 끝났으니 마티니 한 잔 시원하게 비웁시다.' 하셨죠. 다들 이미 전작이 있는 상태에서 원샷하고 밖으로 나갔는데……"

"어떻게 됐어요?"

"비틀비틀…… 제 머리가 저쪽 멀찌감치 떨어져 있는 것만 같더라고요. 머리가 제 몸을 떠나 저 멀리 있는 느낌이었어요."

"와아아."

"독한 마티니의 참맛을 알 수 있는 것은 첫 잔이라고들 하죠. 날이 새도록 마티니를 들이켜는 것은 술이 사람을 마시는 거지, 사람이 술을 마시는 게 아니죠."

그때 미야코의 휴대전화가 울렸다. 미야코는 통화를 하고 나서 오코조에게 말했다.

"편집장님이 근처에 와 있다고 오코조 씨를 뵙고 인사드리겠다네요."

5

"마티니."

쓰야키가 주문한다. 미야코가 덧붙였다.

"술꾼들은 마티니부터 시작하죠."

쓰야키는 고개를 외틀더니 말했다.

"그렇지. 바로 그거지."

그러고는 오코조를 보면서 말한다.

"그 언젠가 긴자에서 마티니를 마셨는데요, 이게 아무래도 성에 안 차는 거예요. 바를 몇 군데 돌았는데도 그 맛이 안 나더라고요. 결국 다섯 집을 돌고서야 여기 왔어요. 아아, 정말 마티니 하면 이 집이죠."

오코조는 눈을 껌뻑껌뻑하면서 골똘히 들었다. '밤새 마티니로 일관하는 센 놈'이 나타난 것이다.

하필 이런 타이밍에 나타날 게 뭐람.

미야코의 속도 모르고 쓰야키는 등을 꼿꼿이 펴더니 말한다.

"바에 오면 첫 잔이 정말 중요하거든. 그냥 적당히 골랐다간…… 그날 술자리는 아주 망치는 거지. '일단 맥주!' 이건 정말 말도 안 되는 주문이고."

오코조는 고개를 슬쩍 뒤로 빼면서 대답했다.

"아아…… 저, 저는 그 '일단 맥주'로 하는 쪽입니다."

"아, 그러세요? 아니 뭐, 여름엔 그것도 괜찮죠."

오코조는 쓰야키의 권유로 모스코뮬*을 마시기 시작했다. 미야코는 진토닉으로 했다.

"자, 그럼 어떤 식으로 해나갈까요?"

오코조가 물었다. 술 얘기가 아니라 일 얘기다. 거기에는 미야코가 대답했다.

"선생님 생각대로 해주셨으면 해요. 작가 선생님과 오코조 씨 작품의 분위기가 잘 맞거든요. 그래서 그림을 억지로 글에 끼워 맞출 필요도 없겠어요. 글과 그림이 서로 제 목소리를 내면서도 조화가 되길 바랍니다."

"……"

오코조가 심각한 눈빛으로 바라본다.

---

* 보드카 베이스 칵테일.

"어느 정도의 틀이랄까, 패턴의 통일성은 있어도 좋다고 봅니다. 일단 몇 작품 만들어주시겠습니까? 그럼 그중에서 원고에 맞춰 선택해볼게요."

오코조가 고개를 끄덕인다.

"알겠습니다. 한번 해보겠습니다."

쓰야키가 미야코의 어깨를 툭툭 치며 말했다.

"잘 부탁드리겠습니다. 이 사람 이거 주당이지만 일은 깔끔하게 하는 스타일이거든요."

"편집장님!"

쓰야키는 후후후 웃으며 술을 들이켰다. 오코조가 물었다.

"미팅은 주로 이런 곳에서 하십니까?"

"글쎄요, 뭐 이런 경우도 있지만……" 하고 쓰야키는 눈썹을 내리깔고 칵테일잔 밑바닥을 흘낏거리더니 말을 이었다. "쓰디쓴 결단을 내린 후 마음을 달래기 위해 혼자 오는 일도 있죠. 나약한 사람입니다, 저는…… 다른 이의 얼굴을 마주하고 싶지도 않지만 그렇다고 완전히 혼자가 되기는 싫은 그런 사람이죠."

"네에."

"이렇게 마티니를 홀짝거리면서 긴 하루를 마감하는 것이죠."

'그렇게 심각하게 들을 필요 없어요, 그냥 자기 분위기에 취해서 지껄이는 거니까.' 미야코는 속엣말이 순진한 오코조에게 전달되길 바랐다.

"칵테일은 종류가 많죠?"

"저 하늘의 별만큼이나 많지. 그중에서 어쩌다 보면 생각지도 못한 한 잔을 대하게 됩니다. 평생 잊을 수 없는 순간이죠. 예를 들면 보드카토닉은 그 이름 그대로 보드카가 베이스가 됩니다. 비슷한 것으로 아쿠아비트가 있죠. 북유럽 술이에요. 감자를 원료로 한 술입니다."

"와아아."

오코조가 두 눈을 반짝이며 감탄했다.

"독특한 맛이 있는 술인데 이것을 베이스로 한 칵테일이 또 좋은 게 있죠."

쓰야키는 거만하게 손을 들고 점원이 오니 뚝뚝한 말투로 주문했다.

"스톡홀름……"

점원은 잠깐 맹한 표정을 지었다. 하지만 쓰야키는 상대의 표정 따위 알아차리지 못하고 오코조를 향해 칵테일잔을 기울였다.

점원은 서둘러 카운터로 돌아갔다. 그러곤 메뉴를 뒤적였다. 표정이 심각하다. 이번엔 바텐더가 테이블로 다가와 역시 심각한 얼굴로 묻는다.

명문 바로서 손님이 주문한 칵테일을 모른다기엔 체면이 말이 아니다. 홀 안에 흐르는 음악도 긴장한 느낌이다.

"편집장님, 편집장님."

미야코가 작은 소리로 불렀다. 쓰야키는 귀찮다는 듯이 "뭐야." 하고 일갈했다.

"조금 전에 주문하신 그거…… 혹시 스톡홀름이 아니라 코펜하겐 아니에요?"

쓰야키는 하얀 뺨에 순간 경련을 일으키더니 말했다.

"어…… 응, 그래 그거."

6

바텐더가 테이블로 와서 허리를 구부정히 하고는 모르겠다, 레시피를 가르쳐주면 만들어보겠다고 미안해했다.

어찌 할까 생각하고 있는데 쓰야키는,

"아니, 오래전에 아카사카에서 마시고는 그만이라. 레시피까지는 잘 모르겠네. 그럼 가만 있자……"

하면서 얼버무렸다. 여기가 아오야마이니 갑자기 아카사카란 지명이 튀어나왔겠지. 이 바닥에서 조만간 '스톡홀름'이란 칵테일이 화제가 될지도 모르겠다.

그거 때문에 내뺀 건 아니지만 쓰야키는 다른 볼 일도 있고 해서 그즈음 바를 나섰다.

"오코조 씨, 편집장님이 '감자'란 말을 꺼내니 표정이 밝아지시던데요."

"아, 보셨어요?"

"네."

오코조는 어릴 적 친구라도 떠올리는 표정으로,

"감자를 좋아하거든요." 했다.

"아아, 언제부터요?"

"글쎄요…… 아마도 아주 어릴 때부터 좋아했어요. 우리 아버지도 아주 좋아하셨고, 음, 할아버지도 그랬다고 들었습니다."

"유전이에요?"

"하하, 그럴지도요. 본가 근처에 정육점이 있었는데요. 어머니가 연로하셔서 튀김을 더 이상 만들지 못하게 되자 아버지는 직접 그 집에 가서 포테이토 프라이를 사 오셨어요. 그것이 어찌나 맛있던지요. 식기 전에 후후 불면서 먹으니 더 맛있더라고요."

"포테이토 프라이."

"프라이드 포테이토가 아닙니다. 우유와 유우가 다른 것처럼."

"아아, 네."

유우를 마실 수는 없는 노릇이니까.

"본가 가는 길에 그 정육점이 있어요. 시골은 웬만하면 풍경이 바뀌지 않죠. 흐릿하게 색이 바랜, 옛날 간판이 아직도 걸려 있죠. 거기 가면 왠지 옛날로 시간이 되돌아간 거 같아 웃음이 납니다. 늘 '아버지한테 포테이토 프라이를 선물로 가져가야지.' 하고 생각하죠. 선물을 하면 도쿄에서 사 가지고 가는 게 당연하잖습니까. 살고 있는 동네의 것을 사 가는 것도 좀 이상하긴 하죠. 그 가게의 포테이토 프라이가 얼마 전에 이 엔이 올라서 지금은 하나에 십이 엔입니다. 그것을 열 개 사죠. 딱 떨어지는 게 좋잖아요."

"네."

"추울 때는 따뜻해서 들고 가기도 좋아요. 집에 도착하기 전에 유혹을 뿌리치지 못하고 기어코 포장을 뜯어 먹고 말죠. 걸으면서 호호 불면서요. 그러면 선물이랍시고 산 것이 집에 도착할 때쯤 되면 다 없어져요. 나중에 정신 차리고는 다시 가서 삽니다."

눈에 선하다.

"도쿄에서는 어떻게 하세요?"

"네?"

"그러니까…… 부인한테나 뭐 직접 튀겨주세요?"

246

한테나 뭐……라니 도대체 무슨 표현? 자신에게 되묻고 싶은 미야코였다.

"아뇨, 저는 독신이라 튀김 같은 건 못합니다. 솜씨가 없어요."

'오호라!'

포테이토 프라이도 언뜻 보면 간단한 것 같지만, 실제로 하려면 준비 과정부터 여간 손이 가는 게 아니다. 미야코는 달뜬 목소리로 말했다.

"어머나, 솜씨가 없으면 판화 같은 걸 어떻게 해요."

평소에는 좀처럼 쓰지 않았던 '어머나'라는 소리가 튀어나왔다.

"음…… 그건 글쎄 뭐랄까, 여자들이 간식 배가 따로 있는 것처럼…… 그냥 덤으로 붙은 솜씨예요, 저는. 감자는 그저 수세미로 박박 닦아서 비닐랩으로 감은 다음 전자레인지에 돌려서 먹죠."

아하, 그렇게 먹을 수도 있구나…… 미야코는 고개를 연신 끄덕이면서 속으로는 다음엔 뭘 주문할까…… 아쿠아비트를 한번 시도해볼까, 암튼 오늘 밤 칵테일은 뭐든 맛이 있네…… 생각했다. 자꾸 입매가 샐샐 벌어졌다.

9장

왕비의 머리장식

1

나가노에 있는 본가가 꿈에 나왔다.

식탁을 둘러싸고 아버지, 어머니, 언니, 미야코가 앉았는데 어떻게 된 일인지 오코조 씨도 끼어 있었다.

그러니까 모두들 코쿠리상*을 하는 모습이었다. 배경은 전체적으로 어두웠는데 스포트라이트가 비추듯 사람들만 환했다.

테이블 위에는 잘 사용하지 않는 큰 접시가 놓여 있다.

---

* 서양의 '테이블 터닝(Table-turning)'에서 기원한 점의 일종으로, 테이블에 얹은 손가락이 저절로 움직이는 현상이 심령 현상이라고 믿는 데서 기원한다. 과학적인 관점에서는 의식에 상관없이 몸이 움직이는 오토마티즘의 일종.

언니와 미야코가 어릴 때 운동회 같은 행사가 있는 날이면 엄마가 유부초밥을 엄청 많이 만들어 큰 접시에 수북이 담았다. 어렸을 때라 실제보다 더 크게 보였을 텐데. 아무튼 기억에 남아 있는 그 엄청난 접시가 눈앞에 떡하니 놓여 있었다.

하지만 접시에 담긴 것은 유부초밥이 아니라 감자였다.

삶았는지 쪘는지 산더미처럼 쌓인 감자에서 하얀 수증기가 폴폴 올라왔다. 현실에서는 불가능할 정도로 높이 쌓여 있었다.

그것을 둘러싸고 가족들이 몸을 좌우로 흔들며 주문처럼 외친다.

"감자, 최고! 감자, 최고!"

보통 식당에 가면 자주 보는 고양이 인형처럼 가볍게 쥔 주먹을 위아래로 리드미컬하게 흔든다. 본인을 포함해 다들 그렇게 하고 있는 장면을, 또 하나의 자신이 감탄하며 지켜보고 있다. '이건 무슨 세리머니 같은 걸……'

그러다 시점이 다시 테이블 앞에 앉은 자신으로 돌아간다. 단순한 동작과 소리의 반복이 재미있고 신났다.

"감자, 최고! 감자, 최고!"

미야코는 계속 몸을 흔들며 외치다가 눈을 떴다.

침대 안이었다. 장마 기간인데 여릿한 아침 해가 창을

통해 들이쳤다.

잠시 멍하니 있다가 마침내,

'이게 대체 무슨 꿈이지?' 했다.

미야코는 그다지 감자를 좋아하는 편이 아니다. 생각해 보면 몸매에 신경을 쓰기 시작한 대학생 무렵부터 별로 먹지 않았다.

감자는 영양가 높고 포만감을 준다. 그런 긍정적인 생각을 하다가도 곧 방향을 틀었다.

살이 찔 거야……

감자는 젊은 여자들의 적이라는 생각이 들었다. 술집에 가도 감자 샐러드나 칩스 종류는 쳐다보지도 않는다.

하지만 어제 들은 오코조 씨의 이야기가 자기도 모르게 가슴 깊이 자리 잡았다.

다행히 오늘은 일곱 시경에 일이 끝났다. 편집자치고는 일찍 회사를 나설 수 있었다. 해가 길어 그때까지도 밖은 컴컴하지 않았다. 그래서 더 기분이 가벼웠다.

지하철역으로 바로 내려가지 않고 아홉 시까지 영업을 하는 슈퍼마켓에 갔다.

'감자고기볶음을 해보자!'

마음을 먹으니 왠지 대단한 새해 결심이라도 한 양 가슴이 부풀었다.

갸름하고 자그마한 감자 대여섯 개들이 한 봉지를 샀다. 옆에는 양파가 있었다.

'어!'

양파는 집에 몇 개 남아 있었던 것 같은데…… 마지막에 사용한 것이 언제인지 모르겠다. 자랑할 말은 아니지만 꽤 오랫동안 집에서 칼자루를 쥐지 않았다. 양파는 딸랑 하나 남았는지도 모른다. 하지만……

'그나마도 싹이 폈을지도.'

초등학교 과학교실도 아니고. 그런 걸 요리에 쓸 수는 없다. 결국 양파도 작은 봉지로 하나 샀다. 그리고 얇게 저민 쇠고기 한 팩.

미야코는 한 손에는 어묵 봉투, 또 다른 손에는 슈퍼 비닐봉투를 들고 집으로 향했다. 지하철 안에서 덜컹거리는 바퀴 소리에 맞춰 살그머니 말해보았다.

"감자볶음 최고! 감자볶음 최고!"

술 한 방울 없이도 충분히 괴짜스러운 미야코다.

2

감자고기볶음에 김 서린 맥주잔이 눈앞에 아른거리는

여름밤이다.

하지만 그 정도로는 성에 차지 않았다. 쌀을 박박 씻어 작은 밥통에 넣고 '쾌속 취사' 버튼을 눌렀다. 냄비는 전자레인지 안에서 또록또록 소릴 내며 돌아간다.

완성되면 맥주와 함께 즐기면 되지만 사람의, 아니 미야코의 욕망이란 것이, 그리 간단히 충족되지는 않는 법. 차갑게 식은 맥주캔의 뚜껑을 잡아당겼다. 요리가 다 되려면 좀 기다려야 하니까 아껴가며 홀짝홀짝 마셨다.

애타게 욕망을 누르며 기다린 결과, 맥주와 함께 먹는 감자고기볶음은 천상의 맛이었다. 가늘고 통통한 고깃살에 양념이 잘 뱄다.

"음 맛있다, 맛있어."

혼자 중얼거리다가……

근데 왠지 뭔가 중요한 것을 놓친 것 같은 느낌이었다.

미야코는 문득 저작을 멈추고 고개를 갸웃거렸다.

다음 날 밤은 미녀 주부, 사나에와 마셨다. 더위와 정면 대결해보겠다 맘을 단단히 먹었기 때문에 일찍부터 달리기 시작했다.

"더울 때 들이켜는 한잔, 최고지."

미야코가 말하자 미모의 주부가 말했다.

"음, 비발디에 좋은데 말이야."

"네?"

"사계절 다 좋다고."

시답잖은 농담이지만 웃음이 났다. 술 덕분이다. 술과 함께하면 동료와의 거리감이 3분의 1로 준다. 애당초 적군에게는 증오감이 배가되지만……

사나에는 이어 말했다.

"그, 그렇지만 더울 때는 좀 위험한 경우도 더러 있지."

그 이야기는 전에도 들었다.

"길바닥에서 뻗어 자버리기 때문에?"

"그것도 그런데, 막 그냥…… 벗고 싶잖아."

"뭐?"

"몸에 걸친 게 다 귀찮아지잖아. 취하면 본능이 이성을 누르니까 결국 벗게 된다고."

"길에서?"

"음, 밖에서는 잘 그러지 않지만 집에 들어가면 곧장."

밖에선 별로 그러지 않는다는 말엔 글쎄…… 전적으로 찬성할 수 없지만, 아무튼……

"집에서 그러는 거야 딱히 뭐라 할 거 없잖아."

미야코도 한여름 아침나절, 가끔 상당히 가벼운 차림새(?)로 침대에서 뒹굴고 있는 자신을 발견하곤 한다.

"그렇긴 한데…… 어디서부터를 자기 집이라 판단했는

지가 문제지."

엥?

"무슨 말이야?"

"얼마 전에 흰색 진바지를 입고 외출했다가 취해서 왔는데…… 어떻게 왔는지 앞뒤 기억이 가물가물……"

"아, 응."

"그런데 집에 다 와서 계단을 오르다가 중간에 굴러 떨어진 거야. 글쎄 뭐 암튼 아팠으니까, 그 순간 김치, 고추, 와사비 같은 걸 먹은 느낌이었지."

"응."

"켄이 보자마자 깜짝 놀란 거지. 누워 있는 나를 보고 '불쌍한 사나에, 다리가 피투성이네.' 하면서 만져주었어."

켄은 사나에의 남편이다. 요모조모 잘 완성된 피조물로 회사에서도 평가가 높다.

"그래서 켄에게 안겨 그 자리는 어떻게 잘 일단락됐는데, 다음 날 아침이 문제."

"왜 또?"

"벗어놓은 바지에 얼룩 하나 없는 거야. 다리는 피투성이인데. 어떻게 그럴 수가 있어?"

미야코의 눈에 개켜놓은 순백의 진바지가 떠오른다.

"그야…… 그렇네."

"추정할 수 있는 것은, 계단 앞에 도착해 예지 능력이 발동한 거야. '이제부터 나는 계단에서 굴러 떨어진다.' 생각하고 바지를 벗고는, 시원한 차림새로 올라가다 떨어져 '좋아, 바지는 무사해.' 하고 집으로 들어갔다 이거지."

"그거 정말 이상하네. 미리 알았다면 바지를 벗는 게 아니라 조심해서 올라갔겠지."

"하지만 운명에는 저항할 수 없는 법이야. 이미 떨어질 것으로 운명 지어져 있으면 아무리 조심해 올라간들 소용없잖아."

"그런가?"

"그렇다니까. 그렇게 받아들이기로 합시당."

미야코는 애원하는 투로 말하는 사나에에게 말했다.

"아니 그런데, 사나에 씨한테 예지 능력이 있었어?"

"아, 그거야…… 평소에는 없는데 술의 힘으로 발현된 게 아닐까?"

미야코는 거기서 맥주를 쭉 들이켜고,

"그런 추정은 좀 무리가 있는데…… 내 생각엔 집에 오는 길에 어딘가에서 바지를 벗어 들고 콧노래를 흥얼거리며 왔다가 결국 그렇게 된 게 아닐까……" 한다.

사나에는 이야기가 끝나기도 전에 손사래를 치며 절규했다.

"아아, 그, 그런 무서운 이야기는 하지도 마."

3

진상은 모른다. 하지만 이미 가루이자와에서 욕실 실종 사건을 일으킨 전력이 있는 사나에다. 그때 미야코는 우연한 사고인지, 유괴인지 헷갈렸다. 상대가 사나에라면 솔직히 모든 가능성을 열어둬야 하지만.

사나에는 고개를 좌우로 흔들며 말했다.

"아무리 그래도 그건 좀……"

미야코는 부러 더 차가운 말투로 놀렸다.

"하지만 술이 들어가면 사람은 자기도 이해하지 못할 일을 하는 법이야. 얼마 전에 정신을 차리고 보니 우리 집 현관 선반에 이상한 것이 얹혀 있더라고. 편의점 봉투에 든, 특대 파스타였어."

"뭐야 그게?"

"나도 멍했지. 나 혼자 사는데 웬 특대 사이즈? 내가 살 리가 없거든."

"철 모른 산타가 왔다 갔다?"

미야코는 어깨를 한번 으쓱해 보인 뒤 말했다.

"산타인지 뭔지 모르겠지만 내가 아니면 필히 다른 누군가겠지. 미스터리한 인물이 우리 집 현관까지 왔다? 혹 도둑놈인가 싶은 게 초조해지더라고."

"도둑이라면 있는 걸 가져가지 두고 가지는 않잖아."

"그럼 반대로 둑도라 할까?"

"그럼 그 둑도의 정체가 자기였다고?"

문맥상 그렇게 된다.

"응, 내 지갑 안에 꼬깃꼬깃한 영수증이 들어 있었어. 그러니 맨 정신이라면 그럴 리 없지만 집에 오는 길에 갑자기 파스타가 먹고 싶었나 보지."

사나에는 고개를 아래위로 깊이 끄덕이더니 말했다.

"술이 많이 들어가면 염분이 땡기는 법이지, 일종의 신체반응이야."

"술도 들어갔겠다, 손이 커져서는 '특대' 사이즈를 샀겠지 뭐. 평소에는 쳐다보지도 않는 것을 선뜻 집어 들게 되잖아. 다음 날 정신 차리고 나서 '말도 안 돼!' 하면서 한숨을 쉬었다니까."

아하하, 하고 웃은 다음 사나에는 "하지만 내 경우는 물적 증거가 없잖아. 당일 날 내가 찍힌 CC카메라가 없는 한 바지 미스터리는 풀리지 않을 거야. 아니 차라리 풀리지 않는 게 나을지도 몰라. 그럼." 하며 일어났다.

"염분 좀 섭취하러 가자. 술자리의 마감은 라면으로 해야지."

미야코도 그 말을 듣고는 라면 모드로 바뀌었다. 두 사람은 단골 라면집으로 향했다.

이 집 메뉴에는 '차코로'라는 게 있다. 돼지고기 속을 넣은 고로케로 인기 메뉴다. 사나에는 이 차코로를 사랑해서 라면를 시킬 때는 꼭 같이 주문한다.

둘은 후루룩 면을 삼키며 이야기를 이었다. 미야코는 한 발 앞서 결혼에 입문한 선배에게 물었다.

"저기…… 연애는 어떤 식으로 하는 걸까?"

사나에는 요란스레 라면을 먹다가 대답했다.

"우후후후후…… 좋은 질문이야. 미야코짱, 연애는 말이야 멍하니 정신 놓고 있다 후둑 빠지는 거야."

"으응?"

"왜 그런 표정을 지어? 그게 바로 연애의 포인트인걸."

"그런 거야?"

"물론이지. 정신 바짝 차리고 있다가는 연애 비슷한 것도 시작 못해. 콩깍지가 씌어야 한다잖아. 콩깍지가 맨 정신에 씌는 건가, 어디?"

"아하하."

듣다 보니 심오한 신의 계시마냥 생각됐다.

"그러니까 미야코짱, 만날 일할 때처럼 정신 차리고 있으면 연애는 점점 멀어져."

"그렇구나……"

그 말은 충분히 납득이 갔다. 돼지고기와 함께 사나에의 말을 곱씹고는 덧붙였다.

"그럼 결혼은?"

"결혼은 말이지, 어쩌다 보니 하는 거야. 연애는 멍 때리다가, 결혼은 어쩌다 보니. 그것이 비결이지."

"허허."

"서른 넘으면 웬만한 일은 몸에 익잖아. 그걸 의식하면 슬슬 두려워지지. 줄기차게 일만 할 수 있는 사람도 있겠지만 어딘가 일 이외에도 나를 즐겁게 할 만한 것이 있었으면 좋겠다는 생각이 든다고. 어느 정도 나이가 되면, 그게 과제가 돼. 제 자신에게 재밋거리를 주는 것이 말이야. 그러니 그걸 위해서라도 일 외의 뭔가가 필요하다고. 그러다 결혼이라는 것을 생각한다면, 너무 몸을 사리지 말고 은근 슬쩍, 저도 모르게 하는 것이 정답이라고 생각해. 그걸 달리 표현하면, 자연스럽게. 물 흐르듯, 때가 되면…… 내추럴하다는 건 좋은 거잖아."

미야코는 아가씨답게,

"불타는 사랑이 아니어도 된단 말씀?" 하고 물었다.

"응. 얼떨결에, 멍 때리고 있다가 팡! 그것으로 오케이!"

하면서 사나에는 고로케를 씹었다.

"하지만 은근슬쩍 그렇게 되려고 해도 계기는 있을 거 같은데. 사나에 씨의 경우 켄 씨를 파트너로 선택한 이유가 뭐야?"

"그건 그 사람이 나를 선택했으니까."

"아아."

"사내란 동물은 적당히 이야기를 들어주고 몇 번 고개를 끄덕여주면 좋아하잖아. 여자들은 남자 맘에 드는 방법 같은 거 솔직히 다 알잖아. 의식하면 얼마든지 가능해 그런 거. 그것이 아주 능한 여자들도 많고. 하지만 만날 때마다 억지로, 의식해서 애쓰는 건 피곤하잖아. 켄은 내가 그런 걸 하지 않아도 되는 남자였어. 그게 중요한 이유야."

사나에는 싱긋 웃더니 말을 이었다.

"우리 신랑이 나한테, '당신한테는 당신이 모르는 좋은 점이 있어.'라고 말해줬어. 그게 뭐냐고 꼬치꼬치 묻지는 않았지. 그냥 그렇게 생각하게 내버려두는 것이 더 내 값어치를 높이는 길이란 것쯤 알거든. 내게 그런 말을 해주는 사람이 있다면 결혼은 자연스레 성사돼."

사나에는 말하면서 절로 기분이 들뜬 것 같다. 젓가락을 든 채 벌떡 일어나 "사장님! 여기 손님들께 고로케 하나씩 돌리세요, 제가 쏠게요." 하고 개선장군처럼 큰소리쳤다.

"그럽시다."

가게 주인은 이미 사나에의 언동에 익숙했다. 그러려니 주문받는 모습도 극히 자연스러웠다.

자연스럽지 않은 것은 그날 어쩌다 그곳에 모인 객들이었다. 뜬금없는 고로케 공습에 멍한 표정들이다.

4

미야코는 튀김을 못한다. 혼자 사는 여자들이라면 대부분 그렇지 않을까.

기름이 튀어 벽이나 천정, 머리카락에까지 묻곤 한다. 나중에 보면 바닥까지 미끌미끌.

일단 튀김이란 튀긴 자리에서 바로 먹어야 맛이 나는 법이라 튀기는 사람, 먹는 사람의 역할이 확실해진다. 그러니 혼자 하기 적합한 작업이 아니다. 함께 하기에도 적합하지 않다. 가족 급, 즉 집단으로 달려들어 돌아가며 착수하는 게 가장 좋은 조리법이다. 그리고 기본적으로 밖에서 먹는 게 맛있다. 아무래도 프로와 아마추어의 차이가 크다.

이런 이유로 미야코의 부엌에 튀김 냄비가 없다.

"엄마." 미야코는 본가에 전화를 걸었다.

"아이고, 오랜만이네."

"이번 주 토요일, 집에 가도 돼?"

미야코는 코맹맹이 소릴 냈다.

"당연히 되지. 근데…… 왜?"

어머니가 약간 당황한 듯하다.

"음…… 저기…… 나 부탁할 게 있는데."

"돈?"

"아니. 엄마가 만든 튀김이 먹고 싶어."

미야코는 토요일 오후에 나가노로 갔다.

"무슨 바람이 든 거야?"

"에이 됐어 됐어. 먹고 싶은데 이유가 어딨어? 갑자기 땡길 수도 있지."

"흠."

미야코는 리듬을 타며 주문을 왰다.

"오뎅, 오뎅."

"요즘 통 해 먹지 않아서 냄비 꺼내는 것도 일이었다."

가스레인지 위에 어릴 적 많이 봤던 튀김 냄비가 놓여 있다. 온도계까지 달려 있다. 옛날엔 접시를 꺼내고 엄마에게 앞치마를 둘러주기도 하면서 도왔다.

미야코는 냄비를 어루만지면서 말했다.

"감자 있지?"

"응, 있는데."

"그게 중요해. 튀김 하면 감자튀김이잖아."

오코조 씨가 좋아한다고 했던 것이 포테이토 프라이다. 엄마는 고개를 잠깐 비끗 틀더니 웃었다.

"아하."

"왜?"

"음…… 아니야 아무것도."

온도계가 없을 때 기름 온도가 적당한지 가늠하는 법이나, 새우 꼬리 다듬는 법 등 이런저런 코치를 받았다.

"기름 튀는 게 무섭다고 재료를 냄비 안에 집어던지면 안 돼."

"예예."

"나머지는 이렇게 조각 튀김으로 만들 수 있어. 이게 또 별미거든."

미야코 덕분에 아버지도 오랜만에 튀김을 맛보게 되었다. 아버지는 괜히 새우를 쿡쿡 찌르면서,

"야, 먹고 싶으면 사다 해 먹지 왜 자꾸 들락거리면서 집밥을 축내!"

하고 면박을 준다. 하지만 미야코는 한 귀로 흘리며 지금 저런 소리에 신경 쓸 때가 아니라고 생각했다.

하룻밤 자고, 다음 날은 쾌청하게 맑은 날이었다. 푸른 하늘, 흰 구름 아래 미야코는 큰 종이봉투를 들고 본가를 나섰다.

봉투 안에는 물론, 엄마에게서 가로챈 튀김 냄비가 들어 있었다.

5

집에 온 미야코는 다음 주 일요일에 절호의 기회다 싶어 포테이토 프라이에 도전했다.

튀길 때 탁탁 튀겠지 싶어 '오호라! 앞치마가 필요하다.' 하고 미야코는 생각했다.

4, 5년 전 지유가오카의 세련된 잡화점에서 산 앞치마가 있다.

친구와 유명 케이크 집에 갔다가 그 일대를 구경했다. 헌데 한 쇼윈도에서 감각적인 수입품들이 '저 좀 보고 가세요. 어서 들어오세요.' 하고 부르는 소리가 들렸다.

들어가보니 가게 안에 포도와 꽃무늬가 프린트된 앞치마가 눈에 띄었다. 컬러도 느낌이 좋고 너무 요란하지도 않은 것이 귀여웠다. 한가하고 여유 있는 그날 기분에 딱 들어맞는 쇼핑 아이템이었다.

이것도 다 인연이다.

이런 건 발견했을 때 사두지 않으면 두고두고 후회한다, 계속 눈에 밟힐 것이다, 라는 식으로 자기 합리화를 하다 결국 정신을 차리고 보니 계산대 앞이었다. 지유가오카에서 케이크를 먹은 후였다. 지름신이 내릴 수밖에 없는 장소와 기분이었다.

'그런 걸 쓸 데가 있겠냐!'는 천상의 소리도 저 멀리서 어렴풋 들리긴 들렸다. 하지만 한 치 앞 무슨 일이 벌어질지 모르는 인생, 일단 지르고 보자는 심정이었다.

이후 그 앞치마는 긴 동면에 들어갔다.

'너무 오래 자는 것도 몸에 안 좋아.'

하며 미야코는 문제의 앞치마를 꺼내 몸에 둘렀다. 그 김에 긴 대젓가락도 앞주머니에 찔러 넣고 거울 앞에 서보았다. 주부의 포즈를 몇 가지 취해보기도 했다.

한동안 혼자 그러고 놀다 정신을 차렸다.

'아는 사람들에게는 도저히 보일 수가 없어. 사진이라도 찍혔다간 당장에 협박용으로 쓰일 거야.' 하는 생각에 얼른 부엌으로 들어갔다.

포테이토 프라이는 얼추 만들어졌다. 엄마는 본격적으로 튀기기 앞서 애벌로 데쳐두었지만, 요즘 그 정도는 전자레인지 한 바퀴면 오케이다. 미야코는 완성된, 환한 금색의 감자에 소금을 살살 뿌리고 버무린 다음 먹어보았다.

'음, 처음 튀긴 거라 맛이 이런가?' 하고 미야코는 생각했지만 튀김은 방금 튀겨 나온 것이 가장 맛있다. '수제'라는 말만 듣고 부러 식은 것을 가져가는 사람은 없다. 그 정도는 안다.

그가 좋아한다고 한 음식을 만들어 먹어보고 싶었고, 그것은 꼭 해낼 일이었다.

그러니까 미야코는 멍하니 자기도 모르게, 사랑 비슷한 것에 빠졌는지도 모르겠다.

오코조 씨에게 전화가 온 것은 그로부터 몇 주일 후, 절로 혓바닥이 축 늘어지는 더위가 시작되고 나서였다.

금요일, 저녁에서 밤으로 이어지는 시간. 한산해지기 시작했을 즈음 편집부 전화가 띠링띠링 울렸다.

"오코조라고 합니다만 코사카이 씨 계십니까?"

귀에 또렷이 흘러든 목소리.

"전데요."

"아아, 지난번에 감사했습니다."

인사를 한 후 오코조는 판화가 완성됐다고 했다.

"완성품 몇 가지를 우선 보여달라고 하셨죠? 일단 열다섯 장 정도 만들어봤는데……"

미야코의 목소리가 붕 떴다.

"아, 감사합니다."

"한번 봐주셨으면 좋겠는데…… 그런데 내일부터 주말이라서……"

삽화는 이쪽에서 의뢰한 것. 프로 편집인으로서 토요일 일요일을 가릴 때가 아니다.

"아니요, 상관없습니다. 선생님만 괜찮으시다면 내일이라도……"

"토요일은 야마나카 쪽에 가서 하루 묵을 예정입니다."

"아아……"

미야코의 목소리가 푹 가라앉았다. 물론 직접 작품을 만든 오코조 역시 빨리 보여주고 싶은 맘이다.

"그럼 일요일 저녁은 괜찮으실까요?" 하고 오코조가 물었다.

"네! 물론이죠."

보여주고 싶고, 보고 싶은 마음이 통해 일정은 간단히 잡혔다.

미야코는 진작 생각해두었던, 소박한 동네의 지하철역을 가르쳐주었다. 그 개찰구에서 모레 저녁 다섯 시 반에 만나기로 했다.

작업에 대한 사례로 한잔 대접하려면 약속은 밤으로 잡

는 것이 좋다. 그런데 오코조는 네온이 화려한 집보다 구수한 냄새 나는 서민적인 집을 좋아하는 눈치다. 킨미야 소주*에 해초류 안주 정도가 좋을 것이다.

적당히 서민적인 분위기를 풍기는 동네의 한 술집이 영화의 한 장면처럼 눈앞에 떠올랐다. 미야코는 향까지 음미할 수 있었다.

"음, 좋아 좋아." 하며 지레 입맛을 다신다.

작품 검토도 중요하지만 미래의 일까지 빈틈없이 챙기는 우수한 편집자, 코사카이 미야코다. 인정머리 없는 사람들은 그것을 그저, 술꾼의 잔머리라고 할지 몰라도……

6

일요일 오후.

며칠 전 장롱 속에서 잠자던 앞치마를 깨운 미야코였는데 이날은 문득 다른 것도 깨워보고 싶었다.

2년 전에 아오야마의 수입 잡화점 앞을 지날 때 또 '지름신'이 내려 사버린 속옷 세트가 있다. 아주 고전적인 분위

---

* 그리 독하지 않고 연한 맛의 소주.

기의 속옷이다.

소재는 고급 면. 수수한 크림색 바탕에 네이비와 자주색이 섞인 자잘한 꽃무늬가 가득 수놓인 디자인이다.

얼핏 보면 수수하지만 자세히 보면 공을 많이 들였다는 것을 알 수 있다. 이 정도로 섬세하게 만들기는 쉬운 일이 아니다.

어깨 끈에는 녹색 덩굴이 수놓여 있는데 마치 어릴 때 읽은 동화 속 삽화에서처럼 길게 뻗어 있다. 그리고 누가 프랑스제 아니랄까 봐 섬세한 레이스가 고급스럽게 가장자리를 두르고 있다.

어쩌다 그때 가지고 있던 돈과 가격이 딱 들어맞았고, 이런 속옷 세트가 하나쯤은 있어도 좋겠다는 생각이 겹쳐 사버린 것이다.

남에게 보여주겠다는 구체적인 야심도 없었고 실제로 그럴 기회도 없었다. 허나, 그렇다고 고액 상품을 계속 장롱 속에서 재워두는 것도 못할 짓이다. 아까운 일 아닌가.

외출 직전에 미야코는 '좋아, 오늘 승부를 내는 거야!' 하는 굳은 결심 같은 것도 없이 그것을 입었다.

"뭘 어떻게 해보겠다는 건 아니야……"

미야코는 거울 속의 자신에게 변명처럼 주절거리곤 캐주얼한 겉옷을 걸쳤다.

연회색 양말에 베이지색 면바지. 초록색과 흰색이 섞인 티셔츠를 입고 네이비색 마 재킷을 걸쳤다.

주말 만남이니 캐주얼하게 입는 것이 당연한 코디였다.

이런 속옷과 겉옷의 불일치는 비밀스럽고 짐작하기 어려운 여심이 아닐까.

세 번째 만나는 오코조는 작품을 끼운 합판 같은 것을 들고 개찰구 앞에 모습을 드러냈다.

선선한 표정이었다.

역에서 나오자 저녁이라고는 해도 꽤 더웠다. 이마가 땀으로 촉촉했다. 미야코는 재킷을 벗어 손에 들었다. 둘은 우선 조용한 찻집으로 들어가 완성된 작품을 보았다.

미야코보다 나이가 많기는 해도 오코조는 작품을 심사받는 입장이다. 하지만 이상하게도 긴장감은 전혀 느껴지지 않았다.

자기 밭에서 키운 채소를 누군가에게 나누어주며 흐뭇해서 안달이 난 눈빛이었다.

미야코는 트레이싱 페이퍼 위에 놓인 작품을 한 장 한 장 보았다. 아직 삽화에 붙일 문장은 완성되지 않았다. 그런 만큼 오코조의 세계가 더 자유롭게 펼쳐져 있었다.

눈썹 달린 고양이와 알록달록 채색된 동물들이 작은 창에서 얼굴을 내밀고 있거나 지붕 위에 나란히 걸터앉아 있기도 하고, 시소를 타거나 촛불 앞에서 명상을 하는 등 실로 다양한 모습으로 표현되었다. 한 장 한 장 작품을 넘기는 동안 미야코의 가슴도 롤러코스터를 탔다.

꼼꼼히 훑어보고 나서 미야코는 오코조에게 참으로 고마운 마음이 들었다.

"정말 감사합니다. 잘 봤어요."

"어때요? 괜찮습니까?"

"네. 제 예상대로랄까. 상상 이상으로 멋진 책이 나올 것 같아요. 지금까지 우리 출판사에서는 없었던 작품이 될 거예요."

"아 다행이네요. 한시름 놨어요."

미야코도 싱긋 웃으며 말했다.

"에이, 전혀 걱정하신 것 같지 않은데요."

"아니에요, 막 두근거립니다. 미야코 씨가 인상을 쓰면서 '이번 건은 없던 일로 합시다.'라고 하면 어쩌나……"

"제가 무슨 도깨비예요?"

하면서 미야코가 고개를 흔들었다.

오코조는 일단 작품을 받아 들고 두툼한 비닐봉투에 넣은 다음 다시 큰 종이봉투에 넣어 건넸다.

미야코는 그것을 받고 말했다.

"말씀드린 대로 작품 순서는 저희가 글에 맞춰 고르겠습니다. 작품이 다 되면 또 부탁드릴게요."

"알겠습니다."

미야코는 거기서 "여기서 조금 걸어가면 좋은 데가 있어요." 하고 말을 꺼냈다.

7

아직 일곱 시도 안 됐는데 벌써 가게 앞에 사람들이 진을 치고 있었다. 소문이 자자한 가게인 것이다. 하지만 사람들도 여유 있게 기다리는 시간을 즐기는 듯 한가로운 분위기였다.

가볍게 한잔하고 나가는 단골도 많은 듯했다. 자리 회전이 빨랐다. 요정 같은 곳과는 전혀 다른 분위기. 그것이 이런 수수한 동네의 장점이다. 별로 오래 기다리지 않고 입장할 수 있었다. 가게에는 일요일이지만 어딘가에서 이미 전작을 한 듯 보이는 사람, 놀러 갔다 돌아가는 길인 부부, 근처에 사는 아저씨, 젊은 여자들이 있었다. 혼자 자작하는 사람도 있는 반면 아는 이와 화기애애하게 담소하는 사람들이 많았다. 모두들 여유롭게 시간을 즐기며 안주를 집고 술잔을 기울였다.

미야코는 카운터가 아니라 약간 벽 쪽에 가까운 테이블을 잡았다. 중요한 물건도 있으니 그런 곳이 적당했다. 빠릿빠릿해 보이는 젊은 오빠가 주문을 받으러 왔다. 날이 더우니 역시 첫 잔은 생맥주로.

높은 선반에 TV가 놓여 있고 그 밑으로 벽에 메모지들이 죽 붙어 있다.

"두부고기조림 2인분요."

이것이 이 집의 명물이다. 거기에 미야코는 오믈렛을 오코조는 야마가케*를 주문하고 다음 메뉴는 마셔가면서 추가하기로 했다.

"그럼." 하고 건배했다. 술잔을 부딪친 다음 들이켜는 맥주의 첫 모금은 말이 필요없다.

"판화는 한 번 만들어놓으면 작품이 자꾸 자꾸 많아지게 되죠? 그런 거 관리하기도……"

하면서 평소에 가졌던 질문을 하나둘 하면서 미야코는 열심히 잔을 거듭했다. 센스 있게 간장을 집어 오코조가 시킨 야마가케에 살살 뿌리다가……

?

뭔가 불길했다. 미야코는 "아, 죄송해요." 하고 병을 놓

---

* 참치회 위에 소스를 얹어 먹는 반찬 및 안주.

왔다. 걱정한 대로였다.

"왜 그러세요?"

"아, 아니, 죄송해요. 이거 소스였네요."

"아아 괜찮아요. 신경 쓰지 마세요."

미야코는 아무래도 맘이 안 놓여 야마카케를 하나 더 주
문했다. 메뉴에는 돈가스와 고로케도 있다. 그러니 테이블
한 켠에 당연히 소스가 있었던 것이다. 자세히 보니 세토
지방에서 만든 간장 스푼이 눈에 띄었다. 깜빡하고 못 본
것이다.

"이건 그냥 제가 먹을게요."

"아니에요, 괜찮아요."

"아뇨. 새로운 맛을 발견할 수도 있어요. 생선회에 마요
네즈가 절묘하게 들어맞더라는 말도 들어봤어요."

오코조는 돈가스 소스를 뿌린 야마카케를 먹어보았다.

후덜덜…… 말이 제대로 나오지 않았다. 역시 야마카케
에 돈가스 소스는 아니었다. 적어도 일본에서 나고 자란 사
람 입맛에는 전혀 맞지 않았다. 속이 다 불편했다. 음식 궁
합이란 말이 괜히 있는 게 아니었다.

아, 잠깐, 감자는?

미야코가 벽에 붙은 메모지를 보니 감자튀김이라고 쓴
것이 있다.

"감자튀김 먹어봐요!"

오코조는 싱긋 웃는다. 주문을 하고 나서 말한다.

"저희 아버지가 감자를 좋아하셨다고 했잖아요."

"네."

"그래서 그런지 우리 집 카레에는 감자가 잔뜩 들어갔죠. 엄마가 넣고 또 넣었거든요. 어릴 때는 뭐든 자기 집이 기준이 되잖아요. 그래서 카레는 다 그런 줄 알았어요. 나이 먹고 밖에서 한두 번 먹어보니 그렇지 않다는 걸 알았죠. 하지만 머리로 알았을 때는 이미 늦어요. 입맛, 혀의 기억은 머리로 이해하고, 생각하는 게 아니니까요. 암튼 그래서 어릴 때부터 제 혀는 감자에 도통하게 된 거죠."

그즈음 술의 종류가 바뀌었다. 순하고 목 넘김이 좋은 킨미야 소주다. 맑은 물색 병에 금빛 문양이 있고, 가운데 '미야(宮)'라는 글자가 하나 찍혀 있다. 그 소주병이 선반에 죽 일렬로 도열해 있다.

띠는 물색이지만 소주의 색은 진짜 '물', 다시 말해서 무색투명하다. 희석해 먹는 매실 엑기스를 "좋아요, 좋아요." 하며 양껏 받는다. 미야코도 입과 몸에 잘 맞아 쭉쭉 들이켠다.

'난 매실이고 오코조 씨는 킨미야 소주 같아.'

미야코는 엉뚱한 생각이 다 들었다.

기대 이상의 작품을 한꺼번에 받았지, 요리는 시키는 것마다 전부 싸면서도 맛있지, 술은 술술 잘 넘어가지…… 미야코는 천국에 온 기분이었다.

오코조 씨의 웃는 얼굴을 보니 뭐든 다 잘 받아줄 것 같아 미야코의 혀는 촛농 위에 기름을 떨군 양 매끈하게, 거침없이 굴렀다.

이쪽의 일 이야기도 하고, 저쪽의 일 이야기도 들었다. 그러던 차에 미야코는 전혀 할 생각 없던, '튀김 연습' 이야기까지 해버리고 말았다. 아니, 그런 것 같다.

'아아, 이거 점점 방어벽이 낮아지고 있다……'

미야코는 일말의 남은 이성으로 옐로카드를 꺼냈다.

그때 즈음 미야코의 기억 위로 철모르는 안개가 뿌옇게 덮쳐든다.

8

안개 속의 미야코(都)라 하면 운치 있는 런던 시가지의 장면이 떠오를까? 하지만 이것은 오리무중의 여성 편집자 미야코 이야기다.

미야코는 아침 새소리를 듣고 깼다. 자기 방 안이다. 월요일.

일어나야 한다는 생각에 인상을 쓰는 찰나 번뜩했다.

'판화!'

부리나케 일어났다. 넓지도 않은 방 곳곳을 살펴보았다.

'잃어버렸을 리가 없어.'

안개 속 틈바구니로 오코조 씨의 얼굴이 떠올랐다.

'음…… 분명 문 앞까지 데려다주었어.'

취한 미야코가 걱정이 되어 오코조가 데려다준 건지, 아니면 미야코가 오코조를 유혹한 건지.

'튀김 연습'을 했다는 말까지 했다, 켕기는 기분에 어차피 술도 취했겠다, 집으로 감자튀김 '먹으러 가자'고 외친 건 아닌지…… 만약 그렇게까지 했다면 두 번 다시 얼굴을 볼 수 없다.

비틀비틀 일어나 맨발로 걸어 나갔다. 꽤 마셨는데 신기하게 숙취는 그리 심하지 않았다.

현관 앞, 언젠가 특대 파스타가 놓였던 선반을 본다. 외출했다 들어오면 핸드백 같은, 들고 있던 뭔가를 현관 근처 선반에 두는 것이 습관이다. 그러고 나면 집에 왔다는 기분으로 모든 것에서 해방된다.

'아, 여기 있다!'

판화 봉투가 있다. 안심하는 한편,

여기서 오코조 씨하고 무슨 말을 주고받았는데…… 하고 생각했다.

뿌옇게 연무가 덮인 기억이 또 한 번 되살아났다. 대화를 나눈 것이 아니다. 뭔가를 오코조 씨에게 마구 밀어붙친 것 같다. 술김에 마구 들떠서.

포테이토 프라이 먹어봐요, 먹어보라구요 하면서?

설마 아니야, 아무리 술에 취했다고 그런 짓을 할 리가 없어.

그때 미야코는 발바닥에 와 닿는, 한여름 바닥의 감촉이 느껴졌다. 상쾌하다.

문득 무라코시 사나에의 순진한 얼굴이 떠올랐다.

"더울 때는 훌훌 벗고 싶잖아."

그제야 미야코는 자기 모습을 보게 되었다. 상당히라기보다 상식을 뛰어넘는 수준으로 홀가분했다.

"아아."

괴담은 역시 여름에 어울린다. 미야코는 비명도 못 지르고 그만 얼어붙었다.

9

위쪽 속옷은 입고 있다. 말하자면 가슴은 가리고 있었다. 헌데 그 외에는 아무것도…… 휑하다.

미야코는 옆구리부터 해서 허리둘레를 아무 생각 없이 어루만졌다. 그래봤자 새삼스레 천 쪼가리가 와 덮이는 것도 아니지만. 소원을 빌어봤자.

어젯밤은 필름이 끊길 때까지 마셨다. 눈을 떴을 때 불쾌하진 않았다. 그때까지도 기분은 삼삼했다. 하지만 구름 위에 뜬 기분은 한순간 깨져버렸다. 눈앞이 캄캄한 게 아니라, 또렷해졌다.

말도 안 돼, 라는 말이 떠올랐다.

미야코는 한 발짝 또 한 발짝 뒷걸음질 쳐서 거울 앞으로 갔다.

이거 전라보다 더 야하다…… 아니, 더 추하다……

집에서는 혼사나. 평소 같으면 킥킥거리며 모델처럼 서서 포즈를 잡아보았을 것이다. 하지만 지금은 눈꼽만큼도 그럴 기분이 아니었다.

술에 취하면 몸을 옥죄고 있는 모든 것이 귀찮아진다. 게다가 밖은 더웠다. 평소라면 자기 전에 홀딱 벗고 해방된다. 그래도, 된다. 그러나 어제는 오코조 씨가 문 앞까지 데려다주었다.

'난 대체…… 어느 순간 옷을 벗은 거야?'

미야코는 자문하다 허허허 소리를 내며 힘없이 웃었다. 자기가 생각해도 너무 멍청한 질문이었다. 오코조 씨가 돌아가는 것을 배웅하고 문을 닫은 다음 긴장의 끈을 놓은 것이다. "해방!"이라고 뇌가 명령을 내렸다. "오케이!"하고 손발이 움직이며 재킷을 벗었다.

당연히 그런 순서에 따랐을 것이다. 뻔하다. 그 증거로 복도 바닥에 마 재킷이 떨어져 있지 않은가. 미야코는 침대로 걸어가면서 면바지, 티셔츠를 하나하나 주웠다. 그리고 찬찬히 갰다. 그런데 불현 불길한 예감이 들었다. 사나에의 취중무용담을 너무 많이 들은 탓이리라.

세탁기 옆에 있는 바구니를 흘낏 보니 옅은 회색 양말이 보였다. 그런데, 가장 나중에 벗는 그 한 장이 없다.

생각할 수 있는 곳은 한 곳밖에 없다. 화장실! 화장실 문을 열고 좁은 공간을 휘둘러보았다. 충분히 그것이 있을 만한 곳이다. 그러나 거기에도 손바닥만 한 그것은 없었다.

'샤워도 하지 않았구나. 옷을 벗자마자 침대에 널브러진 거야.'

마지막 희망은 욕조다. 살펴보았지만 자잘한 제비꽃 자수가 놓인 사랑스러운 그것은 보이지 않았다.

반드시 있어야 할 것이 보이지 않는 경우…… 그건 그리 드문 일이 아니다. 일상 중의 숨바꼭질 같은 것이다.

문득 생각나 찾으면 보이지 않는 CD, 책도 마찬가지다. 메모도 그렇다. 다른 이에게 받은 편지도 그렇고. 그런 것들은 꼭 필요할 때 감쪽같이 사라져 보이지 않는다. 그럴 수는 있다.

하지만 늘 보이던 물건이 보이지 않으면 신경 쓰인다. 초조해진다. 찾는다. 허나 다시 발견해도 당연히 있어야 할 곳에 돌아온 것일 뿐. 그래서 더 화가 난다.

"무얼 찾으십니까?"

문득 어디선가 들어본 경쾌한 목소리가 귓가에 메아리친다. 성실한 직업인의 목소리가 무슨 죄. 하지만 이번엔 누군가가 멀리서 내려다보며 자기를 놀리는 소리 같았다.

화를 꾹꾹 누르며 현관으로 가서 다시 한 번 지난밤 동선을 따라 움직여보았다.

무릎을 꿇고 침대 주변을 찬찬히 살핀다. 침대 밑에 얼굴을 가까이 들이대니 자잘한 먼지가 눈에 들어와 청소를 해야겠다고 생각한다. 하지만 지금 그게 문제가 아니다.

손을 뻗어 바닥을 훑고 있는 모습이 자기가 생각해도 비참하기 이를 데 없다. 초조하다. '신이시여, 제발 저 좀 살려주세요.' 기도문이 절로 나온다.

하지만 없다. 아무리 찾아도 없다.

10

이런, 말도 안 돼!

어제까지 존재했던, 그리고 지금도 어딘가에 존재할, 한 가지가 '이 집 안'에 없다. 그렇다면 그건 집 밖에 존재하는 것이 된다.

미야코는 집중했다.

"아니…… 말도 안 돼……"

두 개의 가능성에서 하나를 빼면 나머지는 하나. 실로 단순한 계산이다.

그러나 납득하기 어렵다. 오코조 씨가 현관 앞까지 데려다주었다. 그런데 집 안에 들어서기 전에 옷을 벗는 일이 말이 돼……?

그때 밖에서 새소리와 더불어 아침의 소리들이 들려왔다. 창밖은 눈을 떴을 때보다 한층 밝아져 있었다. 집 앞은 통학로라 이 시간엔 초등학생들이 등교한다. 건강한 아침 소음이 울린다. 사내아이들의 목소리가 여기저기서 울려 퍼졌다. 그러다 어떤 아이의 목소리가 들렸다.

"어, 이거 뭐야!"

미야코는 흠칫했다. 후다닥 창가로 뛰어가 창문을 조금 열어보았다.

노란색 교복 모자가 개나리 꽃밭처럼 모여 있는 것이 보였다. 미야코는 위에 있기 때문에 각도상 그들의 발치까지는 보이지 않았다.

하지만 짐작컨대 길에 떨어진 뭔가를 둘러싸고 수군대고 있는 것이다.

"야! 너희들 그만둬!"

여자아이의 앙칼진 목소리가 들렸다. 하지만 우직한 바보들에게는 역효과다. 더 부추기는 결과를 초래하고 말았다. 남자아이들은 더더욱 몰려들어 떠들면서 그 '뭔가'를 툭툭 발로 건드렸다. 오후에 비가 온다고 했는지 우산들을 들고 있다. 우산 끝으로 그것을 쿡쿡 찌르는 애도 있다.

사냥감을 에워싼 맹수의 무리 같았다.

"징그러워."

하지만 목소리는 신나고 달떴다.

보기에 따라서는 한가롭고 소소한 동네 풍경이다. 하지만 미야코의 눈에는 그런 파스텔 빛 그림이 아니었다.

"와아아아."

미야코는 막 개킨 셔츠를 펼쳐 입고 면바지에 다리를 끼우자마자 밖으로 튀어나갔다. 이런 종류의 경기가 있다면 마을대표로 뽑히지 않을까 싶은 속도로.

정색을 하고 달려든 미야코를 보고 남자아이들은 움직임을 멈췄다. 그제야 자기들이 아침부터 시끄럽게 떠들었구나 했던 거다.

"야, 가자."

늘 같이 몰려다니는 무리인지 개중 짱인 듯 보이는 여자아이가 앞서 걸어 나갔다. 남자아이들도 얌전히 뒤따랐다.

바닥에 떨어져 있던 것은 누군가 버리고 간 스포츠신문이었다. 남자아이가 펼쳐봤음 직한 수영복 차림의 모델 사진이 큼지막하게 실려 있다.

미야코는 온몸에 힘이 풀리면서 축 늘어졌다.

'하필이면 이럴 때 이런 걸 버리고 가……'

모르긴 해도 한밤중에 이 길을 지나간 술주정뱅이였을 것이다. 미야코는 있는 대로 술주정뱅이에게 화가 났다. 하지만 그 자리에서 두 주먹을 불끈 쥐고 격노하는 것도 웃긴 노릇이다. 근처 사람들 눈도 있다. 미야코는 공중도덕에 민감한 여자인 척 신문을 주워 꽉 구겨 쥐었다.

길바닥에 다시 던져버릴 수도 없어서 미야코는 신문을 움켜쥔 채 집으로 왔다. 생각지도 않은 쓰레기만 늘어났다. 속상한 것은 여기저기 들춰보았으나 아무 소득이 없었다는 것. 하지만 찾아야 한다는 생각이 머릿속을 떠나지 않으니 그만둘 수도 없다. 없다는 걸 알면서도 같은 장소를 몇 번이고 살펴본다. 그런 쓸데없는 짓에 한 시간가량을 허비했다.

수확 없이 시간만 흘렀다. 초조하게 우왕좌왕하는 동안 여자로서 신경이 쓰일 만한 불안이 고개를 쳐들었다.

'아무리 술을 많이 마셨어도 그렇지 그런 일이 있었으면 기억이 날 거야.'

최후의 속옷이 보이지 않는다는, 심각한 사실 때문에 미야코는 평소의 정신상태가 아니었다.

회사 도착하기 한 정거장 전에 여성 클리닉이 있다.

잡지를 고를 때도 쉽고 가벼운 타이틀을 먼저 집는 것처럼 산부인과보다 이쪽이 문지방을 넘기 쉽다. 전에도 이곳에서 검사와 상담을 받은 적이 있다. 진료시간은 아홉 시부터다.

잡지 편집자는 늘 일이 늦게 끝난다. 아침에 퇴근하는 경우도 드물지 않다. 그런 만큼 다음 출근은 좀 느지막이 해도 뭐라 하지 않는다.

'중요한 일이야. 확실히 해두어서 나쁠 것 없어.'

아침 일찍 가보기로 했다.

그런데 막상 상담을 받으려니 애매하기 그지없다. "만약 무슨 일이 있었다고 치면, 그 결과 무슨 일이라고 할 만한 일이 생길까요?" 미야코는 돌리고 돌려 질문했다. 하지만 의사는 그런 질문에 익숙한지 무표정, 무감정으로 일축했다. "지금 단계에서 임신 여부는 알 수 없습니다."

그것도 맞는 이야기지. 기억도 못하면서 그런 질문을 하는 자신이 말도 안 된다고 생각했다. 미야코는 고개를 푹 떨군 채 출근했다.

엘리베이터를 타고 과거의 문언니, 서적부의 세토구치 마리에에게 갔다. 불쑥 이렇게 물었다.

"저…… 아라레모 나이*라는 표현 있잖아요."

"있지."

"그때 그 '아라레'란 뭘 말하는 거죠?"

"아, 좋은 질문이야."

안경 뒤에서 두 눈을 반짝이며 마리에가 대답했다.

"눈은 원래 포근하고 운치가 있잖아. 그런데 싸라기(아라레)가 되면 지붕에 얹힐 때도 시끄럽고, 몸에 맞아도 아프

---

* あられもない. 직역하면 '싸라기도 없다'는 뜻으로, 일반적으로 '말도 안 된다'는 의미로 쓰이는 말.

다고. 싸라기는 겨울의 눈이 아니야. 그런데 그 싸라기마저 오지 않는다는 건 최소한의 상황도 되지 못하는, 아주 좋지 못한 상황, 받아들이기 힘든 상황이란 의미지. 그래서 '말도 안 된다'고 하는 거예요."

"아, 정말요?"

마리에는 말짱한 얼굴을 하고 "물론, 거짓말이지." 했다.

"네에?"

"내가 알지도 못하면서 자꾸 헛소리하는 사람으로 보이면 좀 그러니까 이쯤에서 정답을 얘기하지. '아라레누'라고 해. '아루 고또가 데키나이'* 비슷한 표현이지. 여자의 '있을 수 없는 모습'이라고 하면 여자로서 보여서는 안 될, 해서는 안 될, 말도 안 되는 모습을 말하는 거야."

"아이고."

"왜 그래?"

"아뇨…… 그냥."

그 뒤로 미야코는 이런저런 생각으로 복잡했다. 문제의 그것이 실내에서 실외로 이동했다고 치자. 그 손바닥만 한 그것이 발이 달려서 걸어 나가지는 않았을 터. 그렇다면 누군가 가지고 나갔다는 소리밖에 안 된다. 어제 미야코의 집

---

* ある事が出來ない, '있을 수가 없다'는 뜻.

문 앞을 다녀간 사람은 단 한 명밖에 없다.

"오코조 씨?"

그게 말이 되나? 하지만 명탐정이 차근차근 추리해나가다가 마지막에 남는 사람은, 아무리 의외라 하더라도 범인이다.

"하지만 그런 걸……"

가지고 갈 리 만무하지 않나. 거기서 미야코는 다시 생각을 앞으로 돌렸다. 어젯밤 본인이 오코조 씨에게 뭔가를 밀어 부쳤다. 술기운에 기분이 좋아 그런 기억이 난다.

'설마, 설마 내가……'

미야코는 기억의 문틈을 벌리려 애썼다. 그러나 기억의 저장소는 '뭔가를 건넸다'는 그 감칠맛 나는 한 점만을 보이고 굳게 문을 닫았다. 난공불락…… 공중에 거꾸로 매달린 듯한, 이런 기분으로는 가만히 있을 수가 없었다. 일도 손에 잡히지 않는다.

오후가 되었다. 맑았던 하늘에 먹구름이 끼기 시작했다.

미야코는 굳게 결심하고 오코조의 사무실로 전화를 걸었다.

12

오코조의 목소리는 밝았다.

"아, 안녕하세요, 어제는 신세 많이 졌습니다."

"아…… 아뇨, 신세야 제가 졌지요."

망신스럽기 그지없지만, 말이야 바른 말로……

아파트까지 데려다주었을 때도 그 지경이었으면 자기 판화가 온전할지, 어디다 떨어트리진 않았을지 걱정했을 것이다. 생각해보면 분위기가 너무 좋아서 미야코가 도를 넘어버린 것이다.

어쨌거나 이 중대 현안에 대해 어떻게 이야기를 꺼내야 좋을지.

"그런데…… 저…… 확인하고 싶은 게 있어서……"

"네?"

"저…… 어젯밤 말인데요…… 헤어질 때…… 저희 집 문 앞에서, 제가…… 저기…… 뭔가 건네던가요?"

오코조는 곧장 대답했다.

"아, 네. 잘 받았습니다."

으허헉. 속에선 비명이 일었다. 허나 입 밖으로 나온 소리는 떨리다 못해 바스러졌다.

"어, 어쩌다…… 그런……?"

"아니, 마지막으로 갔던 술집에서, 제 일 이야기를 했잖아요."

"네…… 네에."

"이번 작업은 판타지 삽화예요. 코사카이 씨의 일도 아닌데 열심히 들어주시고…… 음…… 여러 가지 조언도 해주셨잖습니까. 저로서는 절대 생각 못했을 것도 말씀해주시고."

"네에, 그래요?"

남자로서는 모를 일을, 내가 술기운에 주절댔단 말인가?

"저야 감사했죠. 그러다 '아무래도 거기 딱 맞는 자료가 없다'고 했더니 '우리 집까지 오면 빌려주겠다'고 하셨잖아요."

"네?"

"그래서 저는 염치 불구하고……"

아이디어 은인이 속옷 차림의 AV 배우로 변한단 말인가? 그럼 오코조가 그걸 다 보았다고? 염치가 없어도 너무 없는 것 아닌가. 오코조는 남의 속도 모르고 말을 이었다.

"아, 도움이 많이 됐습니다. 상상만으로는 알 수 없는 일도 있으니까요. 역시 그쪽 세계를 보지 않으면 모르는 거네요. 무엇보다 색이 좋았어요. 발색이 다르더군요."

미야코도 마음에 들었던 자잘한 제비꽃 자수, 그 신선하면서도 세련된 색 배합이 눈에 아른거렸다.

"꼬, 꽃의……?"

"네? 아아, 예쁘더라고요."

아아. 전혀 기쁘지 않다.

"다…… 다른 사람한테…… 보여주지는…… 않았겠죠?"

"네? 아니, 선뜻 빌려줘도 된다고 하셨는데요. 사무실 동료들한테도 지금 보여주고 있는 중입니다."

미야코는 허리를 곧추세우고 절규했다.

"아, 안 돼! 하지 마!"

오코조는 어벙벙한 목소리로 한마디 했다.

"네?"

"돌려주세요."

"급한 겁니까?"

"그럼요!"

"그럼 지금 제가 똑같이 하나 떠놓겠습니다."

"아, 안 돼! 하지 마세요."

틀면 나오는 수돗물처럼 오코조의 말을 듣자마자 미야코의 절규가 쏟아졌다. 도무지 믿을 수가 없다.

"필요한 것까지만."

"안 된다구요."

미야코는 전화를 끊자마자 회사 일정표에 아오야마 사

무실이라 적고 뛰어나갔다. 지하철 오모테산도 역은 지하 깊숙이 위치한다. 좀 떨어진 곳에 엘리베이터와 에스컬레이터가 있지만 거기까지 갈 정신도 없었다. 두 발로 무작정 달렸다. 아오야먀 거리의 세련된 풍경 앞에 섰을 때는 숨이 턱에 차 헐떡거렸다.

아직 젊은 미야코였지만 학교 다닐 때와는 다르다고 온 몸으로 깨닫는다. 하늘에는 구름이 끼기 시작해 직사광선에 달아오를 일은 없었다. 하지만 날이 덥다 보니 몸속 깊은 곳에서부터 뜨끈뜨끈 열이 차올랐다. 종종걸음으로 디자인 사무실까지 서둘렀다.

지그재그로 이어진 계단을 올라 2층 사무실까지 갔다. 문을 열자 직원들이 있다.

"아, 저…… 죄송합니다."

이름을 밝히고 오코조 씨를 불러달라 부탁했더니,

"어, 혹시 아까 전화하신 코사카이 씨?" 한다.

"네, 네 맞아요."

"어, 오코조 씨는 좀 전에 달려 나갔어요. 출판사에서 서두른다면서."

13

미야코는 숨넘어갈 듯 달려온 길을 되돌아갔다. 오코조가 사무실에서 기다리고 있으면 될 일이었다.

하루에도 몇 차례 오가는 익숙한 길을 잰걸음으로 걷고 있는데 맞은편에서 금세 알아볼 수 있는 모습이 다가섰다. 오코조다.

기린처럼 긴 몸 위에 근심 어린 얼굴이 꾸벅 인사했다.

"안내 데스크에서 들었는데 길이 엇갈린 것 같아서."

회사 사람들이 오가는 길목인 만큼 미야코는 소리를 낮춰 말했다.

"아, 저, 저기 아까 말한…… 그건?" 마약 밀매상의 교섭 장면이 따로 없다.

"급하다고 하셨죠? 그래서 안내 데스크에……"

"맡겼어요?"

"그러려고 했지요. 그런데 마침 편집장님이 로비를 지나가셔서……"

헉, 이게 무슨…… 이젠 직장 남자들한테까지……

"쓰야키 편집장님요?"

'왜 하필 그때 로비를 지나가냐는 말이야!'

애먼 대상한테 화가 치밀었다.

"한 번 뵌 적이 있잖아요. 데스크에 쓰야키 편집장님이 맞는지 여쭤봤더니 맞다길래 제가 바로 봤다 했죠."

미야코에겐 모든 설명이 구차하게 들렸다. '설마……' 하는 생각과 동시에 '그렇다면……' 하는 생각이 맞물렸다.

"건넸어요? 쓰야키 편집장님한테?"

"네."

미야코는 대답도 제대로 못하고 그대로 뒤를 돌아 사무실로 향했다가, 다시 한 번 돌아다보았다.

"저기, 종이봉투나 뭐 그런데 넣어서요?"

오코조는 뒤통수를 긁적이며 대답했다.

"아 죄송합니다. 너무 서두르셔서 그냥 그대로……"

미야코는 그 말을 듣고 현기증이 났다. 즉시 하늘에서는 시커먼 먹구름이 뭉게뭉게 퍼지고 천둥소리가 울려 퍼졌다. 당장이라도 소낙비가 퍼부을 듯한 모습이었다.

"그냥 그대로……요?"

오코조는 미야코의 표정을 보고 두세 발짝 물러났다.

"……네에."

저 멀리서 천둥이 우르릉 쾅 울렸다.

"직접 건넸다고요? 그걸 그냥 그대로?"

오코조의 순박한 얼굴에 까닭 모를 반성의 빛이 번졌다.

"죄송합니다. 제가 잘못한 것 같습니다."

아무리 손이 발이 되도록 빌어도 지금 이 사태는 용서할 수가 없다. 이 무슨 무경우란 말인가. 꽤 세심하고 상식적인 사람인 줄 알았더니. 이 세상에 그런 예술가는 존재하지 않는단 말인가. 미야코는 생각했다.

미야코는 저도 몰래 입을 앙다물고 오코조에게서 등을 돌렸다.

"아, 코사카이 씨."

'더 이상 아는 척도 하지 마!'

미야코의 속엔 이제 악밖에 남지 않았다. 더 이상 대화는 필요치 않았다. 미야코는 뒤도 돌아다보지 않고 탁탁탁 구두 소리를 내면서 사무실로 향했다.

현관을 들어서자마자 안내 데스크에서 부른다.

"코사카이 씨, 전달할 물건이 있어요. 쓰야키 씨가……"

맡아두고 있다고 하는데 그 말을 듣고 어떻게 반응해야 좋을지 모르겠다. 웃는 건지 우는 건지 아무튼 미야코는 우그러진 표정으로 고개를 숙이고 엘리베이터로 갔다. 호랑이도 제 말하면 온다더니, 생각만 해도 그런 기운이 뻗치는지 때마침 쓰야키가 엘리베이터에서 내리는 찰나였다.

쓰야키가 턱을 앞으로 빼면서 말한다. "오오, 코사카이."

"편집장님."

"오코조 씨가 코사카이 씨 것이라면서 직접 여기까지 가져왔어."

"네…… 그런데 어디에?"

"어디긴, 자네 책상 위에 놓았지."

"네?"

눈앞이 잿빛으로 변했다.

"표정이 왜 그래? 여러 사람 손을 거쳤잖아. 인사 정도는
해야지."

미야코는 겨우겨우 쥐어짠 목소리로 말했다.

"가, 감사합니다."

쓰야키는 피식 웃었다. 미야코의 눈엔 뿌연 그의 얼굴이
약간 홍조를 띤 듯 보였다.

"그건 그렇고 이봐, 도대체 무슨 취미야? 큭큭, 그런 걸
로 백마 탄 왕자라도 기다리겠다는 거야?"

참고 참았던 불안과 초조, 분노가 단박에 터져버렸다.

"이야야야!"

미야코는 두 손으로 쓰야키의 가슴팍을 밀쳤다. 다행히
뒤가 벽이어서 쓰야키는 나자빠지지는 않았다. 비틀거리
는 그의 복부에 미야코가 펀치를 날렸다.

"어어억."

쓰야키가 배를 움켜쥐며 신음할 때 또 다른 엘리베이터
문이 열리고 오소네 씨가 내렸다. 얻어맞는 남자를 흘낏 보

고는,

"쓰야키짱, 거 작작 좀 하시지!"

한마디 흘리고 싸늘하게 지나친다. 쓰야키는 너무도 놀란 나머지 잠시 제정신을 차리기 어려웠다. 그가 그 자리에서 할 수 있는 건 오소네 씨의 절벽 같은 등짝과 미야코의 불끈 쥔 주먹을 교대로 쳐다보는 것뿐이었다.

"뭐, 뭐야, 왜 그래!"

쓰야키의 한쪽 눈썹이 치켜 올라가 있다. 이 세상 부조리를 향한 쓰야키의 절규를 뒤로하고 미야코는 엘리베이터로 뛰어들어 편집부가 있는 층을 눌렀다.

문이 닫히고, 낡은 엘리베이터가 힘겹게 상승하고, 다시 문이 열리기까지가 미야코에겐 억만 년 같았다.

책상 앞까지 질주한다. 미야코가 그 위에서 확인한 건,

프랑스의 성 사진집이었다.

14

미야코는 몇 년 전, 시부야의 분카무라*에서 전람회를

---

* 문화촌.

돌아본 후 허브티를 한잔하고 지하에 있는 수입서적 서점에 들어갔다. 가로쓰기로 적힌 책들을 둘러보고 있자니 꼭 외국에 와 있는 기분이었는데 그때 눈에 딱 띈 것이 바로 이 책이었다.

웅장한 성의 사진뿐만 아니라 영주의 별장인 듯 보이는, 아담하고 소박한 건물들의 사진도 있었다. 조용히 자연 속에 자리 잡은 그 건물은 요란하게 자기를 뽐내는 모습이 아니었다. 그런 만큼 한참을 보고 있어도 질리지 않았다. 무엇보다 사진작가의 솜씨겠지만, 청량한 공기마저 느껴졌다.

'피안의 세계'랄까, 저 멀리 속세의 때와는 동떨어진 가을이 담긴 모습이라 감상을 넘어 경건한 기분이 들었다.

외국의 정경이라 꼭 그런 건 아니지만 흔히 볼 수 없는 모습이라는 점도 좋았다.

'이게 뭐야. 이 책이 왜 여기?!'

열쇠가 있으면 굳게 닫힌 철문도 쉽게 열린다. 미야코의 잃어버린 기억이 아련히 떠올랐다. 오코조는 판타지 계열 삽화를 의뢰받았다고 했다.

"누구나 떠올릴 수 있는 이미지로는 그리고 싶지 않아요. 성이라고 해도 독일 유명한 고성의 관광 사진이라면 여기저기 넘쳐나잖아요. 그런 흔한 모습을 따라 그리고 싶지 않거든요. 마음 같아선 유럽에 직접 가서 내 발로 다니며 스케치해 오고 싶습니다만 시간도 돈도 없어서……"

취한 미야코가 그 대목에서 사진집을 떠올리곤 꺼내서 들이민 것이다.

'도움이 됐구나. 기뻐했을 거야.'

아니 그래도 그렇지, 이렇게 우여곡절을 겪기까지 아귀가 너무나 잘 들어맞는다. 미야코가 색깔 이야기를 하면서 '꽃'이라고 했을 때 먼저 떠올린 것은 속옷의 문양이었다. 오코조가 대답한 것은 유럽의 어느 건물 정원에서 바람에 살랑대는 빨간색과 흰색 양귀비꽃이었을 것이다.

미야코는 사진집을 펼쳐 그 인상적인 꽃들을 보았다. 양귀비꽃은 프랑스 일대에서는 잡초 취급을 받는다고 한다. 오코조는 겉이 화려하지 않아도 아름다운 정경에 언뜻 친절한 미야코를 중첩시켰는지도 모르겠다.

'나 혼자 너무 희망적으로 해석하는 걸까?'

하지만 이젠 완전히 반전된 상황. 굳이 빌려준 사진집을 오늘은 또 억지로 달라고 떼를 썼다. 힘으로나 억지로나 형태는 같지만, 주었다 뺏는 행위는 정반대 아닌가. 제비꽃은 커녕, 제비 부리마냥 뾰족한 표정이었을 것이다. 자신이 생각해도 어처구니가 없었다.

'어떻게 수습해야 오코조 씨를 이해시킬 수 있을까?'

오늘 하루 종일 얼마만큼 진상을 부린 건지 입에 올릴 수도 없다. 상상하고 싶지도 않다.

미야코는 사진집을 끌어안고 중얼거려보았다.

"실은 이거, 우리 엄마의 유품이에요. 생각해봤더니 엄마가 마지막으로 남긴 말이 남에게 건네지 말라……"

부자연스럽다.

21세기에 도저히 어울리지 않는 핑계다. 게다가 엄마는 지금도 쌩쌩히 살아 있다. 튀김 만드는 법을 배우고 온 게 바로 며칠 전이다.

이상한 것으로 따지자면, 쓰야키 앞에서 취한 행동도 마찬가지다.

"도대체 무슨 취미야? 큭큭, 그런 걸로 백마 탄 왕자라도 기다리겠다는 거야?"라는 말. 당연히 유쾌한 말은 아니었다. 하지만 유럽의 고성을 앞두고 한 말임을 생각하면 그렇게 화를 낼 만한 일이 아니다. 미야코 안의 독기가 백배는 옅어졌다. '에헤헤' 하는 미야코 특유의 웃음으로 얼버무릴 수도 있을 듯싶다. 아니, 그렇게 했을 것이다.

쓰야키가 '왜 그래!' 하고 내뱉은 절규가 떠오른다. 살다 보면 이런저런 일들이 생기기 마련이다.

'일단 이쪽부터 해결하자.'

미야코는 걸어가다 쓰야키를 발견하고 연신 고개를 숙

였다.

"죄송해요, 편집장님. 아까는 정말 죄송했어요."

몇 번이고 반복했다. 얼토당토않은 착각을 했다고 했다. 완전 항복, 백배 사죄했다.

"대체 뭐야, 그 착각이라는 게."

'그걸 내 입으로 말하라고?'

매의 눈초리로 이상한 심리분석이라도 당하면 불지 않고는 못 배길 것이다. 영화 이야기를 하면 '그 장면은 유부녀의 감춰진 욕망의 표현'이라고 득달같이 분석하는 쓰야키다. 혼자 뭘 어떻게 해석할지 모른다.

미야코는 얼른 쓰야키 곁으로 다가서서 말한다.

"위스키 한 병 어뗘세요?"

고위관리에게 손바닥 비비는 악덕 상인의 꼼수다.

"뭐?"

"마카란으로 이 건은 마무리 짓죠!"

마카란은 쓰야키가 바에서 곧잘 마시는 술이다. 셰리* 통에 넣어 저장한 위스키이기 때문에 통의 나무 향에 셰리 향까지 우러난다.

"음."

---

* sherry. 스페인산 와인.

하고 쓰야키는 턱을 잡고 생각한다. 직장 내에 분란을
일으키는 것도 편집장으로서 할 일은 아니다. 미야코는 당
근 요법을 계속했다.

30년 산은 너무 오버한 느낌이라, "15년 산 어떠세요?"
하고 제안하면서 미야코는 말을 이었다.

"뭉근하면서도 부드럽지만, 뒷맛은 깔끔한 마카란.
음…… 생각해보니 편집장님을 닮은 술이에요."

그 언저리에서 협상 타결……

15

창밖을 보니 비가 내린다. 꽤 굵은 빗방울이다.

그건 그렇고, 쓰야키는 술로 진정시켰는데, 문제는 오코
조다. 지금쯤 완전 눈구덩이에 파묻힌 족제비가 된 기분일
것이다.

미야코는 갑자기 뒤돌았을 때 본 그의 표정이 눈앞에 아
른거린다. 그가 이 일이 있기 전에 생각했던 것보다 훨씬
더 착한 사람인 것 같았다.

지나가던 길에 복도에서 만난 세토구치 마리에에게 물
어보았다.

"혹시, 감자에 관한, 특이한 에피소드 같은 거 없어요?"

마리에는 참한 눈빛으로 쳐다보며 한마디 했다.

"내가 무슨 잡학사전인가?"

"아, 아니…… 뭐 여러 가지를 알고 계시니까……"

"마리."

"네?"

〈마리에〉인 줄 알았다.

"마리 앙투아네트는 감자꽃으로 머리를 장식했지."

"아."

깜짝 놀랐다. 그리고 얼마 안 있다 미야코는 혹시 또 농담 아닌가 싶어서 고개를 갸웃거리며 쳐다보았다. 그랬더니 마리에가 웃으며,

"그건 정말이니까 걱정 마." 했다.

미야코는 끄덕이며 말했다.

"마리 앙투아네트가 빵 사건에 이어 먹을 것을 머리에 꽂았다니, 서민들의 가슴을 치는 취향이군요?"

"아니. 당시 유럽에서는 감자가 그렇게 널리 보급되지 않았어. 감자는 원래 남미 식물이었잖아. 콜럼버스가 가져와 퍼지기 시작했지."

"아하."

감자는 서양 요리에 잘 맞는다고 생각했던 미야코에게

그 정보는 의외였다.

"왕가에서는 감자를 전국에 확산시키고 싶었던 거야. 흉작이 들었을 때 도움이 되잖아. 하지만 사실 어떤 것이든 새로운 것에는 거부반응이 따르기 마련이지. 그래서 감자꽃을 왕은 단춧구멍에, 왕비는 머리에 꽂아서 널리 알리려 노력했대."

마리 앙투아네트라고 하면 사치의 대명사라는 부정적인 이미지가 있다. 그런 사람이 감자꽃을 머리에 꽂고 광고탑이 됐다는 이야기를 들으니 달리 생각됐다.

마리에가 설명을 계속했다.

"감자라는 말을 들으면 별로 세련되지 못한 것이라든가, 시골스러운 이미지가 연상되잖아. 하지만 그 꽃은 흰색과 연한 자색으로 아주 예뻐."

미야코는 재밌는 이야기를 듣고 발길을 돌렸다. 감자의 색다른 면을 알게 됐다. '왕비가 감자꽃으로 머리장식을 다 했다니…… 무시할 게 아니었네. 꽃도 열매도 쓸모 있는 훌륭한 감자!'

오코조에게는 어떻게든 날을 잡아 추태를 사죄해야겠다고 생각했다. 그날까지 적절한 변명을 생각해두어야 한다.

회사에서의 충격적인 소동 때문에 '사라진 그것'에 대해 잠시 잊고 있었다. 대민 사죄 건이 일단락되자 슬그머니 떠올랐다.

미야코는 집에 오는 동안 한 가지 가설을 생각해냈다.

'숙취 같은 건 없었다. 하지만 엄청난 양을 마신 건 사실이다. 집에 와서 구토를 했을 가능성이 크다. 옷을 벗는데 속이 울렁거린다. 즉시 행방이 묘연한 그것으로 배 속의 오물을 받아내 그대로 음식물 쓰레기봉투에 투척한다.'

설득력이 있다고 생각했다.

솔직히 말하자면, 더 이상은 떠오르지도 않았다. 미야코는 집에 와서 음식물 쓰레기봉투를 확인했다. 그러나 일말의 가능성도 '노'라는 결론이 났다.

"정말 미치겠네."

이젠 정말 항복이다.

미야코는 의문을 떠안은 채 빨래를 하기로 했다. 빨래바구니 앞에 쭈그려 앉았다.

"응?"

일상의 습관은 대개 자라온 가정에서 만들어진다.

미야코의 어머니는 양말의 오른쪽 왼쪽이 따로따로 돌아다니는 것을 싫어했다. 꼭 두 짝의 주둥이를 여미어서 빨래바구니에 넣는다. 그렇게 하면 빨래를 하고 난 후에 한 짝이 없어졌네, 짝짝기가 됐네, 하는 일이 없다.

자식은 부모의 행동을 보고 본 대로 따라하다 몸에 익힌다. 그래서 결국 저도 모르는 새 습관이 된다. 그런데 지금 다시 보니 바구니 안의 양말이 따로따로 널브러져 있다. 그런데 양말 한 짝이 사슴을 잡아먹은 뱀처럼 불룩했다.

"악!"

머리에 뭔가 스치는 가운데, 미야코는 양말을 움켜잡았다. 손가락을 쑤셔 넣어 잡아 빼니 안에서 똘똘 말린 크림색 팬티가 나왔다.

아 그랬구나……

미야코는 상기된 표정으로 빨래바구니 앞에 섰다. 한쪽 양말을 벗었다. 그때 손에 팬티를 들고 있었다. 순서가 바뀌어도 상관없다. 흘러내린 한쪽 양말을 벗어 들었다. 그다음 팬티를 벗었다. 긴 세월 습관의 힘으로 무의식적으로 손이 움직였다. 산타가 양말 안에 선물을 쑤셔 넣듯이 한쪽 손에 들었던 그것을 양말에 쑤셔 넣은 것이다. 그러고는 다른 손에 들고 있던 양말을 팬티인 줄 알고 바구니에 던져 넣었다.

말로 일일이 설명하자면 구차하고 복잡하다. 하지만 자기가 어떤 사람인지 알면 술술 이해가 가는 법이다.

술 때문에 벌어진 희극인지 비극인지 모를 해프닝이다.

"고민, 끝!"

불가사의했던 미스터리가 한순간에 풀렸다. 흡사 위업

이라도 달성한 기분이었다. 미야코는 팬티와 양말을 들고 세탁기 앞에서 한밤의 댄서처럼 덩실거렸다.

미야코는 지금 아파트 안에 있고, 그 아파트는 도쿄라는 대도시 안에 있고, 그 메가폴리스를 여름비가 감싸 안고 있었다.

'아, 이젠 됐다. 끝까지 찾지 못했으면 오늘 밤 어떤 악몽에 시달렸을지……'

말로 형언할 길 없는 해방감이 미야코의 가슴속에 썰물처럼 밀려들었다.

16

다음 휴일, 오코조 씨를 위한 사과 자리를 마련했다.

묻고 말 것도 없이 백 퍼센트 이쪽의 잘못이다. 당연히 상대방이 걸음하기 쉬운 장소로 정해야 한다. 오코조가 잘 알고 자주 다니는 아오야마에서 만나기로 했다. 하지만 또 너무 고급스러워도 피차 부담이니 편안하면서 조용하게 이야기할 수 있는, 교토 한정식집을 예약했다.

켕기는 것이 있는 미야코 눈에 안으로 들어선 오코조는 약간 겁을 먹은 듯 보였다. 별로 위험한 여자가 아니라는 점을 어필해야 한다.

"지난번엔 정말 실례가 많았습니다."

하고 미야코는 고개를 숙였다.

"아하, 네에."

먼저 가지부침이 나왔다. 식상한 순서일지는 몰라도 '일단 맥주'를 주문했다.

한 모금 축이고 미야코는 사진집을 꺼내 오코조에게 건넸다.

"이건 저…… 천천히, 충분히 사용하셔도 돼요. 제가, 저…… 실은 그때 착각을 해서요."

"착각이오?"

"네. 취했었잖아요. 그래서 그 술기운에, 다른 것을 건넸다고 생각했어요. 그래서 아침에 정신이 들자마자, 다시 반쯤 정신이 나가서는 완전 난리를 쳤지요."

하며 미야코는 다음 접시를 본다.

"네에."

오코조는 여전히 애매한 대답으로 받았다.

"이 요리를 보면 꼭 간사이 지방 느낌이 나요." 미야코는 요리로 화제를 돌려볼까 했다. 헌데,

"저 그런데…… 다른 것이라면 뭐, 제가 빌리면 안 되는 것인가요?"

하고 오코조는 은근한 목소리로 정곡을 찔렀다.

"안 된다기보다, 제가 빌려드리기엔 좀 쑥스러운 거예요. 남자들은 그런 걸로 뭘 그렇게까지 정신이 나가나 이해하지 못할지도 모르지만."

미야코는 그 대목에서 준비해온 것을 건넸다.

"이거예요."

오코조는 고개를 갸웃거리며 반문했다.

"앞치마?"

"네. 다음 날 아침에 부엌 정리를 하고 있는데 앞치마가 보이지 않는 거예요. 전날 저는 너무 기분 좋게 마셔서 마지막에 어떤 이야기를 했는지 거의 기억이 나지 않았거든요. 단지 오코조 씨에게 뭔가를 막 가져가라고 밀어 부친 기억은 나더라고요. 그래서 혹시 이것을 건넨 게 아닌가…… 완전히 제정신이 아닐 정도로 창피해서. 당황하니까 점점 더 이것을 건넸다고 믿게 되서는……"

"하지만……" 하고 나서 오코조는 맥주를 한 모금 들이켜고 "왜 이것을 또 제게 주시는지…… 저는 앞치마 같은 거 안 하는데……"

"바로 그거예요. 아, 청주라도 시킬까요?"

미야코는 대통에 든 청주를 따르면서 이야기했다.

"오코조 씨, 감자 이야기 하셨죠?"

"네."

"그 이야기를 듣고 무척 맛있을 것 같더라고요. 집에 가서 곧장 감자고기볶음을 만들었어요. 우적우적 먹으면서 생각이 났어요. 오코조 씨는 '혼자서는 튀김을 하지 않는다, 포테이토 프라이를 먹지 않는다'고 하셨잖아요. 그렇게 좋아하시면…… 만들어드리고 싶다고 생각했어요."

"아……"

오코조는 호감을 가지고 받아들이는 것 같았다.

"튀김 연습을 하고 있다는 이야기 한 적 있죠? 얼핏 지나가는 말로."

"예, 얼핏 지나가는 말로."

미야코도 찬 청주 한 모금으로 목을 축였다. 혀에 싸르르 스미는 감이 좋다.

"이 앞치마를 하고 연습했어요."

"아 그랬어요?"

"튀김 이야기, 술김에 어쩌다 튀어나온 거예요."

오코조는 어떻게 대꾸하면 좋을지 몰라 앞치마를 쳐다보았다. 미야코가 말을 이었다.

"지유가오카에 있는 잡화점에서 샀어요. 4, 5년 전에."

"아, 네."

"사용할 일은 없었지요. 문득 생각나서 꺼냈다가 진짜

튀김을 열심히 만들었어요. 술기운에 그런 이야길 떠들고는 앞치마까지 꺼내서 떠안겼나 싶었지요. 그러니 얼마나 창피했겠어요."

"아아."

알아들은 눈치다.

"그래서 부랴부랴 전화를 했더니 오코조 씨가 사무실 다른 분들께도 보여주고 있다고…… 오랫동안 꽁꽁 숨겨두고 있던 것을 다른 사람들 앞에 내보이는 것 같아서, 정신이 나가서는 그 난리를 친 거예요."

"아 그렇습니까? 알겠습니다…… 그랬군요."

미야코는 두 뺨을 발그레 물들이며 덧붙였다.

"색이 예쁘다고 하셨죠? 외국 것이라 다르다고. 그게…… 이 앞치마도 수입품이라 저는 꼭 이거 이야기라고만 생각했죠."

미야코는 앞치마의 포도와 꽃무늬를 가리켰다. 감자꽃은 아니지만 흰색과 자색 꽃잎도 있었다.

"사실 앞치마는 몸에 걸치는 거잖아요. 남들에게 보이긴 쑥스럽죠. 그런데 오코조 씨가 똑같은 거 하나 떠놓겠다, 뭐 그렇게 말씀하시니까."

하고 미야코는 살짝 투정 섞인 듯 말했다. 오코조는 자기 머리를 쥐어박으며 대꾸했다.

"아 그랬나요? 제가 심했군요. 죄송합니다."

"아뇨. 오코조 씨는 책 이야기한 거니까 전혀 잘못 없어요. 그렇지만."

하고 미야코는 입술을 샐쭉해 보였다. 생각할수록 우습다. 다음 순간 둘 사이에 와하하, 속 시원한 웃음이 터졌다.

"나중에 사무실에서 확인해보니까 사진집이더라고요. 깜짝 놀랐지만 곧 무슨 일이 있었는지 생각났어요. 집에 갔더니 앞치마도 빨래바구니 안에 있었고요. 이런 실수가 또 있을까요? 당장 사죄해야겠다고 생각했죠."

은어소금구이, 동아나물과 닭고기조림이 나왔다. 마지막은 식은 몸을 따뜻하게 해줄 뉴멘*이었다. 몸도 마음도 따끈해졌다.

'자, 이만하면 전부 해명된 거지?'

오코조는 미야코를 순수하고 건강하며 요리를 좋아하는 사람으로 다시 보게 되었다. 일석이조를 넘어 미끼 하나로 줄줄이 낚아 올린 셈이다.

'크흐흐흐.'

미야코는 속으로 긴 웃음을 흘렸다.

미야코는 연애를 잘 모른다. 하지만 뛰는 놈 위에 나는

---

* 삶은 실국수를 된장국물에 데친 요리.

놈 있는 반면, 걷는 놈 밑에 기는 놈 있기 마련이다. 순박한 사내를 약간의 꼼수로 간단히 구워삶았다.

어허, 잠깐! 방심은 말자. 조심, 또 조심해야 하느니……

10장

깨져도 결국

1

여름이 왔다.

1년 전 이 맘 때, 예고 없이 닥친 연인의 배신을 겪은 후, 오코조의 마음을 멋들어지게 낚아챈 미야코였다. 회상 장면에 내레이션을 넣으면 이 정도가 될까.

어쨌든 그 후, 두 사람 사이는 순조롭게 진행 중이다. 삐걱거리는 일탈음 하나 없이 리드미컬하게 1년이 지났다.

연재소설의 삽화 건도 매우 친밀한 분위기 속에서 이루어졌고, 나아가 공적, 사적인 일들이 모두 착착 진행됐다.

오코조는 미야코에게 개인적으로 판화와 그림을 선물했다. 종이 위에 손을 맞잡은 눈썹 달린 고양이 커플 그림을 주기도 했다. 머리 위에 흰 베일을 쓴, 속눈썹이 긴 암고양이도 있었다.

제3자가 보면 배 아플 만하다. 그들의 사랑은 비비드 컬러라기보다 엷은 수채화 같았다. 두 사람은 어디서 무슨 일을 하든, 대체로 얼빠진 사람들로 보였다. 하루하루가 구름 위를 걷는 듯한 나날이었으니까.

그런 까닭에 미야코는 비교적 여유로운 여름을 보내고 있었다. 하지만 쓰야키는 뚱한 표정이다.

편집부의 월례회의는 지난달의 작업이 완료되고 나서 이틀 후에 한다. 소회의실에 직원들이 모였다.

"그런 거 나도 생각했던 거야."

쓰야키는 입술을 삐죽거리면서 말했다. 라이벌 출판사의 기획에 대한 발언이다.

출판업계의 영업 실적이 부진한 가운데 잡지 판매율이 두드러지게 떨어졌다. 이 와중에 정기구독을 하는 독자들은 거의 구세주 급이다. 그래서 경쟁사는 정기구독자를 위한 특별 선물을 준비했다.

시시한 경품 따위가 아니었다. 목차에 실린 작품의 작가들이 그 달 원고의 첫 장을 선물한단다. 요즘은 대부분 PC로 작업한다. 작가들에게 첫 장을 손으로 써달라 부탁한 것이다.

낚시의 미끼 중에는 벌레 모양을 본떠 만든 루어라는 것이 있다. 그 기획을 듣고 루어가 떠오른 것도 사실이지만, 평소에는 손으로 쓰지 않는 작가의 원고인 만큼 희소성이 있다.

담당 편집자가 열심히 궁리하고 회의에 회의를 거듭했을 것이다. 원고지의 선택에도 개성이 엿보였다. 개중에는 컴퓨터 작업에서는 사라진 퇴고 단계를 보여주는 의미에서 선을 긋고 옆에 수정해 넣은 자국까지 그대로 살린 젊은 작가도 있다. 담당 편집자는 미야코도 아는 베테랑이다. 파티나 작가들과의 모임에서 몇 마디 나누어본 적도 있는 남자다.

"이러면 어떨까?"

"그거 재밌네. 합시다, 해요."

그런 대화들이 동영상처럼 흐른다.

그 자리에서 퍼뜩 떠오른 아이디어가 아니다. 오랜 시간 궁리하고 준비했을 것이다. 명문 잡지의 이름을 건 기획이 아닌가.

일관적으로 펜을 사용하는 대가들의 원고는 실제 값어치 있다. 그것을 이 잡지에서 네 페이지에 걸쳐 세련되게 소개했다. 음…… 보고만 있어도 재밌다. 미야코가 독자였다면 사려고 손을 뻗었을 것이다. 사서 액자에 넣어 걸어두고 싶을 정도였다.

정기구독자, 더불어 다음 호부터 구독을 신청하는 사람들에게 응모엽서가 첨부되어 나간다. 독자가 좋아하는 작가의 이름을 적어 보내면 그중에 선물을 주는 식이다.

물론 그 정도로 갑자기 정기구독자가 늘어나는 건 아닐 것이다. 세상 일이 그리 호락호락하지 않다. 하지만 출판계 불황에 맞선, 참신한 기획이라고 기사화한 신문사도 있다. 확실히 화제를 만들고, 사람들의 주목을 끈 기획이었다.

"그런 거 나도 하려고 했었지."

쓰야키가 다시 한 번 말했다.

하긴, 미야코는 술자리에서 언젠가 그런 비슷한 아이디어를 들은 것도 같다.

"자, 작가들의 원고를 갖고……"

어쩌구저쩌구. 미야코도 제대로 돌지 않는 혀로 "아아, 좋아요오……" 하고 맞장구친 것도 같다. 솔직히 술자리에서 들은 기획은 대체로 기발하고 훌륭하게 들린다.

하지만 섣불리 동조했다가는,

"네가 흘렸지?" 하고 말도 안 되는 의심을 받을 수도 있다. 그럼 곤란하다. 어차피 사람의 머리에서 나온 아이디어다. 다른 누군가도 생각할 수 있다. 승부는 실행하느냐 마느냐. 한마디 더하자면, 어떻게 실현해내느냐다.

"그거 못지않은 재미있는 기획 없어? 어때, 아이디어 좀 내봐."

쓰야키는 그렇게 말하곤 사람들을 둘러본다.

"판촉 선물?"이라는 소리가 나왔다.

"그래."

모방 기획이 수치는 아니다. 적어도 맨땅에 헤딩은 아니니까 리스크는 덜 수 있다. 사람들도 저거 뭐야? 하는 눈으로 쳐다보지는 않을 것이다.

독자의 갈증에 '보다 더 시원한 물'을 내밀어야 한다.

쓰야키가 말했다.

"너무 흔해 빠진 건 말고. 자, 코사카이, 뭔가 아이디어 없어?"

다짜고짜 들이댄들 대답이 나올 리 없다.

"네? 아, 저…… 편집부 직원들의 한마디라든가……"

쓰야키는 길게 숨을 한번 들이마신 다음 있는 대로 미간을 찌푸리고 답한다.

"어, 어, 어, 어휴…… 내 저걸 죽여 말아!"

이건 학대다. 쓰야키는 이 말을 요즘 아주 입에 붙이고 산다. 죽이기만 해봐 어디.

2

한편, 오코조 씨와 미야코는 쭉 그렇게 알콩달콩 연애사를 써오다 마침내 결혼 이야기까지 나와 미야코의 부모님에겐 인사도 했다. 다음 토요일에는 오코조 씨의 본가가 있는 야마가타에 간다. 둘은 자동차를 타고 가기로 했다.

신분증을 대신할 수도 있으므로 운전면허증은 젊을 때 따두는 것이 좋다. 미야코는 대학 4학년 여름에 학원에 다니며 무사히 면허증을 땄다.

편집자라는 직업은 아무튼 바쁘다. 특별한 취미를 갖고 있지 않는 한, 돈을 쓸 시간도 없다. 여자라면 옷이나 화장품을 산다든가 피부관리실에도 다닐 법하지만, 미야코의 경우는 그런 데 돈을 쓰느니 바짝 모아 차를 사자는 주의였다. 그래서 마련한 것이 빨간색 폭스바겐 골프.

하지만 지하철로 출퇴근하는 것이 훨씬 편해 평일에는 운전을 하지 않는다. 게다가 한잔할 일이라도 있으면 출근할 때 끌고 나온 차가 오히려 짐이 된다. 싱글일 때는 장거리 드라이브도 즐겁다기보다 귀찮다. 그래서 기껏 휴일에 쇼핑하러 갈 때 운전하는 정도였기 때문에 운전감각을 잃어버리지 않을 정도로만 유지했다.

'나의 골프가 울고 있다'는 생각이 들던 차에 오코조와 연애를 하다 보니 여기저기 쏠쏠하게 이용하게 되었다. 주행거리가 비약적으로 늘었다. 도쿄뿐만 아니라 관동 지방으로까지 영역이 넓어졌다. 지금까지 혼자서는 하지 않았던 일을 둘이서는 한다.

오코조는 면허가 없다. 미야코 혼자 운전을 도맡는다. 그래도 이야기를 주거니 받거니 하며 가면 힘들거나 지치지 않는다. 시간이 눈 깜짝할 새 지나가버린다.

무엇보다 미야코는 노력파이다.

"미야코 씨가 힘들겠지만, 그래도 차로 가니까 좋네. 야마가타에서 더 멀리까지 나가보고 싶어."

오코조는 말했다.

북쪽의 온천 마을에서 일박하자는 말이다. 워낙 유명한 동네이기도 하고 도쿄와 다른 자기 고향을 애인에게 보여주고 싶었던 것이다. 자동차가 아니면 돌아보기 어려운 구석도 있다고 한다.

상대의 부모님께 인사를 하러 가는 길이니 미야코도 긴장은 됐다. 하지만 그 이상으로 즐거운 여행이 될 것 같았다. 헌데 예상치 못한 차질이······

쓰야키가 별일 아니라는 듯 말했다.

"사사하라 선생과의 미팅 말인데, 꼭 금요일에 해야 한다고 그러시네."

그렇다면 출발 전날이다. 미야코는 한 발 뒤로 물러서며
말했다.

"다음 날 아침부터 할 일이 있어요. 늦어도 열한 시에는
모든 일을 마치고 싶은데요."

"그 정도야 문제없을 거야."

사사하라 선생은 연륜 있는 인기 작가로 성격도 괜찮다.
술이 들어갔다고 이야기를 질질 끄는 스타일이 아니다. 늘
깔끔하게 마무리 짓고 일찍 파한다.

자동차는 수도고속도로 입구에서 가까운 오코조의 아파
트에 진작 옮겨놓았다. 고속도로를 타면 도호쿠도(道)를 향
해 막힘없이 질주할 수 있다.

"아침 일찍 출발할 테니 준비해둬요."

미야코는 오코조에게 두 번 세 번 못을 박아두었다.

3

사사하라 선생을 중심으로 쓰야키를 비롯한 서적부와
문고부 담당자들, 잡지 담당인 미야코가 둘러앉았다.

내년부터 잡지에 연재를 싣기로 한 데 대한 축하 자리였
다. 글이 실릴 때까지는 아직 시간이 있고 오늘은 간단한

인사 차원으로 끝낼 예정이었다. 식사할 때까지만 해도 그런 분위기로 세상 돌아가는 이야기나 다른 여러 작가들의 동정 따위가 화제가 되었다.

그런데 술자리가 이어지는 도중 모양새가 바뀌었다. 단행본 담당자가 불쑥 입에 올린 아이디어가 계기가 되어 작가의 상상이 무한대로 퍼져나갔다.

"그거 재밌네요. 걸작이 될 것 같습니다, 선생님."

하고 쓰야키도 한 수 거들었고, 이야기는 사사하라 선생의 작품을 선행작으로 따로 뽑아 단행본으로 진행하자고까지 진전됐다.

때는 마침 미야코가 눈치껏 먼저 실례하겠다는 말을 꺼내려던 찰나였다.

원로 작가가 매우 긍정적으로 이야기를 하고 있고, 선배가 그에 맞춰 이런저런 의견을 달고 있는 상황이다. 일 진행에 탄력이 붙은 것이다. 그런 상황에서 잡지 연재를 직접 담당할 미야코가 빠질 수 없는 노릇이다. 그리고 미야코가 낸 의견에도 여기저기서 보충 의견과 수정안이 쏟아졌다.

이쪽에서 의도하고 부탁한 것도 아닌데 분위기가 달아오른 것이다. 미야코는 자제하고 있던 술잔에 손이 갔다. 사사하라 선생은 긴 턱을 어루만지며 주절거렸다.

결국 새벽 두 시나 돼서야 마지막 잔을 내려놓을 수 있었다.

미야코는 긴자에서 술자리를 갖는다기에 회식 전에 근처 유명 과자점에 들러 과자 세트를 사두었다. 내일 중요한 자리에 들고 갈 선물이다. 많이, 독하게는 마시지 않았기 때문에 그걸 잊어버리지는 않았다. 확실히 손에 들고 바를 나섰다.

택시로 오코조의 아파트까지 가서 발소리를 죽여가며 들어갔다. 내일 일찍 출발하자고 신신당부했기 때문에 오코조는 이미 꿈나라다.

그가 깨지 않도록 신경 쓰면서 물과 드링크제, 그리고 알약을 먹고 샤워를 마친 후 잠자리에 든 것이 세 시.

겨우 잠이 드나 싶었을 때 무정한 알람 소리가 들렸다.

"여섯 시네."

오코조가 말한다. 미야코는 졸립다. 몸이 천근만근이다.

"미안, 좀만 더 잘게. 먼저 아침 먹어요."

이제부터 고속도로를 질주해야 한다. 무리하면 안 된다. 불안하게 자동차 핸들을 잡을 수는 없다. 뇌에서 '운전 오케이!'라는 명령이 떨어질 때까지 쉬어주어야 한다.

베개에 얼굴을 파묻고 잠속으로 빠져들었다.

그리하여 눈을 뜬 것이 여덟 시 언저리. 이미 출발예정 시간을 한 시간이나 지났다.

4

화장을 허둥지둥 대충 마치고 준비해둔 원피스를 입었다. 무릎 아래로 살랑살랑 여유 있게 퍼지는 민트 컬러의 원피스다. 일단 척 보기에는 상큼해졌다. 허리는 흰 벨트로 졸라맸다. 입고 나갈 옷을 미리 챙겨둔 것이 그나마 다행이다. 그래도 원피스에 팔다리를 끼고 준비하는데 시계 초침이 사정없이 흘렀다. 열두 시쯤에는 도착할 거라 생각했는데 아무래도 무리일 것 같다. 드라이빙 슈즈를 신은 발이 액셀을 밟았을 때 이미 아홉 시가 넘었다.

가는 길에 편의점에서 아침을 대신할 우롱차와 주먹밥을 두 개 샀다. 운전하면서 먹을 생각이었다. 지금 당장의 위 상태로 보자면 주먹밥은 하나로 충분하다. 선발투수와 구원투수 격으로 두 개 준비한 것이다. 우츠노미야 언저리를 통과할 쯤이면 속이 허할 것 같았다.

고속도로에 접어들어서는 충분히 속도를 내지 않으면 오히려 위험하다. 흐름을 타야 한다. 일반 도로를 달릴 때처럼 세월아 네월아 해서는 안 된다. 미야코는 나들목에서 액셀 밟은 발에 힘을 주었다. 옆에 앉은 오코조가,

"으……"하고 소릴 냈다.

물론 서두를 필요야 있지만 그렇다고 하늘을 날 듯 하는

데는 약간 불안했던 것이다.

자동차 행렬에 끼었다. 일단 흐름을 타면 다른 건 신경 쓰지 않아도 된다. 허나 너무 단조로운 흐름에 졸음이 올까 그게 걱정.

"지금 몇 시예요?"

"아홉 시 사십…… 일 분."

"전화해두세요."

"응?"

"고속도로가 꽉 막혀서 갇혀 있다고."

사실은 순조로웠다. 오코조는 좀 늦을 것 같다고 전화를 한 뒤 끊고 나서 말했다.

"점심식사 준비해두었다는데."

"……"

미야코는 고개만 끄덕였다. 그거야 말 안 해도 안다. 그래서 일찍 출발하자고 한 것이다.

"어제 몇 시쯤 들어왔어?"

미야코는 날짜가 바뀌기 전에 들어오겠다고 했었다.

"두 시……쯤이었나?"

"빠져나오기가 어려웠겠지만……"

"네. 일 이야기가 계속 이어져서."

오코조는 잠깐 뜸을 들이다가 이었다.

"……처음이니까."

"미안, 그래도 술은 안 마셨어요."

조금밖에…… 풍경이 고꾸라지듯 뒤로 흘러갔다.

"아니, 그게…… 저……"

오코조가 우롱차 뚜껑을 따서 건넸다. 미야코는 앞을 바라보며 왼손으로 받아 마셨다.

문득 '여태 면허증도 없으면서.' 하는 생각이 스쳤다. 오코조가 운전을 하면 조수석에서 잘 수도 있었을 텐데.

미야코는 얼른 머리를 흔들며 '안 돼, 안 돼. 그런 생각은 하면 안 돼.' 하고 생각했다. 이런 생각을 한다는 걸 오코조가 알면 어떡하지.

'오…… 안 돼, 안 돼…… 난 그런 생각하지 않는다구!'

하고 미야코는 똑 부러지게 말하고 싶지만, 잠깐은 생각한 게 사실이기 때문에 잡아떼기도 좀 그렇다. 방귀 뀐 놈이 성낸다고, 미야코는 제 발이 저려 뾰로통하게 쏘았다.

"나도 중요한 날이라는 건 알아요. 그거야 당연하잖아요. 나도 어린애가 아닌데 뭐…… 그렇지만 어쩔 수 없는 경우도 있잖아요. 혼자 일하는 게 아니니까."

하고 미야코는 페트병을 옆으로 내밀었다. 오코조는 얌전히 받아 들고 뚜껑을 닫으면서 말했다.

"아아, 알아. 그러니까 암튼 기분 좋게 가자고. 주먹밥 더 먹을래?"

"응."

"치킨 맛? 우엉 맛?"

"우엉 맛."

오코조는 먹기 좋게 윗부분 비닐을 벗겨서 건넨다. 미야코는 주먹밥을 받아 들고 한입 베어 물었다. 처음 씹어서는 우엉이 나오지 않는다. 앞을 향한 채 이따금씩 주먹밥을 쳐다본다. 마지막엔 거의 쑤셔 넣다시피 했다.

"고마워요."

미야코는 비닐을 건넸다. 이번에는 우롱차 페트병을 받아 든다. 목소리에 여유가 없는 것은 괜히 켕겨서다.

오코조가 말했다.

"저쪽에 도착하면 둥글게 둥글게 알지?"

'둥글게 둥글게?'

오코조의 말에 뾰로통해진 자기 모습을 들킨 것 같아 되려 화가 났다. 그래서 미야코는 얼른 입을 다물고 괜히 액셀에 힘을 주었다.

"결혼한다고 해서 뭐…… 둥글게 둥글게 되고 싶지는 않다구요!"

빨간색 골프가 달궈진 총알처럼 튀어 날아갔다. 오코조가 움찔했다.

하지만 오코조의 말이 그저 처음 만나 뵙는 시부모님 앞에서 예의를 갖춰달라는 말이라는 것은 미야코도 안다.

다만 기념할 만한 날에 일이 이렇게 된 것에, 뭉뚱그려 말하자면 자기 신세에 짜증이 나 그리 내뱉어버린 것이다.

미야코는 휴게소에 잠깐 들러 음료와 졸음퇴치 껌을 사서 얼른 운전대를 잡았다.

하늘이 도왔는지 토요일치고는 이상하리만치 길이 막히지 않아서 생각보다 일찍 야마가타에 도착했다.

하지만 그건 야마가타 초입 이야기고, 오코조의 본가는 이후로도 긴 시간을 달려야 했다.

미야코는 차에 내려 여성스럽기 그지없는 흰색 구두로 갈아 신어 분위기를 바꾸었다.

오코조의 부모님은 점심 준비를 해두고 기다리고 있었다. 미야코는 도착시간이 늦은 것에 대해 하염없이 죄송한 마음이었다.

"아니 아니다, 초밥을 주문했는데 좀 느지막이 가져오라고 했어."

아들과 많이 닮은 오코조의 아버지가 신경 쓰지 말라고 해주었다. 테이블 위에 놓인 것은 초밥뿐만이 아니었다. 탕과 감자 요리가 담긴 접시도 보인다. 미야코는 그것을 보고 싱긋 웃었다. 젓가락을 들고 오코조와 함께 먹기 시작했다.

감자 하나로 마음이 풀어지는 커플이었다.

5

오코조 본가에서 특별한 일은 없었다.

부모님과의 대면은 그다지 길지 않았다. '저희는 그만 온천에 가보겠습니다'는 말은 하지 않고 저녁 무렵 집을 나섰다. 오코조의 부모님은 보이지 않을 때까지 줄곧 서서 두 사람이 떠나는 모습을 지켜보았다.

모퉁이를 돌아 한참 달리다가 빨간 신호등에 차를 세웠다. 그런데 대각선 방향에 있던 술집에서 고개를 꾸부정히 빼고 있던 남자가 뒤뚱뒤뚱 걸어 나오더니 오코조를 보았다. 그의 입매가,

"엇." 하고 벌어졌다.

그를 알아본 오코조 역시 눈과 입이 벌어지면서,

"잠깐 차 세워줄래?" 하고 술집 주차장을 가리켰다.

'곤다 술집'이라는 간판이 눈에 들어왔다. 교차로의 커브를 도는 지점에서 남자가 자동차 움직임에 맞춰 천천히 다가섰다.

차를 세우자마자 오코조가 내렸다. 미야코도 내려서 뒤

를 따라갔다.

"이쪽은 곤다. 만난 적 있지?"

라는 오코조의 말을 듣고 미야코는 어렴풋 기억이 났다. 그는 오코조의 작품 전람회를 보러 왔었다. 둥근 얼굴에 체격은 다부졌다. 도쿄에서 처음 봤기 때문에 야마가타 사람이라는 인상은 딱히 없었다. 그래서 딱히 기억이 나지 않았던 것 같다.

"코사카이 미야코입니다."

곤다는 고개를 꾸벅했다. 머리가 성성해서 오코조보다 들어 보였다. 하지만 두 사람이 나누는 이야기를 옆에서 들으니 고향 친구인 것 같았다.

오코조는 미야코의 출판사 이름을 말하고,

"이쪽 회사 일 하고 있어." 했다.

곤다는 입매를 어렴풋 벌리며,

"엇, 아……오."

하고 고개를 갸웃거리며 신음인지 뭔지 모를 희한한 반응을 보였다. 오랫동안 알고 지낸 사이라 그런지 오코조에게는 그렇게 말해도 통하는 모양이다.

"응, 뭐 대충 그렇게 된 거지."

"아아." 하고 곤다는 고개를 끄덕이며 "부모님께 인사드리러?" 했다.

"응."

곤다는 고개를 깊이 끄덕이고 미야코를 향해 덧붙였다.

"잘 부탁해요. 제가 많이 신경 쓰는 친구거든요."

"네."

곤다가 판화에 관심 있어 보이지는 않았다. 미야코는 아마도 개인적인 친분이 깊다는 의미라고 생각했다. 곤다는 혼자 고개를 계속 끄덕이면서 말을 이었다.

"중고등학교도 같이 다니고…… 아니 재수 없게도, 애들 모두 이 녀석한테 배웠지요."

"거짓말."

하고 옆에서 오코조가 끼어들었다.

"생각해보면, 술 담배 전부 이 녀석한테 배운 거예요."

"술은 네가 팔고 있잖아."

"학교에 더 있고 싶어도 애가 자꾸 땡땡이를 치고 나가자고 하는 거예요. 거절하기도 그렇고……"

"녀석, 네가 나가자고 해놓고는!"

오코조도 지지 않고 반박했지만, 표정은 신나 보였다.

"좀 들어왔다 가지?"

"아. 일정이 있어서."

"어, 그래? 그럼…… 잠깐만 기다려봐."

곤다는 가게 안으로 들어가 술병을 들고 나왔다.

"이거, 가져가라."

술병을 건네더니 오코조에게 귓속말로 몇 마디 하곤 오코조의 어깨를 툭 쳤다.

"고맙다."

다시 운전대를 잡은 미야코가 물었다.

"여기서 도쿄까지 올라와 그림을 보고 간 거예요?"

"말도 없이 전람회만 보고 돌아갔어. 그런 친구야."

"친구들한테 술 담배를 가르쳐줬어요?"

오코조는 고개를 흔들며 대답했다.

"아니, 그 반대라니까. 저 녀석이 매일 우리 집에 와서 담배를 피어대서 얼마나 냄새가 났는데."

"아하."

"우리 집에 와서 빈둥거리고 놀다가 배가 고프면 제멋대로 라면을 끓여 먹고."

온천까지는 고속도로가 아니라 국도를 타고 두 시간 정도 간다.

"어머니는 화내지 않으셨어요?"

"아니, 그게 웃긴 것…… 그러면서도 저 친구랑은 잘 맞았던 거 같아."

어릴 적 친구라는 것은 어떻든 참 좋은 거라고 미야코는 생각했다.

"술을 쳤네요."

"잘해보라면서."

"네?"

빨간불에서 차가 멈췄을 때 오코조가 발치에 두었던 술
병을 들어 보였다. 일본 술이다. 포장에 '구도키조주'*라고
적혀 있다.

6

술도 참 가지가지다.

빨간색 골프는 신록을 헤치며 달렸다. 해가 길어 시계침
은 저녁을 가리켰지만 환했다.

산으로 둘러싸인 온천지로 접어들어 예약한 숙소에 닿
은 것은 여섯 시가 넘어서였다.

직원이 오코조의 얼굴을 보더니 불쑥 말했다.

"상큼해졌네요."

머리가 길 때 왔었던 모양이다. 여름 시즌에 털갈이한
모습으로 찾아온 족제비.

---

* 남자가 연애를 걸 때 여자를 계속 설득시켜 성사시킨다는 뜻, 신에게 기원한다는
  뜻이 있는 술이다. 야마가타 고장에서 처음 만든 술.

오코조는 준비해온 판화 한 점을 건넸다. 인사를 대신한 선물이다.

둘러보니 벽에 오코조의 작품들이 걸려 있다. 여관 매점에서는 그 고장 특산물과 더불어 눈썹 달린 고양이 그림엽서도 팔고 있었다.

어릴 적에 관동 지방 지도를 보다가 '장난감 마을'이라는 역을 발견하고 무척이나 신기해한 적이 있다. 지금은 꼭 '오코조의 마을'을 방문한 것 같은 기분이었다.

식사가 일곱 시부터라 대충 땀만 씻고 숙소에 비치된 실내복으로 갈아입었다. 여관 안에 온천은 있지만 노천온천은 셔틀버스를 타고 가야 한다. 식사를 하고 거기 가서 몸을 풀기로 했다.

옛 친구의 호의인 '구도키조주'의 맛을 보고 싶었다. 온천 마을의 술과 같이 마셔보기로 했다. 숙소 직원은 센스 있게 둘만 있도록 자리를 비켜주었다.

한 모금 입에 머금고 미야코가 말했다.

"음…… 달달하네요."

"사랑의 속삭임이니까."

그것도 맞는 말이다. 인간관계에서도 톡톡 쏘는 말투라면 사람들이 떨어져나갈 것이다. 이 술은 향도 화려했다. 그런 만큼 좀 더 차게 식혀서 마시고 싶었다. 아까 도착하자마자 냉장고에 넣어놨지만 충분한 시간은 아니었다.

"적당하게 식으면 달달한 맛이 옅어지면서 더욱 맛있을 텐데."

"그럼 좀 더 식힌 다음에 사랑의 대화를 나눠볼까?"

"응, 그것도 좋을 거 같네요. 우린 그만한 사이니까."

미야코는 장거리 운전에 어른들과의 대면으로 꽤 피곤했다. 아직 일정이 남아서 천천히 마셨다.

유명한 노천온천까지는 셔틀버스를 탔다. 오르막을 올라 좁은 길로 들어서니 큰 음식점의 대문같이 생긴 입구가 나왔다. 직원은 안으로 안내했다.

맨 앞에 정자가 있었다.

"온천 마치고 나오시면 여기서 기다려주십시오. 시간이 되면 모시러 오겠습니다."

그는 뜨문뜨문 작은 조명이 설치된 오솔길을 따라 온천장 앞까지 데려다주었다.

둘만 남으니 주변은 별도 달도 잠든 듯 고요했다. 온천의 물소리만 또로록 또로록 희미하게 울려 퍼졌다.

오코조가 먼저 몸을 담그고 뒤이어 미야코가 들어갔다. 앞쪽만 칸막이가 있고 산등성이 쪽으로 개방되어 있다.

미야코는 어둠에 묻힌 산 쪽을 바라보며 말했다.

"여우나 곰이 혹시 목욕하러 오지는 않을까요?"

"여긴 여관에 묵지 않으면 들어올 수 없으니까."

"아, 그런가요?"

어둠은 달달한 술처럼 온 세상을 부드럽게 감싸 안았다. 기분이 한결 좋아진 미야코가 말했다. "벽은 없고 기둥만 있는 곳을 어디선가 본 것 같아요."

"그래?"

"뭐였을까? 기둥과 지붕만 있고 벽이 없는, 그리고……"

"그리고?"

"벌거벗은 사람이 있는."

수수께끼 같은 건물이다.

……?

미야코의 머리를 스치는 것이 있었다. 탕에 담그고 있으니 무릎을 내리칠 수는 없었지만.

"스모! 스모예요. 모래판 위의 지붕이오."

오코조는 잠시 생각하다 대꾸했다.

"스모 경기장은 기둥을 위에서 매다는 것 아닌가?"

"그건 프로들 하는 경기장이구요. 내가 다닌 고등학교에 스모부가 있었는데 거기 모래판은 사방에 기둥을 두고 지붕만 그 위에 얹었어요."

"아하하."

정식으로 건물을 짓기보다 그렇게 하는 것이 싸게 먹혔

을 것이다. '여자는 모래판 위에 올라가면 안 된다'는 말을 듣고 친구와 '몰래 올라가볼까?' 하고 속삭인 적도 있다. 물론 진짜로 그럴 맘은 없었다. 남들이 싫어하는 일을 굳이 하려는 성미도 아니거니와 스모의 신에게 노여움을 사 밤새 스모 대장에게 쫓기는 악몽을 꾸고 싶진 않았다.

생각해보니 오코조의 작품 중엔 고양이들의 스모 장면도 있다. 옹골찬 표정이 여간 귀여운 게 아니다. 허리띠 한 줄만 두른 고양이들이었지만 고양이는 원래 아무것도 걸치지 않으니 야한 느낌은 전혀 아니었다.

"요즘 학교에는 스모부가 별로 없지 않나?"

"벌써 10년은 더 전의 이야기인데요. 그때도 스모부에 아이들이 없었죠. 대회라도 있으면 다른 특활부 아이들한테 출전을 권유했었으니까요."

그 모래판마저도 이제는 자취를 감췄을지 모를 일이라고 미야코는 생각했다.

두 사람은 상쾌한 기분으로 목욕을 마치고 나와 게다*를 끌며 정자로 올라왔다. 작은 선풍기가 요란하게 돌아갔다.

여관 직원이 다음 손님을 데리고 왔다. 젊은 외국인 남자 둘이었다. 한 명은 밝은 갈색 머리, 또 한 명은 금발이다.

* 일본식 슬리퍼.

노천온천과 외국인이라…… 미야코는 머릿속으로 그림을 그려보곤 피식 웃었다.

7

운전대를 잡은 여관 직원에게 물어보니 두 외국인은 프랑스 학생들로 일본 온천을 연구하러 왔단다.

세상은 넓고 사람들은 가지가지다.

"어제는 도고 온천에 갔었대요."

아 그렇구나, 역시 외국인이네 싶었다. 일본 사람이라면 '시코쿠에 갔다가 다음 날 도호쿠'로 옮기는 여정은 잡지 않을 것이다.

"유카타를 잘 입었더라고요."

"그러게요. 요즘엔 일본 젊은이들도 잘 입지 않는데."

특히 갈색 머리는 시대극에서 빠져나온 것마냥 유카타가 잘 어울렸다. 허리띠도 한 치의 흐트러짐 없이 잘 맸다. 그런데 워낙 키가 크다 보니 소매가 짧았다. 약간은 언밸런스한 것이 귀여웠다. 한편 금발은 목 언저리의 옷깃이 엉성하니 풀어진 느낌이었다.

긴장과 완화, 썩 잘 어울리는 콤비가 아닌가.

오코조가 말했다.

"죄송한데 역까지 데려다주실 수 있나요?"

"네?"

"이 사람한테 보여주고 싶은 게 있어서."

"아아, 네."

"돌아갈 땐 걸어서 가겠습니다."

셔틀버스는 가장 가까운 역으로 향했다.

둘은 유카타 차림으로 역 앞에 내렸다. 별이 아름다웠다. 둘레길을 달려온 전차가 강을 건너기 전에 서는 역이었다.

초콜릿색 역사로 가는 길은 완만한 오르막이다. 산에 가깝고 밤도 깊어서 공기가 시원했다.

옛날 초등학교의 복도처럼 통로와 대합실이 임시 천막으로 쭉 이어져 있다. 자동판매기 불빛이 현재를 알려주지만 그것을 둘러싼 배경은 참으로 동화스러웠다. 고양이가 역무원 복장을 하고 당장에라도 튀어나올 것만 같았다.

"이런 가운만 걸치고 구경을 해도 괜찮을까요?"

"괜찮아. 늦은 밤과 이른 아침엔 역을 지키는 사람도 없거든."

문을 열고 안으로 들어갔다. 흰 벽에 짙은 색의 나무 선반이 교차하고 있다.

"아아……"

미야코는 오코조가 보여주고 싶어 했던 것이 무엇인지 알았다. 오코조의 작품이 사방 벽 가득 붙어 있었다.

이 온천지는 도호쿠 지방 특산품인 목각인형으로 유명하다. 오코조의 작품마다 목각인형이 그려져 있다.

머리 위에 토끼가 올라앉은 목각인형, 여우와 눈밭에 있는 목각인형 등 다양했다. 하지만 목각인형의 얼굴은 한결같이 고양이.

"고양이 목각인형이네."

오코조도 미야코의 말을 똑같이 따라했다.

둘이서 한참을 산골 오두막의 것 같은 벽을 올려다보았다. 꼭 시골 미술관에 온 것 같다.

역 근처라고 해서 사람들로 붐비지는 않았다. 역은 온천가 중심부와는 좀 떨어져 있다. 밤이 되어 인적 없는 역사는 어둠 속에 동그란 백열등만 빛났다.

"그런데 왜 여기에 그림을?"

"처음 여기 왔을 때 들은 이야기인데, 근처에 초등학교가 없대. 동네 아이들은 이 역에서 기차를 타고 옆 마을까지 가서 공부한대. 그 말을 듣고 '잘 다녀와'와 '다녀오겠습니다'라는 인사말을 주제로 한 그림을 여기 장식해두고 싶어졌지."

마을 사람에게 제안했더니 한번 해보라고 했단다. 처음

엔 작은 화판 두 개를 걸겠다 약속했는데, 막상 도쿄에 올라와 아크릴 물감으로 작품을 시작했더니 슥슥 붓놀림이 좋아 결국 큰 화판 다섯 개를 완성했다.

"그래서 그냥 일단 보냈어."

"그래도 마을에서 여기 진열해주셔서 고맙네요."

"응, 맞아. 전기설비 하시는 분이나 관계자 분들이 모두 도와서 높은 위치에 달아주셨어. 그러다 보니 나중엔 이쪽 벽이 휑해졌다고 해서……"

"또 그렸군요."

"응."

그리하여 이 마을과 오코조 씨의 연이 맺어진 것이다.

플랫폼으로 나와보았다. 실내조명 아래 있다가 나와서 그런지 하늘의 별이, 역으로 들어올 때 봤던 것보다 훨씬 더 예뻐 보였다. 등성이 등성이마다 그 넓고 깊은 품에 소복이 이야기들을 품고 있는 듯했다.

두 사람은 게다를 끌면서 철교 끝까지 걸어갔다.

"샤를르와 프랑소와는 이제 나왔을까요?"

"응?"

"아까 그 프랑스 학생들요. 온천 연구를 한다던 대학생들. 노천탕에서 나왔을까요?"

"이름까지 알아?"

미야코는 고개를 좌우로 흔들었다.

"아뇨. 그냥 제 상상이에요."

"뭐야."

"좀 더 빈틈없어 보이는 쪽이 샤를르."

"허허, 그래?"

"탕 속에서 스모 이야기를 했을까?"

"그렇진 않겠지."

"일본에 대해서 그만하면 아주 박식한데."

플랫폼 끄트머리에 바리케이드가 쳐진 지점에 둘은 나란히 섰다. 레일은 철교를 건너 멀리까지 쭉 이어졌다. 오코조가 미야코의 손을 꼭 잡았다.

8

다음 날 아침, 일찍이 탕에 들어갔었는지 어깨에 타월을 얹고 매점에서 기념품을 구경하는 샤를르를 만났다. 여전히 유카타를 제대로 차려입었다. 미야코는 에도에 나타난 '샤르 씨.' 하고 부르고 싶었다. 그는 날씬한 허리를 허리띠로 꼭 졸라맸다.

미야코는 그렇다고 불쑥 '하이, 샤를르.' 하고 말은 걸지 않았다.

한편 미야코는 오늘 옷차림에 구애를 받지 않아도 되니 기분이 홀가분했다. 아이보리색 7부 바지에 흰색 티셔츠를 입었다. 햇빛도 피하고 실내에서는 너무 춥지 않게끔 카디건도 준비했다. 티셔츠가 흰색이니 카디건은 네이비로.

둘은 아침을 먹고 일찌감치 출발했다. 계곡을 조망하기도 하고, 블루베리를 따기도 했다.

점심은 맛있는 채소 요리 전문점에 들어갔다. 그 집의 요리가 맛도 담백하고 모양새도 수수한 것이 좋았다.

음식이 조금씩 담긴 냄비와 접시가 한 상 가득 차려져, 먹고 나니 배가 불렀다. 디저트는 식당에서 직접 만든 탁주 푸딩이었다.

미야코는 "만족, 대만족." 하며 신나게 온천가 이 집 저 집을 구경하며 걸었다. 오코조가 그린, 큰 벽화도 있었다. 그 안쪽으로 '족탕'이라는 간판이 보인다. 이 집에도 눈썹 달린 고양이가 웃고 있었다.

가게 옆에 뜨거운 온천수가 솟아 나오는 샘이 있었다.

"들어가보자."

미야코가 말했다. 맨발에 샌들 차림이니 지금이 딱이다. 욕조를 둘러싸고 통나무 의자가 몇 개 놓여 있다. 미야코는 맨 안쪽에 앉아 샌들을 풀었다.

오코조도 옆에 나란히 앉아 신발을 벗고 바지를 걷어 올렸다.

발을 쑥 집어넣으니 잔잔한 물에 물결이 꽃 모양으로 일었다. 나중에 집어넣은 오코조의 발을 보고,

"에잇, 샤를르." 하고 미야코는 장난을 쳐본다.

"뭐야, 프랑소와."

오코조도 지지 않고 엄지발가락으로 미야코의 엄지발가락을 누르려 덤볐다.

"내가 질 줄 알고!"

미야코는 왼발까지 가세했다.

"어허, 해보겠다 그건가?"

하고 오코조는 철 지난 대사를 했다.

"발가락 스모다, 발가락 스모."

탕 안에서 꽃 물결이 격하게 피어올랐다.

목각인형 같은 머리 모양을 한 여자아이가 지나가면서 자기 엄마에게 말했다.

"저 사람들, 이상해."

그러게, 그 말이 맞는지도……

9

온천신사라는 곳에 가서 인연 메시지*를 샀다. 나무에 매달린 무수한 메시지 종이들 사이로 나란히 얼굴을 내민 남녀 목각인형이 귀여웠다.

그다음 목각인형집에 들어갔다.

"아아, 오코조 씨 오셨네."

마치 친척이라도 되는 양 환대를 받았다. 이곳에서 밋밋한 목각인형에 직접 얼굴과 팔을 그려 넣는 체험을 했다.

오코조는 별 생각 없이 슥슥 칠하는 것 같아도 완성된 것을 보면 꽤 그럴싸하다. 프로니까 그러려니. 얼굴은 고양이, 통통한 발바닥까지 섬세하게 그렸다.

하이쿠**에 575조가 있는 것처럼, 목각인형의 형태를 잡고, 색을 입히고, 표정을 얹는 것이 재밌다.

자기 나름 좋아하는 색과 솜씨로 그리니 목각인형마다 모양새는 천차만별. 미야코도 나름 개성을 나타내려 애썼다. 하지만 첫술에 배부를 수는 없는 법. 썩 그럴싸하지는 않았다. 마음과는 달리 붓이 말을 듣지 않았다.

---

* 엔무스비. 연인이 혼인성사를 기원하는 마음을 담아 종이에 이름과 메시지를 써서 신사에 있는 나무 등에 걸어놓는 것.

** 일본식 시조.

색을 좀 바꾸려고 붓칠을 더하면 오히려 역효과가 났다. 결국 눈초리가 샐쭉한 목각인형이 되고 말았다.

"당신 닮았네."

"어디가요?"

"아니, 그…… 아주 잘 만들었어요."

오코조는 자기가 만든 작품을 가게에 남겼다. 미야코는 재미있는 경험이다 생각하고 가지고 왔다. 두고 왔다간 가게에 민폐다.

그 후 오코조가 좋아한다는 논두렁길을 같이 걸었다. 멀리 산이 보이는, 전형적인 시골길이다. 그냥 이대로 해 떨어질 때까지 걷는 것도 좋을 것 같은 기분이었다. 하지만 내일은 일터로 향해야 하는 몸. 휘 한 바퀴 돌고 주차장으로 돌아와 오늘의 마지막 목적지로 향했다.

산기슭을 더 거슬러 올라가면 멋진 폭포가 있단다. 좁은 길임에도 맞은편에서 이따금씩 차들이 내려온다. 두 사람은 조심조심 올라가 폭포 앞에 다다랐다.

차를 세우고 조금 걸어 올라갔다.

"어떻게 할까?"

오코조가 조금은 자신 없는 듯 말했다. 가이드북에 실릴 만큼 웅장한 폭포는 아니다. 그래도 미야코는 올려다보며 "와아, 좋네요." 했다.

"그래?" 그제야 오코조는 마음을 놓은 눈치다.

높은 데서 사발 모양으로 고여 있던 계류가 두 갈래로 나뉘어 꼭 철부지가 까불듯 후드득 떨어진다. 새하얀 실 같은 물줄기는 아래 계곡에서 합쳐진다.

시원한 바람이 얼굴을 스친다. 발밑에는 노란 들꽃이 어여쁘게 고개를 젓고 있다.

'갈라져도 결국에는……'

'바위에 막혔다가 갈라져 떨어진 계곡 물도 마침내 하나가 되듯, 우리 함께 하자.'라는 옛 노래 가사가 떠올랐다.

그리고 미야코는 생각했다.

'이런 데서 인연 메시지를 팔면 어떨까?'

의외로 미야코에게 장사 수완이 있는지도 모르겠다……

10

"편집장님."

다음 날 미야코가 코앞에 들이민 것을 본 쓰야키가 "뭐야 이건?" 하고 물었다.

"온천에 갔다가 직접 만든 목각인형이에요."

"음…… 추상예술이란 건가?"

"추상이 아니라 그만하면 꽤 구체상이죠."

쓰야키는 눈썹을 찌푸리곤 "설마 이거 나한테 줄 선물은 아니겠지?" 하고 물었다.

둥근 인형 머리로 미야코의 어깨를 쥐어박을 듯한 분위기였다. 미야코는 얼른 허리를 펴고 말했다.

"글쎄, 아니라면 아니고, 그렇다면 그렇기도⋯⋯"

"뭐라고?"

"아니 왜, 얼마 전에 독자를 위한 선물에 대해 미팅했었잖아요."

"아아."

"이거요, 단가는 별로 비싸지 않거든요. 그러니까 나무로 인형 형태만 잡힌 것을 대량 주문해서 작가 선생님들께 직접 얼굴을 그려달라고 부탁드리면 어떨까요?"

"오호."

두뇌회전이 빠른 남자라 바로 알아들었다. 쓰야키는 몸을 살짝 내밀며 관심을 보였다.

"해보니까 의외로 재밌더라고요. 담당 편집자가 붓과 물감을 준비해 설명하면 선생님들도 응해주실 거 같아요."

쓰야키가 고개를 끄덕였다.

"넉넉하게 한 사람당 세 개 정도 만들면, 그중 한 개는 선물로 쓸 수 있지 않을까요? 잎담배를 물고 있는 것이라든가, 선글라스를 끼고 있는 것이라든가. 물론 자화상이 아니어도 상관없어요. 동물이든 뭐든 그리다 보면 작가의 개성이 묻어나겠죠. '작가가 손수 그린 오리지널 목각인형'은 지금까지 경품으로 쓰인 적 없겠죠?"

쓰야키가 다시 끄덕였다.

"음, 그야 없겠지."

"일단 물건이 목각인형이잖아요. 그걸 받은 독자는 그대로 어딘가에 장식해둘 거예요. 부록 페이지에 당대 인기 작가들이 직접 그린 목각인형이 경품으로 소개되면 잡지를 사고 싶지 않을까요?"

"흠."

"화제도 될 거 같아요."

"저걸 죽여 말아!"라는 말은 쑥 들어갔다. 어디 그뿐인가. 검토를 거쳐 미야코의 '동북 지방 여행 기념품 아이디어'는 채택되었다.

그리고 그 건은 다음 해 봄 출판계에 화제가 되었다.

'자빠져도 그냥은 일어나지 않는다'는 말이 있다. 하지만 미야코의 경우, 자빠지지도 않고, 혼전 여행을 자신의 일과 멋들어지게 연결시켰다. 잠들어 있던 장사 수완이 이제야 빛을 보는지도 모르겠다.

11장

코끼리 코

1

경사스럽게도 미야코와 오코조의 소소한 만남은 결혼으로까지 이어졌다.

혼인신고는 미리 9월에 끝냈다.

피로연은 미야코가 진작부터 점찍어두었던 다이칸야마의 전문 웨딩 레스토랑에서 치렀다.

아무리 장소를 미리 봐두어도 상대가 없다면 말짱 도루묵. 미야코는 결과적으로 '주도면밀한 여자'가 된 셈이다. 나중에 혼자 생각하며 쿡쿡 웃음 지을 정도로 흡족한 결과였다.

피로연 하객은 양가 친척들만 단출하게 초대했다. 이렇

게 약식으로 축하하는 집이 드문 시절이었다.

미야코는 웨딩드레스를 고를 때는 한층 현실적이 되었다. 온갖 웨딩 관련 잡지와 정보지를 망라하여 물색한 후 맘에 쏙 드는 투피스로 결정했다.

청초하면서도 활동적인 느낌을 주는 민소매 디자인에 단정하면서도 발랄한 스타일이면 좋겠다는 무리한 바람을 충분히 표현해낸 작품이었다. 가슴 언저리에서부터 등에 이르기까지 우아한 곡선을 그리며 박힌 라인스톤은 밤하늘에 촘촘히 빛나는 별무리 같았다. 그 반짝임이 양쪽 귓불에까지 연결되도록, 작고 귀여운 보석 귀걸이를 하면 된다. 그리고 스커트는 우아하게 퍼지는 A라인으로…… 샀다.

"아주 예쁘네." 새신랑 오코조가 말해주었다.

하긴 결혼을 앞두고 그렇게 말하지 않는 신랑은 없겠지만 신랑이 화가인 만큼, 더군다나 고양이 얼굴에 눈썹을 단 남자인 만큼 미야코에겐 그의 칭찬이 신뢰가 갔다.

미야코는 투피스의 상의는 따로 입을 수도 있겠다고 생각했다.

회사에서 주최하는 문학상 수상식 같은 큰 행사에 정장 스커트나 바지와 함께 연출할 수도 있을 것이다.

솔직히 이런저런 생각도 대여를 하지 않고 산 것에 대해 스스로 합리화한 것이다. 웨딩드레스는 결혼식을 빛내기 위한 것으로 끝내고 싶은 것이 여심이니, 일단 한 번 입는 것만으로 본전은 뽑는 셈이다. '웨딩'드레스 아닌가.

피로연이 열린 레스토랑은 단독주택을 개조한 건물로 예전에 드라마의 무대가 되기도 했던 곳이다. 그래서 좋다는 건 아니지만, 역시 모인 이들에게 근사한 분위기를 선사하기에는 충분했다.

야마가타에서 도쿄까지 먼 길을 온, 오코조 본가 어른들에게도 도쿄의 며느리가 너무 눈앞의 유행만 좇는다는 이미지를 주지 않을, 적절한 장소였다.

피로연 준비도 빈틈없이 진행되어 안심할 수 있었다. 머리장식과 메이크업 등도 그곳에서 제휴하는 곳이 있어 실수할 일이 없었다.

그리고 요리로 말하자면, 이 웨딩 전문 레스토랑의 주력 아이템이다. 미야코는 입에 들어가는 것이니만큼 미리 가서 직접 먹어보고 확인했다.

당일은 하늘도 높고 푸르렀다. 화창했지만 날짜를 잘 잡은 덕에 늦더위도 피할 수 있었다. 참으로 복되고 유쾌한 자리가 되었다.

2

그리하여 미야코는 '오코조 미야코'가 되었다.

일단은 오코조의 아파트에 신혼살림을 차리기로 했다. 신혼집엔 판화도구와 오코조가 지금까지 작업한 나무판 등이 산더미처럼 쌓여 있다. 남들이 보면 정신없는 모습이지만 당사자들은 그래야 오히려 찾기 쉽고 지내기 편하다. 섣불리 치웠다간 어디에 뭐가 있는지 헤매기 시작이다. 그래서 그런 사람들에겐 이사도 큰일이다.

그래도 결혼도 했으니 작업실 겸 단독주택을 찾자고 이야기가 됐다. 직장에서 조금 멀어지더라도 지금 갖고 있는 물건들을 여유 있게 보관할 정도의 넓은 공간이 필요했다. 하지만 그렇다고 서두르고 싶지는 않았다. 천천히 신중하게 선택하기로 했다.

회사에서 바뀐 것이 있다면 급여명세서의 이름이 '코사카이 미야코(小酒井都)'에서 '오코조 미야코(小比木都)'로, 가운데 두 글자가 달라진 점이다. 샌드위치에 비유하자면, 빵 사이에 들어가는 재료를 햄에서 상추로 바꾸어 넣은 것.

미야코는 활자의 중간 부분을 손가락으로 가려보았다.

"변신!"

하면서 떼어도 차이를 알 수 없다.

미야코는 많은 다른 여직원들처럼 직장에서는 처녀 적 성을 그대로 쓴다. 그래서 그다지 변화를 느끼지 못했다. 새신부 미야코의 책상에 무라코시 사나에가 불쑥 찾아와 서 말했다.

"우리끼리 한 번 더 축하합시당."

미야코는 웃으면서 받았다. "에헤헤, 감사합니다."

"진심에서 우러난 말이야."

하며 사나에는 앉아 있는 미야코의 어깨를 툭툭 쳐가며 말했다.

"응?"

"그냥 하는 말이 아니야. 음, 아는 사람들끼리 회비 걷어 서 하면 훨씬 편안하고 부담 없을 거 아냐? 우리가 총무 볼 게 피로연 한 번 더 하자고, 오케이?"

"아아……"

서적부의 술친구들, 심신이 넉넉한 오타 미키, 만물박사 세토구치 마리에와 방금 이야기를 마쳤다 한다.

"그래서 뭐, 좋은 일은 서두르랬다고 헉헉, 이렇게 달려 왔지 뭐야."

이런 일의 문제는 장소 확보다. 서언니 미키가 자신의 단골인 창작요리집에 빛의 속도로 전화를 했다. 교통편도 공간의 크기도 만족스럽다. 워낙 인기 있는 집이라 붐빌 것에 대비해 확인한 것이다.

취소된 건이 있어 10월의 어느 토요일이 비었다고 한다. 일이 마무리되지 않으면 토요일, 일요일이 따로 없는 잡지 편집자들이지만 하늘이 도왔는지, 그날은 미야코가 교정을 마감하는 날이다. 정말이지 기분 좋은 우연이었다.

"신께서도 먼저 나서서 '해라 해.' 하고 등 떠미는 거 같지 않아?"

그랬다면 참으로 한량인 신이다.

"하지만 미야코짱의 스케줄을 물어봐야 진짜 우리가 럭키인지 아닌지 알 수 있잖아. 나는 똥인지 된장인지도 모르고 좋아하는 맹추는 아니거든."

어디선가 들어본 대사다.

"미야코짱이 캄차카반도나 더 먼 곳에 출장이라도 잡혀 있으면 안 되잖아. 어때? 그날의 일정?"

미야코는 배불뚝이처럼 두터운 수첩을 폈다. 시간과 싸움을 벌이는 편집자의 다이어리이기 때문에 빽빽한 메모 사이사이마다 색색깔 포스트잇이 붙어 있었다.

"좋아요. 신랑도 아마 괜찮을 거예요."

'우리 집 양반'이라고는 못하고, 일단 누구나 쓰는 '신랑'이란 호칭으로 했다. 제 입으로 말하고도 민망했다.

하지만 판화가라는 직업상 오코조의 시간은 비교적 자

유로웠다. 개인전 준비와 겹치지 않는 한, 하루 비우는 것쯤 어렵지 않을 것이다.

"그럼 갑자기 안달해서 미안하지만 바깥양반의 스케줄도 이 자리에서 확인해줄래? 아마가 아니라 확실히 참석하시는 것으로…… 주인공 두 분의 출석이 확실하지 않으면 다음 일들은 의미가 없으니까."

의미가 없긴, 벌써 장소 예약에, 참석자 수의 절반은 확인이 끝난 것 같다. 이 정도까지 됐으면 더 이상 빼도 박도 못한다.

그날 저녁에는 사내에서 초대하고 싶은 사람을 정하는 단계까지 진행됐다. 이제 오코조 쪽 사람들과 미야코 쪽 지인들을 조정해야 한다.

집에 가서 말하자 오코조는 기다렸단 듯 좋아했다.

"사무실 사람들과 아직 인사하지 못한 사람들에게도 한꺼번에 소개할 수 있으니 좋은 자리 아니야? 이런 걸 두고 뭐라고 하더라? 아아! 일타이피!"

글쎄, 그리 세련된 표현은 아니지만 뜻은 알겠다.

3

둘이 외출할 때 가끔 이웃 아주머니 같은, 오코조의 지인들을 만나는 일이 있다. 슈퍼마켓 야채 코너에서 알게 되었단다.

"아, 제가 결혼을 해서요. 이쪽이 안사람 미야코입니다. 앞으로 저희 둘이 살게 돼서……"

하며 오코조는 무슨 죄라도 지은 것처럼 고개를 숙인다. 옆에 서 있던 미야코도 인사를 했다.

"어머나, 부인되세요?"

라는 말을 들으면 미야코는 가슴이 콩닥거린다.

낯선 느낌이다. 하루하루 듣다 보면 익숙해지겠지 싶다.

피로연은 사나에가 중심이 되어 착착 진행하고 있었다.

결혼식에 온 사람들에게는 작은 꽃 모양 비누와 비누 접시, 오코조가 직접 그려 넣은 목각인형 세트를 선물로 나눠 주었다.

그중 목각인형은 미야코가 아이디어를 낸 경품의 실물 모형으로 오코조가 하나하나 정성껏 그렸다. 미야코가 보아도 누굴 주기보다 소장하고 싶을 정도였다. 선물을 받는 사람들의 표정이 좋았다.

이번에도 그런 선물을 준비하기 때문에 참가자 수를 확

인할 필요가 있다. 회사에서 떠벌릴 얘기는 아닌 것 같아서 직원식당으로 갔다. 커피 한 잔에 오십 엔이라 이야기라면 맘 편히 할 수 있다.

하지만 이곳은 준비한 물량이 다 나가면 즉시 문을 닫는다. 오후 네 시가 지난 터라 자판기 커피로 만족할 수밖에 없었다.

사나에와 이야기하고 있는데 오소네 씨가 자판기 앞으로 다가섰다. 이쪽을 힐끗 보더니,

"아아, 코끼리 코." 했다. 툭, 캔이 떨어지는 소리가 나고 사나에가 갑자기,

"아악." 하고 비명을 질렀다.

오소네 씨는 미야코를 보고 무슨 일인지 고개를 끄덕이고 입을 다물었다가,

"아, 맞아! 음…… 그러니까 나도 갈게." 했다.

미야코는 아, 파티 이야기를 하는가 보다 싶어 웃으며 대꾸했다.

"감사합니다."

"우리 바깥양반도 데리고 가고 싶은데, 괜찮겠지? 재밌거든."

꽃미남 신랑, 쓰키가타 효이치와는 미야코도 대작한 일이 있다. 얼굴도 아는 사이겠다, 물론 참석해서 나쁠 게 없

다. 좋지요, 하고 말하려는 찰나, 바쁜 오소네 씨는 캔을 집어 들고 홀연히 사라졌다.

미야코는 오소네 씨의 뒷모습을 보면서 물었다.

"근데 왜 재밌다는 거지?"

사나에는 어쭙잖은 미소를 지으며 대답했다.

"아니 그야 뭐, 판화가의 지인들이라든가 디자이너들이 오니까 재미있겠다는 말이겠지."

미야코는 고개를 갸웃거렸다.

"음? 그런가?"

"맞아."

"근데, 그…… 코끼리 코는 또 무슨 소리야?"

"응? 그런 말을 했어?"

하고 사나에는 놀란다.

"말했잖아요, 저를 보고 처음에."

"어머머, 자기 코끼리 귀야 뭐야?"

"코끼리 귀가 아니라도 그 정도야 들리죠."

마리에가 테이블 위로 얼굴을 내밀더니 한 손을 쳐들고 외쳤다.

"아, 가네샤!"

"네?"

"가네샤 말이에요. 인도의 신. 현재도 많은 사람들이 추앙하는 대상이잖아. 가네샤의 얼굴이 코끼리 상이거든."

마리에는 자기 얼굴 앞으로 손을 가져가 코끼리 코를 만들었다. 아, 그러고 보니 코끼리 얼굴에 팔다리가 달린 신의 그림을 어디선가 본 것도 같다.

"그게 뭐 어쨌는데요?"

"가네샤를 불교에서는 환희천이라든가, 성천님이라고 부른대. 몸이 두 개인 코끼리도 있고, 남녀가 부둥켜안은 모습을 하기도 하고. 그러니까 한마디로 말해서 섹시하다 그거지. 그래서 결국 부부가 화합해서 건강한 자식을 생산하고 가정이 풍요로워져서 병마를 피한다……"

도대체 무슨 말인지. 한 가지 분명한 건 마리에의 잡학 다식은 알아 모셔야 한다는 점.

"그런데요?"

"응, 지난번에 내가 오소네 씨 자리에 가서 피로연 이야기를 꺼냈을 때, 가네샤 이야기가 나왔어. 그러다 이야기가 미야코쨩도 부부가 화합해서 행복했으면 좋겠다, 뭐 그렇게 흘러간 거지."

"아, 그래요?"

"당연하지. 자기는 그렇게 생각 안 해?"

"생각이야 하지만."

언니들의 말발에 홀딱 넘어간 미야코다.

4

피로연 당일, 미야코는 아파트에서 옷을 차려입고 택시를 불렀다. 결혼 피로 파티라는 공식적인 자리이기 때문에 당당하게 한 번 더 드레스를 입는다.

웨딩드레스라고 해도 투피스 스타일이기 때문에 그다지 야단스럽지 않다. 긴 베일을 뒤집어쓰고 가는 것도 아니다. 미야코는 심플한 꽃으로 머리장식을 했다.

오코조도 정장을 차려입어 다행이지 그마저도 하지 않으면 신부를 데리고 도망치는 남자 꼴이었을지도 모른다.

미야코와 오코조는 파티시간인 다섯 시까지 넉넉히 시간을 두고 도착해 안내를 맡은 사람들에게 먼저 인사했다.

서언니가 싱긋 웃으며 "미야코짱, 이거 받아." 하며 안내 데스크 테이블에 쌓여 있던 팸플릿을 하나 건네주었다.

팸플릿의 표지는 미야코가 담당하고 있는 잡지 10월 호의 레이아웃이었다. 하지만 타이틀은 '소설 신혼'이라 바뀌어 있다. '어른을 위한 결혼 특집'이란 부제가 달리고 신랑신부의 이름이 작가의 이름이 놓인 자리에 써 있다.

첫 장을 넘기니 언제 찍었는지 오코조 씨의 사무실과 미야코가 일하는 편집부의 일상을 담은 사진들이 실려 있다. 전화를 하는 모습, 책상 앞에 앉아 있는 모습, 다른 직원들과 담소하는 모습 등.

'이, 이런 열정으로 일을 했으면······' 하는 생각을 하면서도 만들어준 동료들의 성의에 미야코는 속이 뭉근해졌다. 페이지를 넘기니 '특집: 이것이 소문의 판화가'라는 제목과 함께 오코조의 작품들이 실려 있고, 사무실 사람들이 오코조에게 남긴 짤막한 코멘트가 실려 있다. 페이지 맨 왼쪽에는 오코조를 향해 화살을 날리는 큐피드가 그려져 있다. 얼굴은 사진 콜라주한 것인데 주인공은 바로 쓰야키 편집장. 하지만 사인펜으로 덧칠한 꼬리와 뿔이 달려 있어 사랑의 신을 겸한 악마이지 싶다. 왜 이렇게 만들었을까? 미야코는 생각하다가 논리나 이성을 뛰어넘은, 초현실적인 표현이라고 이해하기로 했다.

다음이 '걸작 감동 장편, 사랑의 편집자'. 잡지의 삽화를 능숙하게 이용하고, 소설가를 소개하듯 미야코의 약력을 소개했다.

하긴 '사랑과 술의 편집자'가 되지 않은 것만 해도 땡큐지, 하고 미야코는 가슴을 쓸어내렸다.

편집 후기에 이르기까지 궁리에 궁리를 거듭하여 완성된 이 미니 잡지는 모인 사람들의 손에서 손으로 이어지면서 분위기를 끌어올렸다.

흐뭇한 미소와 웃음소리가 끊이지 않는 가운데 벌레 씹

은 표정의 얼굴이 다가섰다. "축하하네, 코사카이."

"아아!"

"자네를 처음 만났을 때, 자네 이름을 갖고 놀렸던 기억이 나는군."

베테랑 편집자다. 문학사에 남을 대작가들을 주로 담당해왔다. 그는 미야코가 신입일 때 이미 백발이었다. 헌데 그때나 지금이나 우거진 수풀 같은 머리숱은 여전했다. 그동안 이미 정년을 맞이했지만 미야코의 회사는 대작가의 전집 편찬에 도움을 받고자 촉탁 형태로 의뢰하고 있다.

"아 그랬나요?"

은발의 신사는 얼굴을 쑥 들이밀더니,

"그래. 자네는 내가 잊지 않고 있지. 술이 마르지 않는 샘(小酒井)이었잖아. 맞지?"

하고 별로 반갑잖게 이름을 해석해주었다.

"이런 자리까지 와주셔서 정말 영광입니다."

"응. 뭐니 뭐니 해도 이 팔이 잊지를 못하고 있네. 그때 자네한테 잡혔을 때 생긴 멍 말이야. 지금도 남아 있어."

하면서 상의 소매를 걷어 올린다.

"네? 저, 정말이요?"

은발 신사는 홀쭉한 팔을 내밀며,

"뻥이지." 했다.

고개를 설레설레 내젓는 미야코를 보고 은발 신사는 웃으며,

"오우지 보보* 아니겠나." 했다.

"아아 네, 보보 왕자요?"**

은발 신사는 헛기침을 한번 하고,

"예전에 지나간 일은 기억이 가물가물해진다, 그 뜻이다. 그때 그 꼬마가 결혼을 한다니 허허 참, 웃음이 나서."

"네."

"꼭 손녀가 결혼을 한다는 거 같아서 남 일 같지 않더라고. 자네는 이상하게 귀여워."

"네."

거기서 오코조를 보고,

"자네가 신랑인가?" 하고 물었다.

"네."

"이 처자 팔뚝을 조심해야 할 걸세. 팔뚝."

은발 신사가 자리를 뜨고 나서 오코조가 고개를 갸웃거리며 물었다.

"무슨 말이야?"

미야코는 설명하자면 길어진다고 슬쩍 넘겼다.

---

* 往時茫茫. 지나간 일은 기억이 흐릿해져 확실치 않다는 뜻의 사자성어.

** '오우지'에는 왕자라는 뜻도 있음.

한때 미야코의 직속상관이었다가 차기 출판부장으로 물
망에 오른 엔도도 왔다. 떡 벌어진 어깨는 여전했지만 배가
상당히 나왔다.

"축하해요."

"감사합니다."

그와 얽힌 추억 중 최고는 레드 와인을 그의 셔츠에 쏟
아버린 일이 되겠다.

"오코조가 내꺼죠."

"네?"

"어때, 이 하이쿠? 맘에 안 들어?"

나 참. 이 날을 위해 나름 한 줄 생각했나 보다. 언어유희
고 뭐고 말장난 좋아하는 버릇은 여전하다.

"음…… 한 67점?"

엔도는 입술을 삐죽 내밀더니 "인심 한번 박하네." 했다.

5

사회는 사나에가 맡았다. 인사는 가능한 짧게 하기로 한
단다. 그런 뜻에서 양측의 소개 후 인사는 한 사람씩만 하
기로. 미야코 측은 직속상사인 쓰야키가 했다.

"글쎄, 이 사람으로 말할 것 같으면…… 유능한 사람으로서……"

'유능한 사람이면 유능한 사람이지 글쎄는 뭐야?'

'별로 할 말은 없지만 굳이 말하자면, 이라는 뜻이야?'
미야코는 생각했다.

박수가 그치자 미키와 마리에가 식당 한 켠에 놓여 있던 플라스틱 상자를 들고 앞으로 나왔다. 사나에가 말했다.

"자, 그럼 지금부터 간단한 이벤트를 시작하겠습니다. 여러분들은 혹시 코끼리 주, 혹은 코끼리 코 술이라고 해서 연잎 줄기를 빨대 삼아 마시는 방법 아세요?"

사람들이 눈을 휘둥그레 뜨고 멀뚱멀뚱 쳐다보았다. 상자 안에는 큰 연잎이 있었다. 열 개는 넘어 보였다. 미야코도 대체 저게 뭘까 하고 쳐다보았다.

그쯤에서 마리에가 마이크를 빼앗더니 한마디 한다.

"원래는 중국의 문화로 한시에도 등장하는데, 장수를 기원하는 의미로 행해졌다고 합니다. 일본에서도 관서 지방 여기저기서 7월경 이것을 마시는 축제를 한다고 합니다."

마리에는 미야코를 보고 싱긋 웃더니 말을 이었다.

"미야코짱의 결혼을 축하하는 자리인데 뭔가 특별하게 할 게 없을까 고민하다가 이걸 떠올렸어요. 문제는 싱싱한 연잎을 입수하는 것이었죠. 벌써 10월인데 어렵지 않겠냐는 말이 나왔지만, 마침 그 자리에 젊을 때 이바라키(茨城)에서 폭주족, 아, 아니 이바라키에서부터 보소반도에 걸쳐 여행을 자주 했다는, 오소네 선배님이 지나가시다 '연잎 필 요해?' 하시는 겁니다. 가스미가우라* 근방은 연잎의 메카로, 오소네 씨의 친척이 그곳에서 연꽃농장을 한다고, 그야말로 구세주 같은 말씀을 하셨죠. 그것도 모자라 그 자리에서 전화를 하셔서 아직 연잎을 구할 수 있다는 답변까지 받아주셨답니다."

음…… 미야코는 어떻게 된 일인지 대충 감이 잡혔다. 마리에가 말을 이었다.

"그래서 우리는 연꽃 자매들로 다시 뭉쳤습니다. 오늘 조반센을 타고 쓰치우라까지 다녀왔죠. 드넓은 밭을 걸어 나가니 몇몇 연못에 그때까지도 파릇파릇한 것이 있었습니다. 우리는 환호하며 연잎을 가지러 갔죠. 연잎을 한아름 챙겨 돌아오는 기차 안에서 냄새가 진동을 했죠. 물론 향기였지만 숨을 쉬기 어려워서 우리 자리에 앉지 못하고 데크에 나가 있다가 도쿄까지 올라왔습니다. 이래 봬도 점심나절까지는 신선 그 자체였답니다. 아쉽게도 지금은 힘없이 시들었지만요."

* 이바라키 현 남동부에서 치바 현 북동부에 걸친 넓은 호수.

말 끄트머리에 공치사와 불만을 깨알같이 곁들인다.

"잎 가운데, 줄기로 연결되는 부분에 뾰족한 것으로 구멍을 냅니다. 그리고 잎에 술을 따라 부어요. 줄기는 가늘어도 연근처럼 구멍이 송송 뚫려 있어 그곳을 따라 술이 흐를 거예요. 연 빨대를 입에 물면 연잎 향이 감도는 술맛을 느낄 수 있다 그겁니다."

이번에는 사나에가 마이크를 잡았다.

"술을 잘 흘려보내려면 잎을 높이 들어주세요. 코끼리가 코를 쳐든 모양과 비슷하기 때문에 코끼리 코 술이라고 한답니다."

'아하, 그래서 코끼리 코구나!'

미야코는 그제야 고개를 끄덕였다.

파티의 서프라이즈 이벤트이기 때문에 주인공인 미야코에겐 쉬쉬했던 것이다. 파티는 그래서 더 재미있었다.

"보통은 신랑신부가 술 석 잔을 세 번씩 돌아가면서 건배하지만 오늘은 무병장수를 기원하는 의미에서 신랑신부가 하나의 연잎으로 코끼리 코 술을 마셔주시기 바랍니다."

모두들 서서 즐기는 파티였지만 신랑신부의 자리는 마련되어 있었다. 미키와 마리에가 그중 제일 예쁜 잎을 뽑아 신랑신부에게 다가섰다.

미야코는 속삭였다.

"깜짝 놀랐어요, 정말."

"그랬지? 나도 사실 이렇게 마시는 법은 몰랐어."

미키가 말하며 뾰족한 송곳으로 큰 연잎에 구멍을 뚫었다. 오코조가 시키는 대로 심지 끝을 입에 물었다. 신랑신부는 어떤 황당한 요구라도 받아들여야 할 상황이었다.

마리에가 곡주가 든 술병을 미야코에게 건네며 말했다.

"그럼 이제 신랑에게 따라 드리세요. 잎은 깨끗이 씻었으니 안심하시고."

미야코는 끄덕이며 연잎을 보았다.

연둣빛이 중심으로 갈수록 진해지고 한 점을 향해 노란 줄이 방사상으로 퍼져 있다. 파라솔 안에 들어가 위를 쳐다보는 느낌이랄까?

줄기를 긴 기둥이라 하면 그 머리 부분, 잎의 중심은 거의 흰색으로, 연둣빛이 살짝살짝 비치는 정도다. 손가락 끝정도의 굵기에 미키가 뚫은 구멍이 몇 개 보인다.

미야코는 연잎잔에 술을 따라 넣었다. 하늘에서 나린 물처럼, 연잎을 타고 술이 모인다.

"그럼 신부는 잎을 들어주세요. 신랑은 시원하게 쭈욱 들이켜보세요."

미야코는 자유의 여신상이 햇불을 들어 올리듯 팔을 들었다.

오코조는 파이프를 잡는 것처럼 줄기 끝을 들고 입에 댔다. 오물거리는 입매를 보니 열심히 빨아들이려고 하는 것 같다. 어린아이 같은 표정이 꼭 그다웠다.

"술이 나와요?"

사나에의 질문에 오코조는 눈으로 '네' 하고 끄덕인 후 왼손으로 오케이 사인을 만들어 보였다.

"오오!"

여기저기서 따뜻한 박수 소리가 터지고 사람들이 두 사람을 에워쌌다.

미야코는 많은 이들에게 즐거움을 주는 지금 이 순간이 눈물이 날 정도로 고마웠다. '이 남자와 앞으로 함께 걸어간다'는 생각에 벅차올랐다.

'아아, 이 잎과 이 줄기로 지금 나는 이 사람과 연결되어 있다. 귀한 물이 생명을 전달하는 관을 통해 나에게서 이 사람에게 흐르고 있다. 그것은 모양만 그런 것이 아니다. 나의 마음이 이 사람에게로 흐르고 있다.'

6

역할을 바꿔 이번엔 미야코가 마셔보았다. 어떤 맛일까

아무렴 궁금하기도 했다.

줄기를 빨아보니 원래는 달짝지근하고 부드러운 일본 술의 향이 바늘처럼 톡 쏘는 느낌이었다.

전체적인 맛이 끈적하지 않고 상큼하다. 은근히 느껴지는, 푸른 느낌의 맛이라 그런지도 모르겠다.

'흠, 음.'

좁은 관을 통해서 떨어지는 한 방울, 한 방울에 집중해서 그런가 분석을 하게 된다. 취기는 좀 더 빨리 돌지 모르겠다.

그다음은 잠깐 환담이 이어졌다.

서프라이즈 이벤트는 모든 사람에게 확실한 서프라이즈였고, 파티 분위기를 한껏 끌어올렸다. 피로연장의 이쪽 끝에서 저쪽 끝까지 연잎이 넘실거렸다. 미야코와 오코조는 부부니까 같은 자리에 입을 대고 마셨지만, 손님들은 다른 사람에게 넘길 때 자기가 입을 댄 부분을 잘라내고 넘긴다. 줄기가 길기 때문에 몇 번이고 돌아갔다.

미야코 부부가 앉은 자리에 손님들이 잇달아 인사를 하러 왔다. 즐겁게 이야기를 나누다가 흘낏 보니 어둑해진 창가에서 마리에와 이제는 눈에 띄게 살림꾼 냄새가 나는 이케이 히로유키가 담소를 나누고 있었다.

미야코는 옛날 생각이 났다.

이제는 부서가 달라졌지만 미야코의 신입 시절, 두 사람은 호흡을 맞춰 문고부를 이끌던 투 톱이었다. 그때 마리에와 이케이가 이렇게 이야기를 나누는 장면을 자주 보았다.

이케이는 창가 쪽의 마리에한테 가서 마치 동네 아주머니처럼 시간 가는 줄 모르고 이야기를 나누었다.

이제 사라져버린, 회사 안 풍경의 한 조각이다.

이야기 중간중간 마리에는 흔들리는 연잎에 시선을 주고는 다시 이야기를 이었다. 코끼리 코 술이 화제인 것 같다. 그러다 이케이의 어깨를 툭 친다. '에이, 무슨 소리야.' 하는 것처럼. 다음 그녀의 입술이 '오빠' 하고 오물거린 것 같다.

마리에는 예전에 손아래인 이케이를 '오빠'라고 불렀다. 자타 인정한 호칭이 오랜만에 튀어나왔을 것이다.

따로 자릴 잡은 신랑신부에게 다른 사람들이 요리를 수북이 담아다 주었다. 새콤한 씨푸드 샐러드, 미트소스를 친 이탈리아풍 토르티야, 양념한 두부 요리, 조개구이, 돈가스, 토마토 파스타, 크림 파스타, 주방장 특선 피자 등이 계속해서 테이블 위에 놓였다.

코끼리 코에 샴페인을 따라 마시는 사람도 있다. 오소네 씨의 동반자인 꽃미남 쓰키가타 효이치가 바로 그 주인공이다.

오소네 씨가 따라주니 쓰키가타는 연잎을 든 손을 치켜
든다. 스스로 연잎을 든 손을 들어 올리는 게 코끼리 코 술
의 바른 음주법인지는 모르겠다. 하지만 생김새에 반해 허
당인 쓰키가타의 손놀림이 허술해서 그런지 연잎에서 샴
페인이 흘러넘쳤다.

'어휴, 내 이럴 줄 알았어.'

하는 표정으로 오소네 씨가 젖은 넥타이를 닦아준다. 냅
킨으로 닦고, 그것도 모자라 손수건까지 동원하여 바지런
을 떤다.

멀리서 보기만 해도 센스 있고, 똑 소리 나는 부인의 모
습이었다.

"우리도 해볼까요? 샴페인?"

미야코도 오코조에게 말하며 도전해보았다.

샴페인이 자잘한 거품을 일으키며 크림처럼 연잎 가운
데 담겼다. 샴페인 거품이 폭신한 눈처럼 귀여웠다. 한 모
금 빨아보니 샴페인의 톡 쏘는 맛이 줄어들었다. 정확히 말
하면 김이 샜다.

알코올이 빠져나가 단맛이 진해졌다. 일본 술을 마실 때
보다 풀 비린내가 났다.

화이트 와인을 넣어보니 느낌이 또 다르다. 빨대로 마시
면 빨리 취한다는 이치를 생각하면, 위스키는 위험할지도

모르겠다.

중간에 미야코 부부도 자리에서 일어나 손님들 사이를 돌며 인사했다.

총무와 사회를 겸한 사나에에게는 감사의 맘을 담아 한 톤 높게 외쳤다.

"잘 마시고 계십니까?"

사나에는 애교 있는 얼굴에 살짝 미소를 띠우며 손을 좌 우로 흔들었다.

미야코는 생각했다.

'그러고 보니 사나에 씨, 요즘에 술자리가 조금 뜸한 거 같아.'

술에 취해 긴자 뒷골목을 맨발로 질주한 전력 때문에 '맨발의 철녀'라는 별칭도 붙은 인물이다. 그녀에게 술은 공기 같은 존재로 끊을래야 끊을 수 없는 무엇이다.

'컨디션이 안 좋은가?'

싶은 생각이 순간 미야코의 머리를 스쳤지만 미야코는 '아냐, 그럴 리 없어, 그럴 리 없다구.' 하며 도리질을 쳤다.

"여어!"

하면서 쓰야키가 갑자기 미야코의 어깨를 쳤다.

"아, 편집장님. 인사 말씀 감사합니다."

평소에 허여 멀건 쓰야키의 얼굴은 눈초리부터 뺨 전체

가 이미 진홍빛 스프레이를 뿌린 것처럼 불콰했다.

"아니, 그 정도야 뭐. 예뻐하는 부하를 위한 건데. 미천한 쓰야키, 무슨 말이든 합니다. 기회만 주십쇼."

연잎에 위스키라도 따라 마신 모양이다.

"코사카이라는 사람은 말이야…… 그게 말이지, 저기…… 그렇단 말이야."

혀가 꼬여 이야기가 갈팡질팡 헛소리로 빠지려는 찰나 노래가 터져 나와 묻혔다.

7

여덟 시 파티를 마칠 시간이 다 돼서 화장실에 갔다 오는 길에 미야코는 창밖에 웬 그림자를 보았다. '통째로 빌린 것은 대충 알 텐데.'

하지만 그냥 지나가는 사람은 아닌 눈치였다. 대놓고 이쪽 모습을 살피고 있다.

늘 든든한 조력자 서언니가 옆에 있기에 슬쩍 귀띔했다.

"이상한 사람이 자꾸 이쪽을 들여다보는데요."

미키는 창밖을 보았다.

"아, 저 사람이라면 걱정할 거 없어. 들어오라고 할까?"

"네?"

미키가 대뜸 문을 열고 손짓을 해 불렀다. 양복을 빼입은 남자가 허리를 다소곳이 구부리며 들어왔다.

그는 미야코의 드레스를 보곤 대번에 오늘 밤의 주인공을 알아본다. 아주 찬찬한 말투로,

"축하드립니다." 하고 인사했다.

"아…… 네…… 감사합니다."

남자는 아차 싶은 표정으로 머리를 긁적이다가 말했다.

"아, 저는 무라코시 사나에 초대로 왔습니다."

"아아."

미키가 흡사 어머니와도 같은 미소를 띠고는 "이쪽이 그 유명한 켄 군." 했다.

사나에가 술이 좀 들어갔다 하면 언급하던 인물이다. 술친구들이 자상한 남편의 모범상이라 부르던 바로 그 사람. 사나에가 도저히 몸을 가누지 못할 정도까지 마셨을 때 자동차로 데리러 온 일도 있었다. 미야코는 현장에 없어서 전해 들었다.

미키는 몇 번 만난 적이 있는 모양이다.

"사나에 데리러 오신 거예요?"

"회사가 여기서 가까워서 가는 길에 데려갈까 해서요."

미야코는 그가 자상해도 너무 자상한 남자라고 생각했

다. 그때 켄 군이 작은 소리로 물었다.

"사나에, 오늘은 마시지 않았죠?"

"네? ……네."

미야코가 절반은 당황하고 절반은 놀라서 대답하자 미키가 웃으며 덧붙였다.

"아이고, 걱정 마세요. 엄마와 아기 모두 건강할 테니."

아하! 그랬구나.

미야코는 그제야 알았다. 요즘 사나에가 술을 마시지 않았던 것도, 신랑이 이른 시간에 예까지 데리러 온 이유도. 미키는 만면에 미소를 띠고 말했다.

"아직 비밀이야. 마리에하고 나밖에 모르는 일이거든."

미야코는 고개를 끄덕이며 조금 전에 들은 "축하드립니다."란 인사를 고스란히 켄 군에게 돌려주었다.

켄 군은 창가 쪽에 놓인 의자에 앉았다.

미야코는 오코조와 나란히 서서 사나에와 켄 군에게 각각 인사를 했다. 마지막에 오코조가 운을 뗐다.

"앞으로도 두 분."

그 말을 신호로 미야코도 함께 "사이좋게 지냅시다."하고 고개를 숙였다.

파티는 별 문제 없이 끝났다. 하지만 약간 덧붙일 후일담은 있다.

새로운 한 주가 시작된 월요일, 출근하고 보니 쓰야키가 얼굴에 상처가 나서는 뚱한 표정으로 책상 앞에 앉아 있다.

"아…… 어떻게 된 거예요?"

하고 미야코가 물어도 "응."이라고 했는지 "엉?"이라고 했는지 아무튼 이도 저도 아닌 소리만 내고 만다. 무슨 일이지?

저녁때까지 동료들에게서 주워들은 단편적인 정보를 정리해보면 다음과 같다.

파티 후 쓰야키는 몇몇 사람들을 데리고 바에 갔다. 모르긴 해도 독한 마티니 같은 것을 마셨을 것이다.

그때 화제는 전날의 서프라이즈, 코끼리 코였다.

일본 술을 연잎에 따라 마시니 어떻더라, 샴페인은 어떻더라, 나는 와인도 마셔보았다, 어쩌고저쩌고 이야기가 진행되다가 점점, 그럼 이 술은 어떨까, 저 술은 어떨까 하는 실험 단계에 접어들었다.

거기까지 이야기가 나온 이상, 중간에 멈출 수 없는 술친구들은,

"좋아, 한번 달려보자." 하게 된 것이다.

쓰야키가 그 바에 있던 소주와 다른 종류의 술을 몇 병 사서 주머니에 넣었다.

그 정도라면 별 문제 없었을 것을, 연잎 줄기를 자르는

데 필요하다고 바에 있던 과도를 가져 나왔다.

네다섯 명이 택시를 탔다.

"어, 어디 가는 겁니까?"

라는 택시 기사의 의문 어린 목소리에 쓰야키는 객기 충만한 목소리로,

"이런 바보 같으니, 도쿄에서 '연꽃' 하면, 당연히 시노바즈 연못 아닌가!" 하면서,

한밤 우에노를 향해 달렸다.

택시비를 치르는 사이 쓰야키는 갈지자를 그리며 걸어 나갔다.

"이봐, 편집장님 어디 가셨어?"

근방을 둘러보았지만 그의 모습은 보이지 않았다. 술병도 뭣도 없었던 일행은 그런 상황이 되자 더 이상 연잎에는 일말의 미련도 없어졌다. 그래서 각자 흩어졌다.

두 시간여 지나 출판사 편집부 전화기가 울렸다. 토요일 밤이지만 출판사라는 곳은 이따금씩 일을 끝내지 못한 직원들이 자리를 뜨지 못하고 있기도 한다. 그런 부류의 한 명이 "넵, 여보세요!" 하고 득달같이 받았다.

기다리던 원고 연락인가 했던 것이다. 허나 수화기 저편에서 들려온 소리는,

"거기…… 쓰야키라는 사람 근무합니까?"였다. 경찰이

었다. 사연인즉,

쓰야키가 손에 칼을 들고, 한밤 시노바시 연못 주변을 비틀비틀 배회했단다. 얼마나 자빠졌는지 온몸은 흙투성이. 그뿐만 아니라 주머니에는 술병이 잔뜩, 내뱉는 한마디 한마디는 지구인으로서는 알아들을 수 없는 횡설수설.

누가 봐도 불량하기 그지없는 노숙자였다.

"횡설수설요? 대체 뭐라는데요?"

경찰이 대답했다.

"'코끼리가'라고 했나? 코가 어쩌고저쩌고 하던데요. 그리고 가끔씩, '저걸 죽여 말아!'라고…… 그래서 우린 그분이 우에노 동물원에 침입해서 코끼리의 코를 자를 심산인가 생각한 겁니다."

생각지도 못한 말이었다. 코끼리 코 절단자, 쓰야키.

'저걸 죽여 말아!'는 확실히 쓰야키의 입버릇이다. 잘못 걸린 전화는 아니다. 하지만 쓰야키 편집장이 코끼리를 공격한다고?

"네? 아, 그래요. 어떻게 그런…… 글쎄…… 별로 그런 짓을 할 사람이 아닌데……"

상대는 조금 생각하다가,

"그렇지 않단 말입니까?" 하고 묻는다.

"예에."

"아니 뭐 술에 취하면, 속에 맺힌 반감이나 악감정이 저도 몰래 겉으로 표현되기도 하니까요. 그…… 쓰야키 씨는, 혹시 코끼리 코에 그런?"

미야코는 장고 끝에 대답한다.

"글쎄요."

"아무튼 그 모습을 본 젊은 사람들이 놀라서 머리가 돈 사람 같다고 112에 신고한 겁니다. 그래서 곧장 저희가 나가서 보호조치를 하게 된 겁니다. 연락처를 물으니 곧장 이 번호를 말하길래……"

"아, 어쨌든 고생이 많으셨습니다."

그렇게 해서 신병을 인도받으러 갔었다는 이야기다.

이런 이야기는 대개 사람에서 사람으로 한 다리씩 건너갈 때마다 살이 붙기 마련이다. 같이 택시에 탔던 사람들이 모두 사라져 화가 난 쓰야키는 바람에 평소의 말버릇인 '저걸 죽여 말아!'가 절로 새어 나왔는지도 모른다. 어쨌거나 충분히 있을 수 있는 이야기다.

미야코는 그 이야기를 듣고 앞으로 시노바시 연못이란 말을 들으면 쓰야키가 떠오르겠구나 생각했다.

8

11월 미야코는 교토로 출장을 가게 되었다.

그때 '관서 지방에서는 코끼리 코 술을 마시는 이벤트가 성행한다'는 마리에의 이야기가 생각났다.

조사를 해보니 라쿠난*에 그런 절이 있었다. 지금껏 가본 적이 없는 곳이고 연꽃 철도 아니었지만 한번 가보기로 했다.

"여보, 우리 교토에 가요."

하고 오코조에게 말해보았다.

"응?"

이 커플은 꼬리를 무는 업무 때문에 그때까지 신혼여행을 가지 못했다. 연말연시에나 한번 생각해보자 하고 미뤄두었다.

그렇다면 가을의 교토는 그 전초전이 될 터였다.

주말 업무는 토요일 하루면 된다. 몇몇 작가들을 만나 식사를 겸한 미팅을 갖고 일요일은 쉰다. 미야코는 오코조와 현장에서 합류하여 교토의 가을을 만끽할 예정이다.

"그거 좋지."

---

* 교토 시 남부 지역.

신랑도 두말없이 찬성했다.

워낙 몸과 마음이 들떠서 그래 보였는지, 당일은 날씨도 쾌청했다. 너른 하늘 군데군데 뜬 흰 구름 덕에 푸르름이 도드라졌다.

케이한 기차로 가는 게 가까운 곳이었지만, JR로 한 방에 우지까지 가서 식사를 했다. 『겐지 모노가타리』*의 배경이어서 그런지, 가게 앞에 흰작살나무를 심어놓았다. 꼭 장난감 포도 같은 작은 보라색 열매가 가을빛을 받고 있었다.

스케줄이 빽빽한 여행길도 아니겠다, 천천히 식사를 마치고 절로 향했다.

택시에서 내리니 눈앞에 '이쪽으로.'라고 말하는 것 같은 초록 담쟁이 넝쿨 담이 죽 이어졌다.

"아, 참 한적하네."

그것이 무엇보다 마음을 여유롭게 했다. 연꽃 핀 연못 말고도, 철쭉과 수국이 곳곳에 탐스럽게 피어 있었다. 꽃이 피는 계절이면 사람들이 북적이지만 아직 단풍철은 아니어서 한가로웠다.

절의 입구부터 본당으로 이어지는 길 왼편은 산, 오른편은 초록 정원이었다. 꽃이 흔한 철에는 몇만 송이의 꽃들

* 헤이안시대 교토에서 만들어진 일본의 대표적인 근대소설.

이 꽃천지를 이룰 것이다. 꽃밭 사이사이에 감탄하는 사람들의 모습이 눈에 선했다.

돌계단을 올라갔다.

"아……"

어디선가 날아온 고추잠자리 한 마리가 미야코의 발끝을 스치고 돌 위에 가 앉았다. 농염한 고추잠자리의 그림자는 빛 속에 진하게 박혀 있어 돌계단의 무늬로 보였다. 여태 넓은 하늘을 날아다녔던 것이 거짓말 같다. 추워지기 전에 온몸에 볕을 흠뻑 받아두려나.

돌계단을 다 오르자 본당 정원이 나왔다. 큰 연못이 있을 거라 상상했는데 고무 다라보다 조금 큰 화분이 죽 늘어서 있었다. 그리고 그 화분 안에 연꽃이 심겨져 있었다. 그럼 진짜 연못은 어디 있냐. 콘크리트로 만든 직사각형의 연못 몇 개였다.

그리고 그 옆에는 부적을 파는 곳이 있었다. 사람들이 말하길, 연꽃은 교잡하기 쉬워, 넓은 장소에 함께 심으면 개성을 잃는다고 한다.

"여러 종류의 연꽃을 있는 그대로의 모습으로 즐기시라고 이렇게 해놓았습니다."

표지판에 붙은 사진을 보니 과연 7월이 되면 그야말로 장관일 것 같았다. 꽃도 잎도 초록 물이 뚝뚝 떨어질 듯 싱

그러웠다.

마리에가 고생고생하며 가져온 연잎은 안됐지만, 꽤 시들었었다. 제철이 아니라 그런 게 아니다. 딸 때만 해도 싱싱했다고 했다.

"코끼리 코 술도 현장에서 잘라 바로 마시면 참 맛이 날 것 같은데."

"맞아. 연잎이고 마누라고 신선해야……"

"뭐라고요?"

"아, 아니…… 아내는 그때그때 상황에 따라 색다른 맛이 있지."

미야코는 오코조의 등을 툭 치며 힘을 실어주었다.

"시들해지지 않도록 늘 노력할게요. 신랑님도 잘 부탁합니다."

"예예, 마나님."

두 사람은 화분을 구경하며 슬슬 걸어갔다. 연은 대부분 시들어서 잎도 빛바랜 동판 색으로 변하고 물이 차 있었다. 줄기는 딱딱하게 굳고 끝은 갈라져 있었다. 절단된 면을 자세히 보니 구멍이 몇 개 뚫려 있다. 미니어처 연근 같은 것이 귀여웠다. 바람결에 실려 온 단풍잎이 탁한 수면 위로 선명한 불꽃 한 점을 찍는다.

"이것 좀 봐봐."

하고 오코조가 부르며 적갈색 화분을 가리켰다.

"뭔데요?"

곁에 다가가보니 마른 줄기 안에서 연둣빛 줄기가 뻗어나와 연잎을 피웠다. 찹쌀떡만 한 크기의 잎인데 어쩜 딱 두 개가 쌍둥이처럼 나란히 고개를 빼고 있다. 오코조가 말했다.

"철모르는 한 쌍이네."

가을 수면 위로 연둣빛 연잎이 쪼로록 늘어서 있다. 물 밑에 뿌리를 내리고 자기들끼리 얼굴을 맞대고 있다. 그 모습을 보면서 왠지 남 일 같지 않아 미야코는 저도 몰래 말을 흘렸다.

"우릴…… 기다리고 있었던 것 같아……"

신랑과 둘이 며칠 전까지만 해도 존재조차 알지 못했던 절에 와 있다. 하지만 이 여리고 사랑스러운 새순 한 쌍도 예까지 오지 않았으면 만나지 못했을 것이다.

미야코는 생각했다.

'연(緣)이란 참 신기하구나.'

12장

위스키 캣

1

결혼한 지 그럭저럭 2년이 지났다.

보통은 그다지 나쁘지 않은 날들이었다. 그동안 치바 현에 단독주택도 마련했다. 도심까지는 한 번에 가는 지하철이 있기 때문에 별로 불편하지 않다.

두 사람의 일은 결혼 전과 크게 달라지지 않았다. 굳이 달라진 점을 찾자면, 미야코의 술 취향이다. 예전엔 위스키라면 노땅들의 전유물이라 생각했다. 그런데 위스키에 맛을 들이기 시작한 것이다. 말본새가 곱지 않은 사람들은 '그러니까 아줌마가 됐다는 거야.'라고 할지도 모른다. 하지만 미야코, 당사자의 주장에 따르면 탐구심의 발현이란다.

작년 겨울 하드보일드 장르의 소설을 쓰는 중진 작가와 술자리를 가진 적이 있다.

작가는 그 바에 보관해둔 위스키를 조금씩 잔에 따라 마시고 있었다.

그것도 나름의 폼인지 절로 그리되는지 입술을 약간 삐죽이 빼고 살짝 인상을 찌푸린 채.

잠깐 대화가 끊겼을 때 "이거 좀 마셔봐." 하며 빈 잔에 손가락 두 마디 정도 주황색 액체를 따라주었다.

미야코는 "그럼, 한번……" 하고 입으로 가져갔다. 무슨 약 냄새가 훅 끼쳤다. 냄새만으로도 심상찮다 싶었다. 작가는 눈을 지그시 뜨고 지켜보았다.

미야코는 목구멍 제대로 타들어가겠다고 생각했다. 한 모금 머금으니 아는 사람만 안다는 아이라 섬에서 만들어진 위스키였다. 미야코는 저도 몰래 "아이라!" 하고 소리를 지를 뻔했다.

글쎄, 표정만 봐서는 대가도 좋아하는 눈치였다. 작가는 얼굴을 바투 들이대고 입매를 비틀어 올리며 "어때?" 하고 물었다.

맛을 묻는 것이 아니다. 감당할 수 있겠냐는 뉘앙스다.

"새까맣고 동그란…… 그 약…… 그거 있잖아요……"

정로환! 그런데 한 번 씹으니 병이 낫는다는 느낌보다

골탕을 먹은 느낌.

"음, 그 맛을 알고 나면 냄새가 향으로 바뀌지."

"아, 좋아지나요?"

"응. 향에 취해, 향에. 안 찾고는 못 배겨."

작가는 큰 덩치를 앞뒤로 흔들며 강조했다. 미야코는 고개를 내저으며 말했다.

"저는 아직 뭐 그렇게…… 게다가 유부녀고요."

작가는 숯덩이 눈썹을 치켜뜨더니 말했다.

"갈 길이 확실하면 그깟 거 모두 잊게 돼. 그 정도로 좋아하게 된다."

몰트위스키의 원료는 보리다. 죽탄을 피워 보리 싹을 건조시킨다. 이 죽탄 때문에 독특한 냄새가 스민다. 아이라 섬의 죽탄에는 해초가 다량 함유되어 있는데 그렇기 때문에 위스키에서 요오드 향까지 느낄 수 있다.

악취가 향기로?

세계적인 진미 중엔 코를 틀어막고 싶은 것도 있다. 보통 사람들은 도리질을 칠 만한. 하지만 좋아하는 사람들은 그 맛을 잊지 못하고 또 찾는다. 맛을 아는 이들에겐 다른 어떤 것과도 바꿀 수 없는 천상의 맛인 것이다.

고린내 나는 건조식품의 예를 들 것도 없이 대중적인 나토만 해도 처음 보는 사람들은 선뜻 접하기 어려울 것이다.

경험치만큼 좋아하게 되는 범위도 넓어진다.

무지한 것은 안타까운 일이다. 한 계단, 한 계단 올라 신비한 세계를 접하는 것은 매력적인 과정이다. 위스키의 세계도 예외가 아니다. 지금은 알 수 없는 이 맛과 향이 언젠가 자신의 것이 될지도 모를 일이다.

그리하여 미야코는 한번 배워보자는 맘이 든 것이다.

그때 마침 쓰야키가 이런 말을 꺼냈다.

"어때요, 여러분 로망을 사지 않겠습니까?"

"노망이요?"

"이런…… 저걸 죽여 말아!"

이런 대화로 시작된 이야기가 있다. 쓰야키의 말에 따르면 저 먼 스코틀랜드의 모 증류소, 쉽게 말해서 위스키 만드는 곳이 다시 가동을 시작했다고 한다.

"장사가 잘되던 곳이었어. 사정이 있어 문을 닫았지. 그런데 이번에 그곳이 술꾼들의 꿈을 실현해주기 위해 부활하게 되었다."

"아하."

"하지만 뭐 계란프라이 만드는 것도 아니고 프라이팬에 계란 탁 깨어 넣듯 할 수는 없잖아. 위스키란 오랜 세월 통에 재워야 하는 법. 그걸 스코틀랜드 지방 말로 '넹넹요우'라고 해. 당장은 돈이 되지 않는다는 뜻. 결국 자금 운영에

압박을 받는다는 얘기지."

"그야 그렇겠죠."

"그렇지? 그래서 그것을 뜻 맞는 사람들 서른 명이서 한 통씩 미리 사지 않겠냐는 이야기야. 지금 돈을 내면 럭키 세븐, 7년 후에 스물네 병의 위스키를 보내준다는데."

어느 술자리에서 듣고 온 모양이다. 쓰야키가 벌건 얼굴로 열변을 토하면 토할수록 의심이 더해진다. 편집부원 하나가,

"선물거래란 말이군요." 했다.

"뭐, 그런 셈이지."

"우리 아버지가 팥 선물시장에 투자했다가 완전히 신세 망치셔서……"

"아, 아니 아니야. 그런 게 아니야."

"그 후로 저희 집은 쫄딱 망해서 입에 풀칠하기도 어려웠는데……"

"아니라니까. 자자, 이렇게 생각해봐. 자신의 몰트위스키가 머나먼 땅 유럽에서 자고 있다. 큰 통 속에서 하루하루 자라난다. 음, 이게 로망이 아니고 뭐야. 내 귀에는 들려, 스코틀랜드의 바람 소리가."

귀만 아니라 쓰야키의 눈도 이미 스코틀랜드의 바람 부는 언덕을 향해 있었다. 미야코는 한 집안의 주부로서 생각

했다. 그 말이 사실이라면 꽤 싼 가격에 좋은 술을 입수하는 것 아닌가.

"한 병에 얼마예요?"

쓰야키는 손가락으로 답했다.

"삼만 엔. 단돈 삼만 엔이라고. 이거 횡재하는 거야."

횡재든 뭐든 혼자 스물네 병이면 너무 많다. 팔 것도 아닌데 너무 많아도 처치 곤란 아닌가. 허나 미야코가 누군가. 다른 두 명과 함께 쓰야키의 로망에 합류하기로 했다.

'만 엔 투자로 본고장 위스키 여덟 병이라면 꽤 짭짤한 거래잖아.'

그러고 보니 담홍색 액체의 부드러운 맛이 벌써 눈앞에 아른거렸다.

몰트위스키의 소리가 들렸다.

'기다려주세요. 멋지게 성장해서 찾아 뵙겠습니다.'

그리하여 미야코는 위스키에 대해서도 남다른 애정을 갖게 된 것이다.

2

새봄 인사이동으로 쓰야키는 문고부의 부장으로 자리를

옮겼다. 능력을 인정받아 책임이 무거운 부서의 수장이 된 것이다. 이케이 히로유키가 새 편집장으로 왔다. 윗사람이 한층 젊어진 만큼 전보다 할 말을 잘할 수 있게 된 셈이다.

그렇게 하루하루가 가고 다시 찬바람 부는 계절이 돌아왔다.

출판사에 있으면 철마다 치르는 연례행사들이 몇 개 있다. 문학상 시상도 그중 하나다. 자기가 담당한 책이 후보에 오르면 표현할 길 없을 정도로 가슴이 두근거린다. 그 설렘과 기쁨은 작가에 못지않다. 그러다 운 좋게도 수상을 하게 되는 날엔 이 또한 말로는 형언할 수 없는 기쁨을 맛보는 것이다. 한편 기대하던 작품이 수상을 놓치면 그렇게 허탈할 수가 없다.

금년도 큰 문학상 발표가 코앞으로 다가왔다. 미야코의 회사에선 무라코시 사나에가 담당한 책이 후보로 올랐다.

사나에가 육아휴직을 끝내고 복직해 담당한 첫 작품이다. 사나에는 쉬는 동안에도 잡지에 연재되고 있는 작품을 읽다가,

'일에 복귀하면 이 작품을 맡아야지.' 하고 책 표지까지 구상했다고 한다.

따라서 사나에에겐 한층 더 애착이 가는 책이었다.

"정말 잘됐어."

"너무너무 긴장되는걸."

사나에의 아기는 엄마를 쏙 빼닮은 딸이었는데 이 책 역시 사나에에게는 또 하나의 자식인 셈이며 수상 결과를 기다리는 지금 사나에는 아이의 입학시험 합격을 기다리는 심정일 것이다.

"글쎄 뭐, 책의 가치는 꼭 수상과는 상관없지만."

말은 그리해도 마음을 비우지 못하는 사나에다.

미야코가 잡지의 교정을 끝낸 후 그 상의 수상작 발표가 있었다. 이번엔 잔뜩 뜸을 들인 작가가 있어서 미야코의 일은 마감 직전까지 끝나지 않았다.

기다리고 기다리던 이번 달 마지막 원고가 새벽 네 시에 팩스로 도착했다. 읽어보니 다행히 다시 작가에게 확인을 해야 할 문의사항은 없었다.

원고를 마무리하고 아침 일찍 인쇄소 야간 접수처에 갖다두고 왔다. 긴 겨울 밤중엔 콜택시가 와도 동트기 전 시간엔 좀체 오지 않는다.

그날 점심때가 넘어 활자판이 도착했다.

잡지 편집자 중에는 1점 차 만루 상황에서 마운드에 선 구원투수처럼 빼도 박도 할 수 없는 스릴과 서스펜스를 즐기는 사람도 있다. 하지만 미야코라면 두 다리에 힘을 주고 서서 이렇게 말할 것이다.

'그런 일은 절대 있어선 안 된다.'

다음 날 혹시나 인쇄 사고가 나진 않을까 긴장하고 있었는데, 다행히 이렇다 할 해프닝 없이 작업 완료.

긴장이 풀린 미야코는 평소보다 일찍 집에 와 남편과 찌개를 만들어 먹었다.

"수고했어."

"그렇죠, 뭐."

어제부터는 평소처럼 잠을 잘 수 있었기 때문에 컨디션도 괜찮았다. 몸 하나는 튼튼한 미야코다.

"이제 한숨 돌린 거야?"

"네."

하면서 미야코는 냄비 안의 버섯을 집어 먹는다. 오코조가 슈퍼에서 싸게 파는 버섯과 채소를 잔뜩 사 왔다. 본인은 나름 싸고 좋은 물건을 샀다고 자부하는 눈치지만 싸게 파는 건 이유가 있다. 되도록 빨리 먹어 없애야 한다. 그러려면 부대찌개, 매운탕 등 일단은 일품식이 아니라 냄비 요리를 해야 하기 때문에 오늘 메뉴가 '모듬채소냄비'가 된 것이다.

"괜찮아?"

"네."

오코조는 슬슬 눈치를 살피며 말했다.

"마감하고 나면 좀 허전하지?"

"그렇죠. 하루쯤 휴가를 낼 수도 있는데. 왜요?"

"지금 바다를 소재로 한 판화를 하고 있는데……"

그는 동화에 들어갈 삽화 작업을 하고 있다. 아직 밑그림 단계지만 아무리 애써봐도 머리에 바다가 떠오르지 않는단다.

"아니, 바닷가에 한번 다녀오면 어떨까 싶어서."

"아아."

밀려드는 파도가 떠오른다. 겨울이니 해안을 걸어도 로맨틱한 상황은 아닐 터.

하지만 복잡한 작업이 마무리됐으니 탁 트인 풍경을 보러 가는 것도 나쁘지 않을 것 같았다.

오코조는 디자인 사무실에 전화 한 통 하면 된다. 프리랜서라 걸릴 게 없다.

미야코는 혼자 운전을 전담해야 하지만 이런 상황이라면 대환영이다.

"나도 가고 싶어요."

"그럽시다."

"바닷가에는 얼마나 있어야 돼요?"

"한…… 한 시간 정도면 되지 않을까?"

"아."

다음 날 사나에의 책이 후보로 오른 문학상의 결과가 발표되기 때문에 저녁에는 다 같이 한곳에 모여 결과를 듣기로 했다.

"그럼 아침 일찍 출발해도 돼요?"

부지런히 달려 오아라이에 가기로 했다. 나카미나토 시장에서 신선한 생선까지 사 들고 오면 그야말로 일석이조다. 점심 좀 넘어 현지에서 출발하면 동료들과 함께 발표를 들을 수 있다.

3

날씨는 바다를 보기에도, 드라이브를 하기에도 그만이었다.

중간에 바다를 내려다볼 수 있는 지점에서 차를 한 번 세웠다. 검은 바위가 물가를 찾아 이동하는 물소 떼들처럼 보였다. 그 위를 파도가 덮친다.

"파도가 그렇게 사납지는 않네요."

미야코가 말했다.

"그렇네."

"바위를 할퀼 듯한 겨울 파도가 아니어도 돼요?"

"응. 저 정도 파도도 괜찮아."

해안 가까이 차를 세우고 해변에 내려보았다. 아무렴 바닷바람은 차가웠다. 미야코는 오코조의 코트 깃을 세우고 머플러를 단단히 매주었다.

저 멀리 파도가 길게 가로선을 그리며 몰려들었다. 포복 자세로 접근하다가 무릎을 세우는가 싶더니 점점 몸집을 불려 일어나 모래사장 다 와서는 산산이 부서진다. 흰 포말이 레이스마냥 산란한다.

그 움직임이 끝도 없이 반복됐다.

오코조와 미야코는 맨 먼저 눈에 띈 근처 초밥집에서 만나기로 하고 일단 헤어졌다.

오코조는 작은 스케치북과 색연필을 들고 바다와 마주섰다. 그동안 미야코는 수족관에 가서 개복치와 상어를 구경했다.

개복치를 위에서 내려다볼 때는 보는 관점에 따라 사물은 참으로 달라 뵈는구나 하는 심오한 생각이 들었는데…… 상어의 거침없는 움직임과 험상궂은 얼굴을 보니 이런 녀석에서 먹히면 기분 참 더럽겠다는 원색적인 느낌이 강했다.

'아, 상어가 다가오면 놈의 인상을 볼 여유 따위 없겠지? 아참, 인상이 아니라 어상이라고 해야 하나?'

아쉽지만 빠르게 둘러보고 초밥집으로 향했다. 오코조가 먼저 와 맥주를 한잔하고 있었다.

"춥지 않았어요?"

"응, 괜찮아."

"도움이 좀 됐어요?"

오코조는 고개를 깊이 끄덕이며 대답했다. "응, 많이."

그 말을 듣는 미야코도 기분이 좋았다. 둘이 지내다보면 받는 것도 좋지만, 뭔가 줄 수 있는 입장일 때 참 흐뭇하다.

초밥도 해변이라 그런지 왠지 더 맛있었다. 예정대로 어시장에 들러 개복치 냄비 요리 재료를 샀다.

도쿄에서 사면 오천 엔 정도 하는 참치 회를 삼천 엔에 샀다. 득템했다. 보기 드문 것으로는 찐 아귀의 간. 고구마만 한 굵기에 온몸으로 '저를 술안주로 잡수세요.' 하는 것 같아 덥석 샀다.

그렇게 강행군을 하고 돌아와, 물건 정리는 신랑에게 맡기고 미야코는 곧 도쿄로 향했다.

4

발표를 기다리는 식당에는 회사 동료들이 모여 있었다.

미야코가 합류했을 때 마침 전화가 왔다.

기대하던 결과는 아니었다.

"아…… 실망이에요."

사나에가 말했다.

사나에의 말투는 유머러스했지만 눈초리에 물기가 가득했다. 편집자의 슬픔과 환희가 엇갈리는 순간이다.

수상자는 미야코가 연재를 담당하는 중진 작가였다. 전임 담당자는 쓰야키였다. 그 두 사람과 이케이 편집장이 수상 기자회견을 하고 축하석까지 왔다.

지금까지 수차례 이 작가와 발표를 기다리고 고배를 함께 마시기도 한 쓰야키는 특히 더 감회가 깊었을 것이다.

"아하, 무라코시 앞에서 말하긴 좀 그렇지만, 나는 참 기뻐. 이번 결과는 당연하다고 생각해."

쓰야키는 그러고 나서 미야코에게도 한마디 했다.

"자네도 이제 위스키에 눈을 떴군그래."

"아아 네, 부장님 덕분에요."

"내 덕분?"

"왜요, 지난번에 그 한 병에 삼만 엔짜리 위스키."

"아아, 그 이야기야? 기대해봐. 반드시 결전의 날은 오니까 방심하지 말고. 그런데, 뭐 특별하게 좋아하는 술이라도 있나?"

"아뇨. 아직 그렇게 아는 척할 단계는 아니에요."

"그래? 그럼 일단 '더 글렌리벳'으로 달려보자고."

향도 좋고 목 넘김이 좋은 위스키계의 우등생이다.

"요즘엔 몰트가 붐이라나 뭐라나 하면서 개나 소나 몰트를 마셔대지. 하지만 난 그런 경박한 짓은 하지 않아. 사람이 초심을 잃으면 안 되거든. 그런 우직한 사내로 끝까지 남고 싶다 이 말이야. 알았나?"

쓰야키는 주절대다 또 마시고 작가에게 다가가 또 마시고, 돌아와서는 또 마셨다.

"글렌리벳이라는 건 조용한 계곡이란 뜻이지."

쓰야키는 이케이에게 말했다.

이것은 그가 술만 들어갔다 하면 하는 말이라 모르는 사람이 없었다.

밤이 깊어 축하연이 마무리된 후에도 쓰야키의 흥분은 사그라들지 않았다.

"한 군데만 더 가서 마시고, 거기서 파하도록 하지."

하기에 신바시에 있는 바로 갔다. 이쪽에서는 기어들어가는 목소리로,

"글렌파클라스."를 주문했다. 대처 전 수상이 즐겨 찾았던 술이란다. 한 모금 들이켜고 말했다.

"음, 정말 향이 깊네요. 젊은 사람들은 자극이 강한 몰트

를 선호하는데, 정말 뭘 좀 아는 사람들은 마지막에 이런 데 와서 이걸 마시지."

미야코는 물었다.

"글렌파클라스는 무슨 뜻이에요?"

"응?"

쓰야키는 잔을 응시하다 천천히 대답했다.

"조용한 파클라스란 뜻이지."

"아아, 네."

"조용하군, 정말 조용해."

쓰야키는 입사 이후 수많은 일들을 떠올리는 듯한 표정이었다.

그러다 말했다.

"이봐 코사카이, 옛날 바람 부는 스코틀랜드 양조장에는 위스키 캣이라 불리는 고양이가 살았어."

"고양이요?"

불쑥 희한한 단어가 나왔다.

"그 녀석이 수없이 몰려드는 적들로부터 보리를 지켰지. 목숨을 걸고 날카로운 부리로 쪼아대는 까마귀와 긴 이빨로 갈아대는 쥐놈들하고 싸웠다고. 상처 입고 쓰러져도 결코 굴하지 않았어. 음 그래, 몰트위스키라는 건, 그 녀석이 자존심을 걸고 지켜낸, 생명수다 그거야."

미야코도 이케이도 자꾸만 구부러지는 등을 일으키느라 애썼다.

쓰야키는 계속 기분 좋아 떠들었다.

"어때 코사카이, 이케이. 우리 편집자들이 그렇잖아. 우린 책 만드는 공장에 사는 위스키 캣이잖아."

5

마침내 파티가 끝났다.

이케이는 체력 때문인지 요즘 들어 술이 줄었다. 줄곧 콜라를 마셨다.

하여 막판까지 말짱했다. 하지만 쓰야키는 일어나서 비척거렸다.

그러더니 차기 편집장인 이케이의 어깨를 툭툭 치며 말했다.

"이케이, 다음은 자네에게 맡기겠네."

"예예."

문을 열고 넓은 플로어로 나가자 여전히 붕 뜬 기분의 쓰야키는,

"우…… 이케이!"

하며 그에게 안겼다.

꼭 씨름을 하듯 이케이를 부둥켜안고 이리저리 밀었다. 헌데 문제는 이케이의 뒤가 지하 2층으로 이어지는 계단이었던 것이다.

"어어어……"

어떻게든 받아주려던 이케이였다. 하지만 갑작스럽게 달려드는, 우직한 사내의 무게를 버티지 못하고 둘은 엉켜서 그만 계단을 굴러 낙하……

미야코는 순간 술이 확 깼다.

'이건 악몽이야.'

머리카락이 쭈뼛한다고들 하지만, 이건 쭈뼛 정도가 아니라 누군가 머리채를 잡아 위로 쭉 잡아당긴 것 같았다. 미야코의 벌어진 입으로 폭풍 같은 비명이 터졌다. 그때까지 손님들을 상대하던 바의 사장이 달려왔다.

"무슨 일이에요?"

"저기, 저기요."

미야코의 손가락 끝에 두 사람이 쓰러져 있었다. 이케이가 위쪽에, 쓰야키는 밑에 깔렸다.

사장이 "괜찮으세요?" 하며 지하로 내려갔다. 미야코도 뒤를 따라갔다.

"으, 응……"

먼저 이케이의 목소리가 들렸다. 차기 편집장은 일단 무사한 것 같았다. 땅을 짚고 두 다리로 일어섰다. 헌데 문제는 쓰야키. 뻗은 채 움직이질 않았다.

미야키는 조금 전에 그가 한 말을 생각했다.

'위스키 캣.'

그건 쓰야키의 입에서 나왔다고는 믿기지 않을 정도로 가슴에 와 닿는 말이었다. 술이 좀 더 들어간 상태였다면 감동한 나머지 악수를 청했을지도 모를 정도로.

'생각보다 훨씬 멋진 사람이었는지도 몰라.'

어느새 과거형이 됐다. 그것이 쓰야키의 마지막 한마디였나?

'아니 아니야 그럴 리 없어. 위스키 캣이라면…… 고양이들은 높은 곳에서 떨어져도 괜찮잖아.'

"부장님, 쓰야키 부장님."

이케이가 얼굴을 가까이 대고 불렀다.

"그, 그거야……"

쓰야키의 목소리다. 미야코는 그제야 맘을 놓았다.

이케이가 천천히 떡이 된 자의 상반신을 일으켰다.

"팔이나 다리…… 괜찮으세요?"

"뭐?"

지금이 어떤 상황인지 파악이 안 된 모양이다.

이케이가 쓰야키를 부축해서 소파에 눕혔다. 쓰야키의 팔다리가 부러지지는 않은 것 같다. 계단을 구르다 밑에 깔렸는데, 이게 기적이 아니고 뭔가.

취했기 때문에 되려 낙하할 때 무리한 저항을 하지 않은 것이 플러스로 작용했다.

하지만 쓰야키가 가슴 철렁한 소릴 한다.

"머리가 아파."

뇌가 잘못되기라도 하면 정말 큰일이다. 사장이 말한다.

"구급차를 부를까요?"

그 말을 들은 폼생폼사 쓰야키는 민감하게 반응했다.

"아니, 아니 그러지 마. 구, 구급차는 안 돼."

지금 폼 잡을 때가 아니잖아요, 하고 미야코는 말렸다. 하지만 확실히 들것에 실릴 정도는 아닌 것 같았다. 의식도 있고, 제 발로 서기도 했다.

결국 택시에 태우는 것이 빠를 것이라고 의견이 모아져 택시를 타고 서둘러 근처 병원으로 옮겼다. 내내 쓰야키는 "우 우." 하고 신음을 흘렸다. 걱정이었다.

운전수는 이런 경우가 처음이 아닌지, 따로 부탁하지 않았는데 응급실 입구에 세워주었다.

이케이가 쓰야키를 부축하는 동안 미야코가 접수처로 달려갔다.

"미리 전화 주셨나요?"

접수처에서는 먼저 물었다.

"아뇨. 머리가 아프다고 해서 곧장……"

"아, 미리 연락하지 않으셨다면 좀 곤란한데요. 대응할 수 없는 경우도 있어서요."

"아아, 죄송합니다."

미야코는 일단 병원 양식을 작성해야 했다. 쓰야키와 나란히 앉아 주소와 전화번호를 듣고 적어 넣었다. 접수처에 종이를 가져다주었더니 "보험증은 가져오셨나요?" 하고 다시 물었다.

"그건……"

없을 거라 생각했는데 뒤에서 쓰야키가 다 죽어가는 목소리로 "가방에……" 했다. 준비성 하나는 끝내주는 남자다. 보험증이 카드 형태로 바뀌기 전 일이다. 세 번으로 접은 종이에 가족 전원의 병원 기록이 적혀 있다.

아무튼 머리에 생긴 문제는 민감한 것이기 때문에 병원에서는 CT 촬영을 하기로 했다.

미야코는 쓰야키의 집에 전화를 했다. 만에 하나 위험한 상황이 오기라도 하면 큰일이다. 병원의 위치를 말했더니 부인이 곧 오겠다고 했다.

검사를 하고 결과가 나오기까지 어마어마한 시간이 흐

른 것 같았다.

대기실에서 다 함께 기다리고 있는데 마침내 주황색 커튼 너머에서 쓰야키의 이름이 호명됐다. 주위는 개미 소리 하나 들리지 않았다. 의사와 쓰야키의 대화 소리가 울려 퍼졌다.

"걱정하실 것은 없습니다."

하는 첫 마디를 듣고 미야코는 일단 안심했다. 쓰야키가 물었다.

"뇌출혈이라든가?"

"사진상 그럴 염려는 없습니다."

쓰야키는 한 번 더 확인하고자 했다.

"그렇지만 머리가 아픈데요."

의사는 툭 한마디 던졌다.

"그냥 혹이에요."

의학용어로 '부종'이나 '종괴'도 아니고, '그냥 혹'이란 말이 미야코에게는 부드럽고, 재미있고, 또 웃기게 들렸다. 그런 생각을 할 수 있었던 것도 마음에 여유가 생겼기 때문이리라.

미야코는 슬며시 미소를 지었다.

검사가 끝나고 결과가 나온 이후에 부인이 도착했다. 쓰야키는 민망했던지 입을 쭉 내밀고는 "왜 이리 늦어." 하고 투덜댔다.

쓰야키의 부인이 늦게 도착한 이유가 곧 밝혀졌다.

"집에서 보험증 찾다가 그랬죠. 아무리 뒤져봐도 안 나와서⋯⋯"

"내가 가지고 있어."

"어머나⋯⋯ 아니 그런 말을 진작 하지 않으면 내가 어떻게 알아!"

부인으로서는 황당할 수밖에. 남편 걱정으로 경황 중에 보험증을 찾다가 하는 수 없이 뛰어왔는데, 남편한테 '왜 이리 늦어, 내가 가지고 있어.' 소리 들으니 어처구니 상실할 수밖에.

그래서 미야코는 생각했다.

'술고래와 같이 사는 건 정말 보통 일이 아니겠구나⋯⋯'

6

미야코가 택시를 타고 집에 겨우 도착한 시간은 새벽 여섯 시경. 캄캄했던 하늘이 밝아올 무렵이었다.

별들은 보이지 않고 구름인가 했더니 금가루를 흩뿌려 놓은 듯한, 한 점 빛이 하늘에 남아 있었다. 그러고는 서서히 동녘에서 아침 해가 얼굴을 내밀었다.

이것이 아침의 얼굴이구나.

'술고래와 같이 사는 건 정말 보통 일이 아니겠구나……'

조금 전에 했던 생각이 이제 자기 집 일이 되었다. 이쪽에서도 고개를 끄덕이게 된다.

'우리 집 양반은 이해심이 넓으니까 괜찮지만.'

하지만 말 안 하고 참는 사람들은 속에 쌓아놓기 마련이다. 밖으로 토해내지 않은 것이 쌓이고 쌓여 어느 날 한꺼번에 봇물 터지듯…… 혹, 그런 일은 없을까?

그래도 미야코는 미소가 흘렀다.

'그것도 사람에 따라서지. 우리 신랑은 걱정 없어.'

환해진 하늘을 배경으로 미야코의 집이 또렷이 보였다.

'조용조용 들어가야지.'

문밖에서부터 발소리를 죽이며 열쇠를 넣고 천천히 문을 열었다. 집안을 보다가, 미야코는 헉 소릴 질렀다.

현관에 불이 켜져 있었다. 파자마에 붉은 점퍼를 걸친 오코조가 계단 중간에서 이쪽을 내려다보고 있었다. 이를 앙 물고 두 눈을 부라리고 있다.

손에는 야구방망이를 꽉 움켜쥐고 있다.

7

이틀 내리 쾌청한 날이 계속됐다.

미야코와 오코조는 오후에 글러브와 야구방망이를 들고 강변으로 갔다. 두 사람 다 직업상 주로 앉아서 일을 한다. 건강을 위해 쉬는 날만이라도 움직여보자 해서 산 것이다.

캐치볼만 하면 재미가 없다는 오코조의 의견으로 살짝 살짝 방망이로 공을 치기도 한다. 미야코도 해보았으나 좀체 공을 맞추기가 어려워 헛 스윙이 잦았다. 하지만 오코조는 뻥뻥 잘도 맞춘다. 미야코가 있는 곳까지 플라이를 쏘아 올린다. 미야코는 조금 몸을 써서(?) 글러브를 뻗어본다. 하늘에서 떨어지는 공이 자기 손에 쏙 들어왔을 때의 감촉은 하늘색만큼이나 상쾌하다.

이런 경험도 둘이 함께이니 가능한 것이다. 하지만 오늘 아침은 그 방망이에 가슴이 철렁 내려앉았다.

"아이, 깜짝이야. 화가 나서 나를 어떻게 하려고 그러나 했잖아요."

"미안 미안. 그렇지만 정말 수상했어. 놀란 건 나도 마찬가지야."

오코조가 새벽에 잠이 깨 화장실에 가려고 했다. 그런데 어디선가 달칵 소리가 났다.

처음엔 잘못 들었나 했는데…… 화장실에서 나온 후에 또 달칵.

쥐 죽은 듯 고요한 새벽이었다. 소리는 또렷했다.

'현관문으로?'

가만히 들어보니 누군가 열쇠를 돌리고 있는 소리였다. 혹 미야코라면 단번에 열고 들어왔을 거라 생각했다.

오코조는 준비를 했다.

'누군가 문을 열려고 한다……'

주택을 노린 강도단이 문 너머에 있다. 바로 그런 모습이 눈앞에 어른거렸다. 그런데 순간 달칵.

오코조는 2층 방에서 야구방망이를 꺼내 마음의 준비를 하고 계단 밑을 노려보고 있었다. 마침내 문이 열리고 모습을 드러낸 건, 미야코. 그렇게 된 것이다.

사정을 들은 미야코가,

"무슨 소리지……?"

하고 고개를 갸웃했을 때 확실히 달그락달그락 뭔가 마찰하는 소리가 났다. 가만히 들어보니 부엌 쪽이다.

방망이를 든 오코조를 앞세우고 조심조심 가보니 싱크대가 소리의 진원이다. 창밖은 이미 밝은 빛이 쏟아졌다.

"아, 이거였어!"

하고 오코조가 소리쳤다. 거기에는 이미 작아진 얼음산

이 있었다.

"뭐예요 그거?"

"그거 있잖아. 그, 생선 상자에 들어 있던 얼음."

오코조는 바닷가에 갔을 때 본 풍경을 잊지 않으려고 집에 오자마자 일을 시작했다.

발포 스티로폼 상자를 정리해야 한다는 걸 생각한 건 한밤중이었다. 속엣것을 냉장고에 넣고 나머지 얼음은 싱크대에 쏟아놓았다. 겨울밤이라고는 해도 관동 지방 집 안이다. 마이너스까지 기온이 내려가지는 않는다.

이글루처럼 쌓여 있던 그것이 시간이 감에 따라 차츰 녹기 시작했다. 얼음이 무너질 때마다 싱크대에 부딪치며 달그락 소리를 낸 것이다.

듣고 보니 미야코는 웃음이 났다.

"그렇지만 어둠 속에서 난 소리니까 수상할 법도 하지."

오코조도 웃으며 말했다.

평소에는 듣지 못했던 소리다. 어둠은 사람을 불안하게 만든다. 겪고 보니 정말 그렇다 싶었다. 강가는 넓기 때문에 캐치볼 할 공간을 금세 찾았다. 둘은 이야기하면서 조금씩 거리를 넓혀간다. 오코조가 말했다.

"쓰야키 씨 그만해서 천만다행이네."

"네 맞아요. 문제 있었으면 정말 큰일 날 뻔했죠."

쓰야키처럼 몸도 못 가눌 정도로 마시지는 말아야지. 앞으로는 필름이 끊길 정도로는 마시지 말아야겠다고 미야코는 결심했다.

그때 문득 떠올랐다.

"저, 여보."

"응?"

"집에 가면 고양이 그림 그려줘요."

"응?"

"작은 걸로요. 액자에 넣어서 걸어놓게."

"무슨 고양이?"

'위스키 캣. 아, 아니 위스키는 아니야.'

하고 미야코는 생각했다.

책 공장에 사는 고양이 이야기를 하면 오코조는 분명 어딘가 나를 닮은 그림을 그려줄 거야.

야구공이 오후의 빛을 받아 사방으로 오색빛을 튀며 날아왔다. 그리고 쑈옥 소릴 내며 미야코의 글러브 안으로 들어왔다.

미야코는 공을 잡고 말했다.

"북 캣이오."

"엥?"

"이따가 가르쳐줄게요."

미야코는 고양이처럼 웃고는 오코조를 향해 공을 힘껏
던졌다.

술이 있으면
어디든 좋아

초판 1쇄   2016년 4월 12일
초판 4쇄   2020년 9월 15일

지은이 / 기타무라 가오루
옮긴이 / 오유리
펴낸이 / 박진숙
펴낸곳 / 작가정신
편집 / 황민지 김미래
디자인 / 이아름
마케팅 / 김미숙
홍보 / 정지수
디지털컨텐츠 / 김영란
재무 / 오수정
인쇄 및 제본 / 한영문화사

주소 (10881) 경기도 파주시 문발로 314
대표전화 031-955-6230 팩스 031-944-2858
이메일 editor@jakka.co.kr 블로그 blog.naver.com/jakkapub
페이스북 facebook.com/jakkajungsin 인스타그램 instagram.com/jakkajungsin
출판 등록 제406-2012-000021호

ISBN 978-89-7288-575-7 03830

이 도서의 국립중앙도서관 출판시도서목록(CIP)은 서지정보유통지원시스템 홈페이지(http://seoji.nl.go.kr)
와 국가자료공동목록시스템(http://www.nl.go.kr/kolisnet)에서 이용하실 수 있습니다.
(CIP제어번호 : CIP2016006421)